D1355396

LA TOILE D'ARAIGNÉE
DANS LE RÉTROVISEUR

Déjà paru dans Le Livre de Poche :

par
Francis Ryck
LE NUAGE ET LA FOUDRE
AUTOBIOGRAPHIE D'UN TUEUR PROFESSIONNEL

FRANCIS RYCK et MARINA EDO

La Toile
d'araignée dans
le rétroviseur

ROMAN

DENOËL

© Éditions Denoël, 1995.

I

Le tuyau de la salle de bains ronfle comme un dingue et il secoue toute la baraque. Elle a pas dû fermer le robinet à fond, c'est déjà arrivé parce que la plomberie est mauvaise. Si on était chez nous on l'aurait fait réparer mais de toute façon on n'a pas une thune à dépenser pour des robinets.

Je bouge pas. Elle va finir par entendre et se lever pour arrêter ça. Elle doit se dire que moi je vais me lever, c'est à celle qui en aura marre la première. Je crie : « T'entends pas ? » mais elle fait celle qui dort.

Je finis par me lever. Il faut traverser sa chambre pour aller à la salle de bains, mais elle est pas dans son lit, la porte est ouverte et c'est allumé. Je vois tout de suite que quelque chose ne va pas, et puis il y a cette odeur.

Elle est allongée dans un bain plein de sang, tête renversée sur le rebord, blanche comme un cadavre. Elle a laissé couler un filet d'eau chaude, pour que le bain reste à la même température et que ça ne coagule pas. Je veux hurler. Je peux pas, je suis comme étouffée, et en même temps il y a un tas de choses qui me reviennent. J'ai tiré un de ses bras de l'eau, elle s'est coupé au rasoir les veines des poignets. La lame est là, par terre. Je ne sais pas comment j'y arrive, je réussis à la tirer de la baignoire en l'attrapant sous les bras, de toutes mes forces, d'un seul coup. Elle tombe sur le carrelage en glissant, avec un bruit abominable. Le sang n'arrête pas de couler, il y en a partout. Je veux déchirer une serviette pour lui faire des garrots mais j'y arrive pas. Alors je cherche les ciseaux, sans les trouver.

Je deviens dingue, et puis je me rappelle la lame du rasoir, et je m'assieds par terre pour couper des rubans dans la serviette. Je lui noue les garrots autour des bras, je sais pas si c'est aux endroits corrects. Je les tourne avec les manches de nos brosses à dents, et je les fixe.

Heureusement j'ai vu ça à la télé, autrement elle y passait, on me l'a dit après, elle était limite. Les lèvres retroussées sur les dents. Le sang coule moins, alors je vais dans le living téléphoner aux pompiers. Ça répond tout de suite, ils veulent que je leur explique au téléphone, même pour les garrots. O.K. Ils arrivent.

Je retourne à la salle de bains et je me mets à vomir à genoux devant la cuvette, et puis je lui touche le pouls sous la mâchoire comme font les détectives, mais je trouve rien. J'ose pas toucher les poignets, ouverts comme des bouches. Je me mets l'oreille sur sa poitrine, ça tape à toute blinde, ça s'arrête et ça repart, et voilà que ça ralentit.

Je lui dis de ne pas mourir, de tenir le coup, en prononçant son nom.

« Cramponne-toi, Sabine! »

Je garde ma main étalée à l'endroit où bat son cœur, en lui donnant l'ordre de pas s'arrêter. J'envoie toute l'électricité de mon corps à travers mon bras, ça fait comme les électrodes qu'on leur colle en réanimation.

Elle est encore plus blanche. Je vais hurler. J'ose pas lui lever une paupière pour voir. Ces cons, je suis sûre qu'ils trouvent pas la maison, ici c'est pas une adresse facile.

J'entends une voiture, je fonce dehors et je dévale l'escalier de la terrasse après avoir allumé. Je cours dans la nuit, ils sont passés sans s'arrêter, on n'a pas de clôture, pas de porte comme tout le monde. Même l'adresse est nase, personne la connaît. Alors je me mets sur le chemin, je vois leurs feux arrière.

Ils ont dû voir l'éclairage de la terrasse parce qu'ils font demi-tour et ils rappliquent. Je fais des signes. Stop.

Les pompiers. Ils ont tout un matériel. Quatre, ils sont. Je les emmène, j'ai peur de la trouver morte. J'ai juste un tee-shirt bleu qui m'arrive en haut des cuisses. Un des pompiers peut pas s'empêcher de mater.

Ils disent qu'elle est pas morte, ils desserrent les garrots, ils veulent que je reste là.

« Va t'habiller. »

Deux reviennent avec une civière. Je vais dans ma chambre me frotter les jambes toutes tachées de sang avant d'enfiler un jean et une chemise. Je parais plus que mon âge, souvent on me donne seize ans, on me prend pour la sœur de ma mère bien qu'on soit le jour et la nuit toutes les deux. Je suis grande, avec des épaules larges, la peau mate et des cheveux noirs qui m'arrivent au milieu du dos. Raides. Des yeux noirs bridés, un peu comme une Chinoise. Pourtant mon père était de Dinard, autant que je sache. C'est dans l'Ille-et-Vilaine.

Je me mets à trembler, je peux plus bouger tout d'un coup. Ils repassent avec la civière, vite. Celui qui me matait vient dans la chambre, il me voit écroulée et il dit que c'est la réaction. Il a un carnet.

« Tu as des parents qu'on peut prévenir ?

— Ma mère.

— Quoi, c'est pas ta mère qui est là ?

— Non, c'est une copine de ma mère. »

Je claque des dents, il prend une couverture sur mon lit, il me la met sur les épaules.

« Et ta mère, elle est où ?

— En boîte avec des copains. Sabine était venue pour dormir.

— Tu veux qu'on t'emmène avec nous ?

— Non, ma mère comprendrait pas quand elle rentrera. Vaut mieux que je reste.

— T'es sûre que tu tiendras le coup ?

— Ouais. Je vais me faire un café et puis je mettrai de l'ordre. »

Quelque chose le tracasse.

« Quel âge as-tu ?

— Quatorze.

— Tu parais plus. T'es drôlement démerde pour une môme de ton âge.

— Ça vaut mieux. »

Il regarde ma chambre. Ça aussi, ça le tracasse.

« T'as un frère ?

— Non. »

C'est à cause des maquettes d'avions de chasse et des deux sabres de samouraï accrochés au mur. Un copain jap de maman qui me les a donnés. C'est pas tout à fait vrai. Il se marre doucement.

« T'es bien sûre d'être une fille ?

— Vous avez eu le temps de voir. »

Il s'attendait pas à la réplique. De dehors ses copains l'appellent : « Ho ! Victor. » Il crie : « J'ai pas fini. » Il hésite. « Je sais pas si je peux te laisser là.

— C'est toi le chef ? »

Le tutoiement non plus, il s'attendait pas. Il se marre encore. « Oui. Ça serait mieux si un de nous restait avec toi, le temps que ta mère arrive. »

C'est un chef indécis. Il doit pas l'être depuis longtemps.

« Non, c'est pas la peine. »

Il se gratte un peu la tête sous sa casquette. Il doit savoir s'y prendre qu'avec les blessés et les morts.

« T'es sûre que ta mère va rentrer ?

— Victor ! merde c'est une urgence.

— Dans vingt minutes elle est là. »

Il me tend un papier. « Faudra qu'elle vienne. Et à la police aussi.

— O.K. » Il se barre en courant.

Faut aussi que je lave tout dans la salle de bains. Comme maman va rentrer beurrée, si elle voit le tableau elle va dégueuler partout et ça sera pire.

Je vide la baignoire en regardant ailleurs. J'ouvre la petite fenêtre. La nuit va finir, il est quatre heures du mat.

Quand la baignoire est vidée, le sang reste collé sur les parois. Je nettoie avec le tuyau de douche et une éponge avec de l'Ajax. Je me dis que j'en verrai d'autres et que c'est un bon entraînement. Je peux faire n'importe quoi si je veux. Je nettoie par terre avec de l'eau de Javel, après avoir mis des gants en caoutchouc, et je vais foutre la serpillière à la poubelle. Voilà, c'est nickel.

Enfin, je me déshabille en jetant mes fringues dans la machine à laver et je me mets sous la douche brûlante. Je m'asperge de bain moussant à la lavande. Plus jamais je pourrai me baigner là-dedans.

Je me frotte avec un gant de crin, à m'arracher la peau. Je vire au rouge. Je suis prise d'une frénésie de lavage, je ne peux plus arrêter de me savonner. Si je pouvais me décaper à l'intérieur, je le ferais. L'eau chaude ruisselle sur mon visage, mes cheveux, j'ai l'impression que ça dure des heures.

Tout à coup mes jambes deviennent molles, je m'assieds sur le bord de la baignoire, avec le vertige comme si j'étais en haut d'une falaise. Je respire un peu, enfin je pose mes pieds sur le carrelage dont l'odeur de Javel se mêle à celle du bain moussant. Je m'enroule dans une grosse serviette et je me parfume avec le vaporisateur de maman.

Je me sens un peu mieux, avec quand même la sensation d'avoir rêvé ce que je viens de vivre. Une fatigue terrible me tombe dessus, en même temps je suis speed. Je ne sais pas comment je vais raconter ça à ma mère ; à cinq heures du mat, crevée et beurrée, elle ne pourra jamais assumer.

Fini pour la salle de bains, je claque la porte sans regarder en arrière.

Dans ma chambre, j'enfile une chemise d'homme très large. Il y en a ici quelques-unes oubliées par les grandes passions de maman, de toutes les tailles et de tous les genres. En une seconde mes cheveux sont enroulés en chignon que je fixe avec une barrette en argent ; ils dégoulinent un peu sur le dos de ma chemise.

J'ouvre la fenêtre. Le ciel pâlit, avec des teintes ardoise, l'air est plus acide avec l'odeur des pins très forte, et les collines sortent de l'ombre petit à petit, il y a déjà des lumières comme des petits points, très loin. J'aspire l'air à fond. Puis je vais dans la cuisine. Sur la grande table en bois d'olivier, il y a encore les restes du dîner, pizza, chips et olives piquantes avec des épluchures de pêches. D'un coup, je balance tout ça à la poubelle et je tasse avec les serviettes en papier. Après avoir lavé la table, je prépare du café, beaucoup, parce que maman va en boire des litres pour se réveiller.

L'odeur merveilleuse emplit la cuisine et me donne tout de suite une impression de sécurité. Je me sers un grand bol, avec deux sucres de canne. Je remue en allant allumer la radio, les infos que je n'écoute pas, mais la voix me rassure, alors j'augmente le volume au maxi et je ne me sens plus seule.

Quand je sors sur la terrasse avec mon café, le jour arrive, bien que le jardin soit encore à moitié dans la nuit, surtout sous l'énorme olivier où viennent dormir des rats.

Assise sur une marche, je savoure le café à petites gorgées. Fabuleux. Tout dehors est immobile et silencieux sauf la radio qui gueule et me berce, alors je dérape en douceur dans un demi-sommeil.

Heureusement que le tuyau ronflait, autrement Sabine serait morte. Le bruit m'a tirée d'un rêve : j'étais aux commandes d'un avion de chasse, en pleine bataille, des avions sortaient des nuages et on se tirait dessus. Je ne connaissais pas le nom de ces avions ni leur nationalité, ni même la mienne. Je savais qu'on était au-dessus du Pacifique. J'appuyais sur la commande de tir, la rafale faisait tout trembler et j'éclatais, pour me réveiller avec le tuyau.

Ce rêve, il revient de temps en temps, depuis mon enfance, avec des variantes ; quelquefois je descends des avions, d'autres fois je me fais descendre. Mais c'est toujours fabuleux, l'excitation de la vitesse et le combat. J'appelle ça des rêves mais ça n'y ressemble pas tout à fait, c'est plus. Quelquefois je me demande si je n'y suis pas pour de vrai. Je ne sais pas si c'est dans le passé ou hors du temps, peut-être dans un autre plan d'existence. Deux personnes, une ici, moi, et l'autre pilote, mais seulement dans la bataille. Un petit truc découpé comme la séquence d'un film. Peut-être que je suis dingue, quand j'en parle on se fout de moi, on me croit pas. Sans doute ça vaut mieux, autrement je serais enfermée avec les barjes. Les pilotes des autres avions y sont probablement déjà. D'autres fois je change de zinc, je me retrouve à Mach II avec des missiles. Des vrais. Bon. Heureusement c'est pas tous les jours, je me mélangerais les pédales.

La chatte noire saute sur la terrasse et vient directement vers moi. Elle est des environs, S.D.F. comme nous, on l'appelle Nicole. On joue un peu toutes les deux. Je reste sur le dos à regarder les couleurs qui changent dans le ciel, la flemme de me lever. Le coup de Sabine dans la baignoire me revient à gerber. Je la connais presque pas, elle travaille avec maman, à vendre des encyclopédies au porte-à-porte.

Le copain qui nous a prêté cette maison est sur un tournage ciné à Singapour. Il rentre dans un mois et il faudra encore déménager. J'aimerais que ma mère trouve un autre job ou un mec très classe qui bosserait pour nous. Mais ça en prend pas le chemin.

Les voilà, la voiture des copains de ce soir se gare tout doucement. Maman en descend avec un petit rire de soûlarde. Elle m'a pas vue mais elle entend la radio, alors elle allonge le pas pour traverser le jardin, ce qui lui remonte sa robe au-dessus des cuisses, la démarche pas très sûre, ses pompes à talons aiguilles à la main. C'est pas encore ce soir qu'elle m'a trouvé un père. Une bretelle de sa robe a craqué, elle a un nichon dehors, très beau. Je suis pas partie pour en avoir d'aussi sexy, je suis trop athlétique, tout dans la carrure, et plus grande qu'elle. Claire, c'est le nom de ma mère.

Elle entre dans la lumière, ses cheveux blonds bouclés sur ses joues où tout le fard a coulé, des valoches sous les yeux, mais super belle.

« Qu'est-ce que tu fous là ? »

Je tends mes bras et elle se penche pour m'embrasser.

« Qu'est-ce qui te prend de faire tout ce boucan ? Sabine est réveillée ?

— Y a plus de Sabine. »

Je sais pas comment j'ai dit ça, j'arrive pas à trouver les mots. Je lui raconte tout sec, comme j'ai vu. Le reportage. On rentre dans le living, je crois qu'elle est un peu beurrée, les idées pas encore en place, ça se mélange. Elle fixe le papier que le pompier m'a donné, elle murmure putain de merde d'un air effondré et elle tombe le cul sur le divan. C'est moi qui appelle l'hosto pour lui faire plaisir mais ça sert à rien, je le savais, Sabine est juste en réa. O.K., je raccroche. Maman, égarée comme si elle avait perdu la mémoire, se frotte un pied.

Je vais chercher un bol de café. Quelquefois, quand ça va mal, il faut que je lui balance de l'eau, mais là le café suffit. D'abord elle est pas alcoolo, juste une picoleuse. Le café la retape tout de suite. Elle veut aller voir la chambre de Sabine et aussi la salle de bains.

« Elle a pas beaucoup saigné, ma biche. »

Je dois lui expliquer que j'ai tout nettoyé, des litres de sang, et que j'ai peut-être le sida. Elle me pompe. Alors elle me serre dans ses bras en pleurant. L'alcool. Elle veut qu'on aille tout de suite me faire un test.

« Ça marche pas comme ça, maman. Et puis le sida, je l'ai pas. »

On retourne dans le living, elle veut une aspirine. Je demande :

« Tu sais pourquoi elle a fait ça ?

— Non.

— La déprime ?

— Probable. Quelquefois on se flingue et c'est les autres qui se demandent pourquoi après.

— Tu pouvais pas prévoir ?

— Mais si, soupire maman. J'ai même pensé que je devais rester avec elle, elle me disait tout le temps qu'elle se faisait chier. Mais ça me déprimait encore plus. Je ne suis d'aucun secours à personne.

— Parce que t'es trop belle. »

Ça lui fait plaisir.

« J'avais envie d'aller en boîte, c'est tout. »

Le défaut de ma mère, peut-être son seul vrai défaut, c'est qu'elle est née pour se marrer. Ça passe avant tout. Il suffit qu'elle soit avec des copains et ait de quoi picoler pour que tout soit génial. De préférence avec les pires ringards. C'est une accro des boîtes de nuit, surtout les petites, avec des habitués. Elle peut danser pendant des heures et déconner jusqu'à l'aube, c'est ce qui la tient en forme.

Elle n'a jamais eu que des petits boulots, après avoir cavalé autour du monde jusqu'à vingt-deux ans, moment où je suis arrivée. Elle est allée partout, aux U.S.A., en Chine, en Malaisie ; ravageuse comme elle était, elle trouvait toujours un mec pour lui payer le voyage.

Et puis elle s'est retrouvée seule avec moi et il a fallu assumer. Serveuse, caissière, vendeuse, elle a même joué du tambour dans un petit cirque rétro de la banlieue de Paris. Elle a lavé les salles dans un hosto, tenu la main des vieux en terminale. Elle a jamais pu avoir un job cool qui aurait pu la brancher, vu qu'elle était trop belle et trop intelligente. Les autres filles la haïssaient et les cadres voulaient se la faire à n'importe quel prix. Et puis elle avait pas le profil. Quand elle se présentait pour un boulot sérieux, les employeurs la trouvaient trop belle pour pas être conne. A la fin elle en a eu sa claque et elle a décidé de prendre les chemins de traverse.

« Pourquoi t'essaies pas de temps en temps de voir des mecs plus clean ?

— Ils m'emmerdent.

— J'ai pas voulu dire cons. Mais il y a pas autre chose que des paumés, des alcoolos, des nanas en déprime ?

— Moins chiants que les autres. De toute façon c'est mon destin.

— Et mon destin à moi, ça sera quoi ?

— Toi, tu as la force.

— Et toi tu as une vraiment sale gueule ce matin. Si on allait nager ?

— Super. Après on fera des courses. »

Quand on arrive à la plage, il est sept heures. Il n'y a encore presque personne. La mer calme comme un lac, et surtout un drôle de silence, malgré le bruit des voitures derrière nous. L'eau est fraîche, on y entre tout doucement, en marchant sur les galets, et on nage lentement, paresseusement, alors les bruits disparaissent, juste le petit clapotis de notre nage. Les mouettes posées sur l'eau nous attendent; quand on s'approche trop, elles vont d'un coup d'aile se poser un peu plus loin. D'autres font semblant de même pas nous voir, elles flottent comme des canards.

Je me tourne pour nager sur le dos, en regardant le ciel. En apesanteur, je ne bouge plus, balancée doucement. Je ne sais pas combien de temps il me faudra pour oublier l'image de Sabine quand je l'ai fait tomber sur le carrelage.

Maman me rejoint... « Tu dors ? »

Je ne réponds pas, je pique un crawl, trop fort pour qu'elle me rattrape. A certains moments, je ne peux plus la supporter, mais ça ne dure jamais. Le crawl me retape, les yeux me piquent. Elle est sur la plage en train d'étendre nos serviettes. Je me demande ce qui se passe dans sa tête. Je ne saurai jamais si elle ne joue pas la comédie en gardant pour elle des choses terribles. Peut-être que c'est elle, la plus forte. En vrai.

A peine allongées toutes les deux au soleil, on s'endort. Quand on se réveille, la plage est pleine de monde, il est onze heures.

« Je crois que je ne pourrai pas travailler aujourd'hui », dit maman.

On monte à Vence, au marché. La voiture de maman est une vieille Volvo toute cabossée qui bouffe trop d'essence. A l'arrière il y a plein de vieux magazines et des paires de chaussures parce que maman se change souvent dedans. Quand elle ne travaille pas, sa serviette avec les encyclopédies est dans le coffre. On a en plus quelque chose que les autres voitures n'ont pas : une petite toile d'araignée sur le montant du rétroviseur de droite. Même quand il pleut elle s'en va pas. Ça fait un an. On n'a jamais vu l'araignée. Porte-bonheur, dit maman.

Le marché où on va, c'est celui aux fringues, sur la petite place. Il est déjà tard pour trouver quelque chose de bien, de toute façon on n'a presque pas de fric. Il y a des étalages avec des tonnes de robes accrochées, mais surtout des fringues en vrac dans d'immenses paniers. Ça nous colle en état second.

Maman cherche une nouvelle robe pour aller en boîte, sa préférée a été déchirée dans une bagarre. Elle décroche une robe bustier noire, très moulante, longue avec une fente sur le côté. Elle la tient contre elle dans la glace posée contre un arbre et elle avance la jambe pour voir la fente. Elle en choisit une autre en coton, blanche avec des fleurs bleues, très courte avec un grand décolleté. Une vraie pousse-au-viol, et bien sûr c'est sur elle qu'elle craque.

Moi j'ai trouvé une robe en lin assez moulante que je trouve super bien coupée. Je monte dans le camion pour essayer et je redescends devant la glace étroite, fendillée et jaunie sur les côtés.

Je m'amuse à jouer un peu les top models et à prendre des poses provocantes. Je ramène mes cheveux sur l'épaule en me tournant sur le côté pour faire valoir l'ovale de mon visage.

C'est là que je vois un mec au bout de la place, deux étalages plus loin, qui me regarde. Je me sens ridicule, je crève de honte, je ne sais plus quelle attitude prendre. Je n'ose plus me regarder mais je sais que je suis rouge écarlate. J'ignore depuis combien de temps il est là, à observer ma parade de débile.

Je remonte dans le camion pour remettre mes vieilles fringues; je m'en fous de cette robe, c'était juste pour frimer. Quand j'en sors, le mec est toujours là. Ce n'est pas moi qu'il regardait, c'était ma mère. Un grand mec brun, très classe. Et sûrement friqué.

Il ne quitte pas des yeux maman qui a gardé sa robe blanc et bleu et ne s'aperçoit de rien. Je la vois payer, elle a acheté les deux. Nous voilà aux nouilles pour au moins huit jours.

Je la rattrape. « Tu as un ticket avec un type super.

— J'ai vu.

— Et alors ?

— Rien. On va boire une bière.

— Tu ne l'as même pas regardé.

— Pas mon genre. »

Évidemment, il est trop bien. Quelquefois je me demande si elle fait pas un complexe, comme si elle se jugeait inférieure.

On prend les petites rues encore pleines de monde. « On pourrait avoir une belle maison à nous avec un jardin...

— Pas à nous, rectifie maman. A lui. Et cesse de prendre ce ton geignard. »

On va au café sur la grand-place, on s'assied à la terrasse. Maman boit une bière pour sa gueule de bois, moi un jus de fruits.

« Elle est géniale ta nouvelle robe. » C'est vrai, les couleurs vont bien à sa peau bronzée. Le soleil fait comme un halo doré dans ses cheveux.

« J'ai eu les deux pour presque rien. »

C'est pas vrai, je le sais. Elle n'a aucune notion du fric, elle vit sur un autre plan. Pourtant elle doit bien de temps en temps penser à l'avenir. Il y a des gens à qui ça fout la trouille. Elle croit qu'on va aller comme ça de petits miracles en petits miracles. Elle sort son poudrier et elle commence à se maquiller très vite les lèvres avec du rose nacré.

Je me demande si elle ne fait pas ça à cause du type qui est assis trois tables plus loin. Il nous a suivies ou il a deviné qu'on serait là. Il a allumé une cigarette et il boit lui aussi une bière sans cesser de regarder maman, mais pas comme les autres mecs qui dévorent des yeux. Lui, il suit tous les gestes, fasciné, mais si discrètement que je dois être seule à le remarquer. Peut-être parce que moi je suis fascinée par lui.

Maman boit à petites gorgées avec un air d'extase. Ce que j'adore chez elle, c'est son plaisir pour les moindres choses. Le type doit sentir tout ce qui se passe en elle. Il sourit légèrement, comme s'il participait, un sourire qui me plaît, avec une expression de vraie admiration dans les yeux.

« Il n'arrête pas de te regarder. »

Elle allume une cigarette, se penche en arrière comme si elle admirait les branches du platane au-dessus d'elle. « Je m'en fous.

— Il est vraiment bien. »

Elle sourit. « Tu le choisis pour père ?

— Peut-être bien.

— Tu ne te demandes même pas si je le voudrais pour mari.

— C'est toi qui m'as mise au monde. Tu dois te sacrifier pour moi. »

Elle se remet droite, boit une gorgée de bière. « Tu ne le supporterais pas, mon bichon.

— Il me faut une vie tranquille et assurée pour faire mes études et devenir ce que je veux.

— Va le dire à ce type.

— Chiche ?

— Je suis sûre qu'en ce moment il pense à tout autre chose qu'à ton avenir.

— Ça commence comme ça... Je t'en supplie, fais-le pour moi. Il ne s'agit pas de lui en particulier mais j'en ai ma claque de changer de maison sans arrêt. Ça me perturbe.

— Au contraire. Ça stimule. Tu es plus mâture que les autres filles. De toute façon, ce que tu espères, je n'y arriverai pas. Ça serait le bide complet. »

Je me demande si ce type n'essaie pas de lire ce qu'on dit sur nos lèvres. Je réplique : « T'as bien épousé mon père.

— Tu as vu le résultat.

— Parce que c'était un con.

— Pas toujours. N'injurie pas ton père. »

Tu parles ! Je l'ai assez injurié en secret. Un type qui élevait des huîtres, près de La Rochelle. Fou d'amour pour ma mère, mais pas capable d'assumer. Avec une famille qui détestait maman parce qu'elle n'était pas du milieu huîtres, et qui lui filait des nanas dans les bras, à lui. Mec faible. Quand elle l'a connu elle arrivait de Malaisie avec une hépatite; il l'a allongée au bon air de la mer, il jouait de la guitare, c'est comme ça que je suis arrivée. Et puis elle s'est barrée avec moi parce qu'il voulait pour de bon des concubines. Je l'ai pas beaucoup connu. J'aime pas les hommes comme lui.

Celui qui commande une autre bière en continuant de regarder maman est un mec fort avec de la puissance et de la douceur. Et il n'a pas d'alliance. En vrai, je demande pas un milliardaire, mais un vrai homme qui nous protégerait, et maman ne ferait plus ce boulot de merde.

A la table à côté, un gros mec barbu mange des haricots verts crus en buvant du rosé. Chaque fois qu'on vient, il est là avec son paquet de haricots verts. Comme si elle avait suivi ma pensée, maman dit que l'homme fort que je souhaite dans notre vie, il faudrait lui obéir parce qu'il y a toujours un os, de toute façon. Et qu'on finirait par regretter notre vie à deux.

« Tout ce que tu cherches, c'est un homme pour t'entretenir et payer tes études.

— C'était à mon vrai père de le faire. Et si on veut s'en tirer, on n'a plus d'autre moyen, oui ou non? »

Elle répond pas, parce que c'est vrai.

« Et puis j'ai pas dit n'importe qui. »

Je regarde le type à l'autre table. « Il y a des mecs friqués qui sont en plus attractifs. Mais toi, t'aimes que les ringards. » Il va croire que je le drague, il va nous prendre pour deux putes.

Je pose mes yeux ailleurs. « Et puis toi, t'exploites bien tes copains qui t'emmènent en boîte et aussi ceux qui nous prêtent des maisons?

— Laura, tu me pompes. T'es vraiment malheureuse?

— Non, mais c'est parce que j'ai un bon caractère.

— C'est le plus important dans la vie. Tu tiens de moi.

— Si j'ai une fille je penserai un peu plus à son avenir.

— Ce qui arrive, c'est toujours ce qu'on attend pas.

— Tu dis toujours ce qui t'arrange.

— Je te dis la vérité. Je te baratine pas, comme les autres parents. Chaque fois que j'ai pensé à l'avenir, quand il était là, il m'emmerdait. Mais la plupart du temps c'était autre chose. De plus ou moins marrant.

— Alors il vaut mieux rien foutre ?

— Je ne dis pas ça pour tout le monde. Il y a des gens d'avenir. Regarde leurs gueules. »

Je me marre, ça finit toujours comme ça les discussions avec maman. Alors il faut faire quoi ? Prier ?

— On ne demande que des conneries. Dieu sait mieux que nous de quoi on a besoin. Si ce con existe, bien sûr... »

Le type paie et s'en va, avec un dernier regard. L'image de Sabine reprend sa place dans ma tête. C'est vrai que si on en a marre de la vie on peut toujours se barrer. Une copine de lycée a essayé de le faire cet hiver. Sans vraie raison. Elle m'a raconté que ça l'avait prise comme ça, comme une gueule de bois de la vie. Elle a avalé des pilules pour se sauver, vraiment se tirer. Ça a pas marché, mais elle m'a dit qu'il y avait eu un moment génial. Elle avait peur de recommencer. Moi aussi j'ai essayé, quand j'avais six ans.

« Arrête de penser à ça, dit maman.

— Tu sais même pas à quoi je pense.

— A Sabine.

— Je pensais pas à Sabine. »

Sa télépathie marche pas toujours. Je finis mon verre. « Tu sais que t'auras une vieillesse de clocharde ? »

Elle se marre. « Mais non, tu seras là, ma bichette. Et arrête de nous emmerder avec l'avenir. Il y a tant de choses magnifiques...

— Et tant pis si ça finit mal ?

— Tant pis. Mais ça finit toujours par s'arranger. Seulement il faut du temps pour le comprendre. De toute façon, tu es beaucoup plus matérialiste que moi.

— Tu me dis de te laisser être ce que tu es. Pourquoi tu ne fais pas la même chose avec moi ?

— Tu me donnes mal à la tête, soupire maman.

— C'est pas moi qui te donne mal à la tête, c'est ce que tu as picolé cette nuit.

— Tu parles à ta mère.

— J'aimerai bien que tu le sois un peu plus souvent, ma mère.

— J'ai faim, tu veux un sandwich ? »

On attend les sandwiches en silence, en regardant le mec brouter ses haricots verts. Il en est à son sixième rosé. C'est peut-être un bon régime. Pour emmerder un peu je dis : « Maman, je sais que ce type va être important dans ta vie.

— Les haricots verts ?

— Non. L'autre. »

Je sais pas pourquoi j'ai dit ça. Ma médiumnité. Elle répond pas, elle remet de la moutarde sur son jambon.

II

Maman est partie voir Sabine à l'hôpital.

Moi j'attends Maï qui veut aller à la foire de Marineland parce qu'elle craque pour le mec de la grande roue. Elle arrive avec un panier sur le porte-bagages de sa mob. Ses vieux ont une boutique de bouffe viet, elle nous apporte des trucs qu'elle pique à la cuisine. Aujourd'hui il y a des pâtes, du bœuf en sauce et du poulet au curry. On en a pour trois jours. Je mets au frigo. Maman trouve toujours normal d'accepter les dons, d'où qu'ils viennent, parce que si les gens nous offrent des choses, c'est que ça leur fait plaisir. Il faut pas les vexer. Quand j'étais petite, il nous est arrivé de faire carrément pitié, elle disait que c'était une façon comme une autre de gagner sa vie, comme le théâtre. Je pense pas comme elle, à cause de l'orgueil, qu'elle a surmonté. Elle accepte comme une déesse.

Maï est ma meilleure copine, on est dans la même classe. Elle va essayer de pas redoubler, uniquement pour qu'on soit pas séparées. Moi je suis dans les premiers, pour pouvoir devenir pilote. Elle, c'est plutôt, les fringues et les magazines de mode; elle veut devenir top model, elle a déjà posé pour des pubs. Maï est grande, vachement belle, longues jambes et cheveux noirs coupés au carré. Aucune raison de se tuer au boulot. En plus elle est pas con et elle sait se mettre en valeur. On a le même sens de l'humour, on se marre beaucoup.

A elle j'ai raconté mes rêves, qui ne l'étonnent pas. Sa tante est astrologue, elle a fait mon thème, je suis une médium. Il doit donc y avoir des aviateurs morts qui craquent pour moi et qui viennent dans mes rêves. C'est pas important, tant qu'ils me font pas trop chier. Je la laisse dire.

Elle connaissait pas Sabine, alors elle se cogne de son suicide, mais elle dit que j'avais pas le droit de l'empêcher. Je suis intervenue dans son destin et ça peut me rapporter des emmerdes. Probablement Sabine était appelée dans l'au-delà par des gens qui vont m'en vouloir.

« Tu l'aurais laissée, toi ?

— Je me serais recouchée. »

Elle veut m'épater. J'ai été réveillée parce que c'était aussi son destin. On se dispute un peu sur ce sujet et je lui fais voir la salle de bains. Il faut que je lui montre comment j'ai tiré Sabine de la baignoire.

« C'est quand même dégueulasse d'avoir fait ça chez vous.

— Peut-être que ça lui a pris comme ça. Elle a pas voulu se taper une journée de plus. Tu peux pas comprendre.

— Tu le ferais, toi ? Je parle pas du suicide, mais de se saigner à mort chez des copines qui vous hébergent ?

— J'en sais rien. »

Au souvenir de cette nuit, je me sens un peu filer dans le coton. Des crampes d'estomac. Pire que cette nuit, quand j'étais dans l'action. Comment j'ai fait pour trouver les gestes sans tomber dans les pommes ? Ce sang qui lui pissait des poignets, étalé partout.

« Pourvu que t'aies pas attrapé le sida.

— Pourquoi elle aurait le sida ?

— C'est peut-être pour ça qu'elle s'est flinguée. Et toi, avec le bol que t'as. Regarde si t'as pas une blessure. »

Mon pied, j'ai marché sur la lame du rasoir. Mais sur la corne du talon ; ça a pas saigné. Manquerait plus que le sida. Maï pense toujours à tout, surtout à l'horreur.

Moi j'y ai pas pensé, j'ai barboté dans le sang. Se payer le sida en sauvant quelqu'un de la mort, ça serait dans l'ordre, putain de dieu de merde.

« Tu sais pourquoi tu l'as sauvée vraiment ?

— Me fais pas chier ! Je pouvais pas la laisser.

— Elle t'avait rien demandé. Tu l'as tirée parce que toi tu pouvais pas supporter.

— T'aurais fait pareil.

— Faut toujours que tu nettoies tout. »

Je ne sais plus si tout au fond je n'ai pas sauvé Sabine pour que maman ne voie pas ça. Pour ne pas assister, moi, à la réaction de maman, qui aurait salement craqué. Peur de me faire engueuler, aussi. La vraie Sabine, je la connais pas assez pour m'en foutre qu'elle cane ou non. En plus, elle ronflait la nuit et elle bouffait tous les biscuits que j'aime. Mais aussi il y a quelque chose en elle qui me botte, elle me fait marrer. C'est difficile de comprendre les choses.

On va dans la chambre de ma mère fouiller pour comparer les robes avec celles de Maï. Elle est vraiment dingue de fringues, elle reste là sans bouger, comme une vache ; elle m'agace.

Je lui dis qu'elle est superficielle. Elle répond que c'est ce qui m'attire en elle, vu que moi je suis trop compliquée et fêlée avec tous mes rêves à la noix que j'invente parce que j'ai besoin de ce trip pour décoller, alors son côté superficiel me ramène les pieds dans mes pompes.

Elle aussi a besoin de moi parce que je lui apporte de l'imprévu et des dimensions inconnues qui lui manquent, le délire et tout ce qui va avec. Dommage que je sois pas un mec, ça la rendrait dingue. Quelquefois on a des moments où on ose pas se toucher et même pas se regarder, des petits moments de gêne à cause d'un courant qui passe entre nous et qui pourrait foutre en l'air notre amitié. Une attirance que je crois physique. Peut-être parce qu'on a pas de copain pour se défouler et à qui donner des baisers amoureux, qui conviendraient à nos tempéraments. Alors parfois ça déborde. Quand ces dérapages se pointent, on se donne des coups en rigolant, on blague en se foutant de nous.

« Tu me maquilles ? »

Non. Je suis en boule, le manque de sommeil et aussi sa façon de me narguer, elle hyper fringuée, provocante et tout, alors que moi, avec mon jean qui pendouille et qui fait des poches aux genoux, j'ai l'air de rien. Cette salope a des bottines noires lacées très haut et une robe rouge en mousseline courte, pour faire craquer le marchand de tickets de la grande roue.

Je file dans ma chambre d'où je reviens avec une robe longue jaune et un bandeau autour de la tête. C'est pas mal non plus. Bien qu'on s'aime, on peut pas empêcher la rivalité et quelquefois le besoin d'écraser l'autre. C'est plus fort que nous.

Elle me montre une tache au bas de ma robe ; c'est tout ce qu'elle voit, elle m'emmerde. Aujourd'hui j'aurai dû rester seule, après cette nuit blanche j'ai plutôt envie de dormir ; en plus il fait une chaleur gluante.

Maï se met à ranger la chambre comme une maniaque, ça me rend malade et puis c'est vexant. Elle aussi est de mauvais poil, elle veut m'humilier, ça nous arrive souvent.

« O.K., assieds-toi. »

On va devant la coiffeuse et elle tend la tête. J'ai envie de lui balancer tous les fonds de teint à la gueule mais je me retiens. J'aime maquiller, surtout elle, parce que sa peau me donne des sensations et que son visage se prête à toutes les inventions. En cinq minutes j'étale les fards orangés, j'effleure les pommettes, le contour de la bouche avec un pinceau pour l'agrandir, et je choisis un rouge à lèvres prune presque noir. C'est sublime. Merde, c'est beaucoup trop beau, je suis tarée d'avoir fait ça. Alors, sans rien dire, je démolis un tout petit peu, elle se rend même pas compte.

« Fais voir.

— Bouge pas, j'ai pas encore fini. »

Elle se tourne pour se regarder en disant que je

suis vraiment douée. Et puis elle lève les yeux sur moi avec un petit sourire. Elle reprend le rouge à lèvres et elle redessine sa bouche comme j'avais fait. L'ordure. En le faisant, penchée devant la glace, elle dit : « Je crois qu'on devrait arrêter de se voir.

— Ça va pas ?

— Justement, ça va trop. J'adore quand tu me touches.

— Et alors ?

— C'est pas normal.

— C'est toi qui es tordue.

— Le problème, c'est que t'es trop sensuelle et je le sens.

— C'est ton problème. T'es en chaleur ou quoi ?

— Ton côté mec m'attire.

— On se calme. Moi j'en ai rien à tirer que tu t'envoies en l'air.

— Tu vois, on peut pas se voir un seul jour sans parler de ça.

— Tant mieux. »

On se vaporise avec le parfum de maman, *Opium*, et on se barre. *Opium* sur nous c'est le délire, les gens se retournent quand on passe.

Il fait une chaleur d'enfer, encore plus dans le bus où tout poisse comme si on était sur du papier tue-mouches. Les gens ont du mal à se décoller pour descendre. Maï est occupée à repérer si on la regarde, de préférence les mecs, mais même les femmes, elle aime.

Ses cheveux coupés au carré se balancent à chaque mouvement, une mèche lui tombe sur l'œil, elle joue à regarder comme à travers un rideau, ou bien, d'un geste agacé, elle la renvoie en arrière. Elle connaît le code de tous les mouvements attirants, même un bébé la fixe, bouche ouverte.

J'ai sommeil, pas assez récupéré à la plage, je m'endors un peu debout. Tout de suite un mec se colle à moi, un petit con maigre avec une barbe, et il transpire. Ses yeux lui sortent. Un frotteur, il y en a qui passent leurs journées dans les autobus. On descend, on est arrivées.

C'est Maï qui paie, ses parents lui donnent pas mal de fric parce qu'ils ont peur qu'elle se fasse inviter par des hommes.

Il paraît que les manèges qui tournent à toute blinde peuvent décrocher les ovaires, on ne peut plus avoir d'enfant à la longue. C'est mon copain Percival qui me l'a dit. Des femmes ont même avorté comme ça.

Maï se paie un petit numéro de mannequin, dos raide dans un endroit découvert, elle le fait aussi avant de monter dans les manèges. Pour moi c'est le coup de pompe. J'aimerais être dans un hamac sous un arbre et dormir. Et aussi sec je me demande où nous serons le mois prochain. Maman a un carnet avec toute une liste de copains qui peuvent nous héberger un moment, et on vit comme ça, avec des petits intermèdes dans des hôtels minables.

On pourrait obtenir un logement, mais les deux-pièces sur cour à petit loyer, ça serait la fin, plus personne inviterait maman et elle déclinerait vite fait. Le sordide, on en a eu notre claque. Alors on préfère l'incertitude, avec de courts séjours dans de très beaux endroits pleins de fleurs et de grandes salles de bains où nos copines peuvent venir se saigner dans la baignoire.

Maï veut des gaufres avec des frites, et après des machins gluants couleur fraise. Ça me fait penser à Sabine et au sang partout, je les jette. Un petit clébard se précipite pour les bouffer. Des mecs nous draguent, des petits avec des vilaines dents. Je ne sais pas si c'est parce qu'on est grandes, mais on attire toujours les nabots à gros cul. Des mecs de dix-huit, vingt, qui se croient tout permis, avec des casquettes à l'envers. Je trouve que les jeunes de notre âge sont plus mignons. En grandissant ça se déglingue.

Maï injurie les dragueurs en leur disant tout de suite d'aller se faire enculer. Distante, avec son allure, ça déconnecte terriblement.

Ils s'en vont en lui disant mollement d'y aller elle aussi. Se faire mettre.

« Un mec nous file le train », dit Maï.

C'est pas le premier. Je vois rien. « Comment il est ?

— Vieux. »

La foire en est pleine, de vieux dragueurs, même des retraités.

« Et alors ?

— Ça fait un moment qu'il nous colle.

— Je vois pas.

— Tu vois jamais, c'est de famille. »

On arrive à la grande roue. C'est vrai que Maï a une attirance avec le type qui vend les billets, un blond avec des yeux bleus, dans les dix-huit. Mais elle est tellement classe qu'il ose à peine la regarder. Un timide. Mignon. Les mecs bien sont timides avec les filles trop belles, j'ai remarqué ; ceux qui les draguent, c'est les conards qui se croient irrésistibles. Maï est attirée par les blonds aux yeux bleus. Le contraste.

Bon. Il faut bien monter sur la grande roue pour faire plaisir à l'amoureux silencieux. Bien que ça nous emmerde. Il y a rien à foutre que de prendre le vent dans la gueule en regardant les toits et les montagnes lointaines. La grande roue me donne sommeil.

« Tiens le voilà. Le vieux. »

Elle me montre un type tout seul dans une nacelle. En fait de vieux, je reste clouée, parce que c'est le type de ce matin, celui du marché. Je raconte à Maï.

« Alors c'est pour toi qu'il est là.

— Non. Il flashait sur ma mère.

— Tu te goures. C'est un vicelard. »

Faux. Je peux le détailler. « T'as quoi dans les yeux ? Il est super, ce mec.

— Arrête de le regarder. Tu racoles.

— Il nous voit même pas.

— Ce genre de mec voit tout. Il est là pour toi.

— Comment veux-tu qu'il m'ait suivie depuis ce matin ?

— Tu ne regardes pas assez les infos.

— Tu délires. Tu vois la merde partout.

— Elle est partout, réplique Maï. Je sais que ce type n'est pas net.

— C'est parce qu'il a l'air intelligent que tu l'aimes pas.

— Avec vos mentalités de connes, un jour ta mère et toi vous allez vous faire avoir.

— Tu me pompes. »

La roue commence à monter, il doit sentir mon regard parce qu'il tourne la tête et me voit.

La roue s'est arrêtée pour que les gens admirent le paysage. Le mec est juste de l'autre côté, en face de nous. Il a un tee-shirt bleu marine et une veste de lin. Genre décontracté, dans les quarante, brun. Qu'est-ce qu'un mec comme ça fout dans la grande roue ? C'est vrai qu'il est là pour moi. J'ai envie de le connaître. Je lui souris.

« T'es vraiment une pute, fait Maï.

— C'est pas pour moi, c'est pour ma mère. Un mec comme ça, si je pouvais les accrocher tous les deux, on aurait plus d'emmerdes. Il paierait mes études.

— Une super pute. » Elle se marre.

« C'est toi qu'il veut se taper. Autrement qu'est-ce qu'il foutrait ici ?

— C'est une coïncidence.

— Quelquefois je me demande ce que je fous avec toi. »

Je l'embrasse sur la joue.

« Toi tu m'aimes.

— C'est vrai.

— Tu t'imagines quand même pas qu'il me suit depuis Vence ! »

Elle réfléchit. Évidemment c'est impossible. Mais elle a la réponse : « Si c'est une coïncidence, c'est encore pire, ça veut dire que le destin vous rapproche. »

Il est maintenant au-dessus de nous pendant qu'on descend, on le voit plus. Ce qu'a dit Maï m'impressionne, en même temps ça m'excite.

En bas, on est prises dans la foule. Je me retourne, il a disparu. Maï m'entraîne, je suis déçue.

« J'ai dû me tromper, c'était pas le même mec. » Je sais bien que si. Il va se passer quelque chose dans ma vie, j'ignore quoi.

« A force de souhaiter des conneries, dit Maï, elles arrivent. Mais c'est pas toujours ce qu'on croyait.

— On dirait ma mère. »

Quand je rentre, il y a un barbecue dans le jardin, maman a invité les glandeurs, une bande de copains à elle qui font des petits boulots, cinq mecs entre trente et quarante ans, ils vivent dans des chambres de bonnes, ils sont toujours bien sapés, et gentils. Il y a le grand Sam, qui garde un bateau à Cannes et travaille à mi-temps pour les pompes funèbres. Et aussi Karamenidès, un Grec qui a fait du catch. Cornier et Jean qui bégaie, ils font des petites filatures pour des détectives privés. Ils m'ont pas vue, j'ai pas envie de leur parler. C'est pas eux qui emmènent maman dans les boîtes ni qui nous prêtent des maisons. Mais c'est des gens gentils et plutôt marrants, dans le genre négatif. Maman les aime bien. Je vois que le barbecue est éteint et qu'ils sont en train de se taper toute la bouffe que Maï nous a apportée.

Ils parlent du suicide de Sabine. Ils la connaissent pas, mais les suicides, ça les branche énormément. Maman explique que, ce matin, Sabine était contente de se trouver vivante. Eux disent que c'est bien le caractère féminin, de jamais savoir ce qu'on veut.

C'est toujours passager le désespoir, dit maman. Ça les fait marrer, vu que pour eux le désespoir est toujours là, quelquefois on l'oublie, voilà tout. Et c'est pour ça qu'on est contents juste quand on est beurrés. Maman assure que le monde est beau. Ils pensent pas ça. Pour eux le monde paraît beau quelquefois pour mieux nous piéger. Nous retenir. Jean dit : « Comme des paillettes sur la peau d'une vieille pute dans le noir.

— Alors pourquoi vous vous flinguez pas ? »

Ils se marrent : « Parce qu'on aime le malheur. Y a que ça de vrai. On aime se faire chier et tout. Et on se flingue pas pour pas se quitter. Ou alors faudrait le faire ensemble, tu sais, comme les paras acrobates qui plongent en se tenant tous par la main. »

Je m'en vais doucement derrière les massifs. Maintenant ils discutent comment ils pourraient faire pour se flinguer ensemble. Mais ils ont quand même pas assez confiance, y en aurait toujours un qui se casserait au dernier moment. Ils sont déjà bien pétés, j'entends le rire clair de maman, qui a un don terrible pour imaginer ce qu'elle entend. Tout de suite elle voit la scène. Les cinq cons assis sur une bombe, enchaînés avec un cadenas. Ils pourraient aussi se foutre à l'eau ensemble, entortillés par une grosse chaîne.

Maintenant c'est moi qui vois le tableau. Je m'allonge sous le figuier, tellement crevée que je ne sens plus mon corps, c'est mon cerveau qui prend toute la place, ça bout dans ma tête. De loin, je regarde ces types vivre, bouger, frimer devant ma mère ; on dirait de vrais gosses.

Ils font partie de ma vie depuis qu'on était à Cannes. On a connu le grand Sam en premier. C'est une sorte de famille marrante et triste à la fois. Ils ont jamais rien foutu, ils se laissent aller au fil des événements, un peu comme maman, c'est pour ça qu'ils s'entendent. Laurent et Cornier vivent encore chez leurs vieux ; c'est vrai que de plus en plus de mecs le font.

Depuis que je les connais, ils ont tous été super pour moi, avec des câlins et tout. Je me rappelle qu'ils me racontaient des contes de fées à l'envers, des trucs de cauchemars, j'adorais. J'étais le chouchou, la mascotte, c'est l'avantage de vivre avec une mère célibataire.

Ils voulaient s'occuper de moi, me distraire, tant que ça les amusait. Je racontais à mes copains de l'école que tous étaient mes pères, qui se relayaient pour venir me chercher. Je frimais un max, mais je finissais par me mélanger les pédales.

Ils voulaient me faire oublier avec leur gentillesse les périodes où j'en bavais. C'est vrai que c'était au point que j'arrive toujours pas à regarder certaines photos de moi, même avec le recul du temps. Sur ces photos j'avais des yeux fixes et perdus, la vraie souffrance. Je sais que j'ai oublié pas mal de choses et maman m'en parle jamais. On dit qu'il y a un barrage dans la tête des enfants pour les protéger du merdier. C'est vrai.

Si je m'en suis sortie, c'est à cause de l'amour de maman et des gens qui se pointaient comme par miracle quand on allait déjanter toutes les deux.

Je me souviens aussi quand elle avait un peu de fric, elle m'achetait des jouets et des fringues pour compenser, mais comme malgré ça c'était pas le pied, je devenais capricieuse, chiante et exigeante. Et aussi des périodes de vraie méchanceté où je faisais des saloperies et des salades avec tout le monde. J'ai failli faire s'entre-tuer des gens qui nous hébergeaient.

Il y a eu une période où j'étais fascinée par la vieillesse. Je suivais des yeux tous les vioques qui passaient, en préférant ceux qui allaient clamser. Je devenais barje, en me regardant dans la glace je voyais au lieu de moi une petite vieille toute ridée avec des yeux profonds et gentils comme au moment de la mort. On se faisait des clins d'œil. Les vieux m'ont toujours émue, encore maintenant. Heureusement cette période a pas duré, j'étais devenue une accro de la mort et des cimetières où j'aimais me promener seule. Je me couchais sur les tombes, je croyais qu'en le voulant très fort, on pouvait mourir comme ça. J'ai pas rendu la vie facile à maman, qui se demandait si quelque chose tournait pas rond dans ma tête.

J'ai démoli pas mal sa vie sentimentale, mais là je croyais bien faire. Je voulais tellement avoir un père que chaque fois qu'elle ramenait un mec à la maison, je lui filais le train sans arrêt, le super pot de colle. Je le forçais aussi à rester assis et à pas bouger ou je criais. Le chantage. Et je m'installais devant pour le fixer dans les yeux, en lui parlant sans arrêt. Quand il marchait dans l'appartement, je m'accrochais à son pantalon en me traînant par terre. Ça n'avait pas l'effet désiré, les mecs ne pensaient plus qu'à se tirer.

Avec ma mère, tout ça nous a rapprochées même si quelquefois elle voulait me balancer par la fenêtre. Elle m'a toujours parlé d'un tas de choses, en me faisant voir le monde en vrai, merveilleux ; les moindres petits trucs, comme la pluie, ou des objets de rien me faisaient rêver. Dans la rue, je lui montrais du doigt n'importe qui, et aussi sec elle me racontait toute une histoire autour qui me faisait décoller.

Si elle est encore seule, c'est qu'aucun type pourrait la comprendre vraiment, avec son caractère et surtout sa façon de voir les choses. Je me sens une salope de la persécuter pour qu'elle assure notre avenir, mais quelquefois j'ai la trouille de la voir mal finir, comme c'est arrivé à certaines de ses copines. Mais elle croit pas qu'on finisse mal toutes les deux, elle pense qu'on est protégées des dieux parce qu'on les amuse avec notre galère. On les imagine penchés sur nous en se marrant et en faisant des pièges pour qu'on se casse encore mieux la gueule. Alors on les insulte. Ça les intéresse de voir comment on s'en tire, mais à ce cirque ces salauds paient pas toujours leur place.

En attendant je suis là avachie comme une loche sous ce putain de figuier. Et puis merde, je m'endors. Elle me réveille pour aller dîner, elle a eu du mal à me trouver ici. Les copains se sont barrés pour aller picoler ailleurs. Dans la salle à manger elle a arrangé une jolie table comme j'aime, avec des couverts en argent et des fleurs. Elle me sert une grande assiette de frites et des côtelettes. J'ai tellement faim que j'en ai mal à l'estomac. Les couverts je m'en sers pas. Je mange à pleines mains comme j'aime faire quand on est seules. J'adore le contact direct de la nourriture, lécher mes doigts pleins d'huile, je me régale. Maman a les yeux qui se marrent en me regardant manger, rien qu'en me voyant comme ça, contente. Je décide de pas lui parler du mec sur la grande roue.

On est hyper bien ensemble, entre nous le moindre

mot devient un code, quelque chose de fort qui va encore plus loin que le sens ordinaire des mots.

Je sais que le jour où je suis arrivée dans sa vie et qui était, je suppose, quand elle a su qu'elle était en cloque, ça n'a pas été facile pour elle.

A ma naissance on lui reprochait son irresponsabilité avec moi mais c'était pas sa faute, elle a pas été programmée pour être mère, c'est tout. Pour elle j'étais une inconnue, le mystère, quelqu'un qui la déconcertait et qui déboulait dans sa vie pour la déstabiliser.

Pendant longtemps elle savait pas quoi faire de moi. Elle m'a avoué un jour de confidences qu'elle avait même pensé à me faire adopter, pas pour me larguer, mais pour me donner une meilleure chance, mais petit à petit elle a flashé sur moi, craqué complètement. Et puis elle voulait plus me quitter, elle assumait ma vie et plus je grandissais, plus elle devenait dingue de moi. Et plus je l'étonnais. C'était l'harmonie parce qu'elle aussi m'étonnait, je peux dire. Entre nous c'était une vraie rencontre, elle m'a jamais vue comme sa propriété. Alors faut pas trop lui en demander pour la vie clean et le boulot stable.

Après dîner, je prépare du café glacé auquel j'ajoute un peu de cognac. C'est le moment que ma mère aime le plus, boire son café glacé dans le jardin pendant qu'on discute, mais ce soir, en plus c'est la pleine lune.

Elle est déjà assise dehors sur la terrasse qui est pas immense mais couverte de rosiers grimpants avec aussi une vigne de raisin noir sauvage, du noah, qui coule jusqu'à terre. On boit notre café en silence en regardant le jardin sous la lune qui transforme tout, surtout les couleurs, en nous écrasant de toute sa blancheur. Et puis on se fout à poil et on s'allonge pour le bain de lune. On fait ça depuis qu'on est dans le Sud. C'est très bon pour la peau et un tas de trucs. Une heure on reste à regarder le ciel en respirant toutes les odeurs du jardin.

Maman me demande de lui masser le visage, je le fais bien et j'ai les mains pour ça, longues avec des doigts très souples. Elle pose sa tête sur mes cuisses. J'étale la crème de nuit qu'elle prépare elle-même avec des coquilles d'œufs broyées et du miel. Elle me regarde de bas en haut et elle sourit de mon air sérieux et de mon regard fixe. Je finis en massant son front et ses tempes. Quand j'ai séché mes mains, je lui masse le crâne pour qu'elle dorme bien. Ça me fait toujours une impression étrange de tenir son crâne dans mes mains, beaucoup plus petit que quand on la voit. Comme si elle tout entière était là entre mes doigts comme un oiseau, tellement fragile.

Ensuite elle se tourne sur le ventre et je peux imaginer ce que ça doit faire aux mecs, cette perfection. Je lui masse le dos en commençant au bas des reins. Elle a les fesses rondes, cambrées, un dos bien dessiné. Quand j'ai fini, elle roule sur elle-même, alors je me recouche à côté d'elle. Ça nous est arrivé de nous endormir pendant nos bains de lune, pour nous réveiller le matin trempées de rosée. Nicole me saute sur le ventre et s'installe, elle fait son nid, s'enroule, d'autres fois elle fait ses griffes comme une malade, alors je la balance par-dessus la terrasse. J'adore le contact de son pelage sur ma peau, son ronron me rentre dans le corps. On est là toutes les trois à rien foutre qu'à rêver. Une idée me vient.

« Où elle va habiter, Sabine ? »

Maman ouvre les yeux. « Ici, le temps qu'elle puisse se retrouver. » C'est vrai, elle sait pas où crécher parce que son copain l'a virée. Il la voulait juste pour tirer quelques coups, mais elle ronfle la nuit et il supportait pas. Comme ça avec tous les mecs, d'ailleurs ceux qu'elle drague c'est pas la crème. Quand ils arrêtent de se brancher sur son cul, ils voient plus que les défauts.

Mais je suis pas tellement d'accord. Maman, dès qu'elle voit quelqu'un dans la merde, il faut qu'elle le tire. Je lui ai souvent reproché de trop penser au bonheur des autres et pas au nôtre. Quand elle a des ronds, souvent elle les donne à des soi-disant copains qui galèrent plus que nous et qui se foutent d'elle. Elle sait pas prévoir que les bons moments durent pas, pourtant moi je le sais. Plein d'enfoirés ont profité de sa générosité. Elle m'expliquait que c'était leur problème à eux, parce qu'elle, elle savait ce que c'était le vrai fond du merdier, et quand quelqu'un que tu attends pas se pointe pour t'aider. Et il faut pas attendre de reconnaissance parce que ça vaut plus rien. Elle remettait ça avec les évangiles, et que si les dieux mettent un paumé sur ton chemin, c'est pas pour des clopes. Et que ce que tu donnes te sera rendu au centuple. Pour ça, on attend encore.

Il lui est même arrivé de planquer les mecs en cavale envoyés par Nicolini ; on a vu passer des gueules vraiment effrayantes mais tous nous aimaient beaucoup, ils nous faisaient pas de mal. C'est vrai que c'était tous des pros. Moi j'étais contente de voir tous ces gens passer à la maison, on se marrait, on se sentait plus seules. Il y en avait des très drôles, qui racontaient des histoires criminelles amusantes.

Mais plus je grandissais, plus je me rendais compte qu'on allait pas loin comme ça. Maintenant j'ai peur qu'on remette ça avec Sabine.

« Tu dis ça à chaque fois, et puis on se fait avoir.

— On peut pas la laisser tomber.

— T'as pas été là pour voir ce qu'elle a fait. Moi j'ai rien à voir dans ses problèmes. On a bien assez avec les nôtres. »

Elle se relève et s'assied en appuyant son dos au balcon de la terrasse. Ses nichons bougent d'une façon sexy, même pour moi. Marrant.

« Tu peux comprendre mieux que personne, Laura.

— On sait même pas où on va atterrir dans un mois.

— Et alors ?

— Tu as déjà trouvé quelqu'un, pour dans un mois ?

— On est maintenant. Quand ça devra arriver, ça arrivera.

— Ne t'y prends pas trop tard... Tu penses pas que Serge André pourrait nous laisser quand il rentrera ? On pourrait s'arranger avec lui. »

Elle allume une cigarette, et répond dans sa première bouffée qu'elle ne croit pas que n'importe qui puisse s'arranger avec Serge André, qui rend service juste quand ça l'arrange. Et puis il est pas tout seul, il rentrera avec sa nana.

« J'aime cette maison.

— Moi aussi.

— Tu penses qu'un jour on aura une maison à nous ?

— Pour quoi faire ?

— Non ! Réponds !

— Oui, ma biche, on aura une maison.

— Quand ?

— J'en sais rien. »

Bon. On va se coucher.

III

On va d'abord aller chercher Sabine à l'hôpital, après on ira pique-niquer en montagne, dans un endroit que je connais. Maman n'est pas branchée sur la nature sauvage, elle s'y emmerde, elle trouve la solitude oppressante, il y a plein d'insectes, ça pique, on transpire, c'est lugubre, et le bon air qu'on respire ne vaut pas toute cette galère. Sans parler des mauvaises rencontres.

Elle n'en finit pas de s'habiller. J'ai donné à Nicole une soucoupe de lait mélangé à des sardines, c'est son plat préféré. Le matin j'ai quelquefois une telle pêche que je me demande si je deviens pas hystérique. Envie de sauter sur un trempoline. Je rêve de ce truc mais il n'y en a pas dans les maisons où on vit, c'est pas le genre des copains friqués. Ici il n'y a même pas de piscine.

Tous ces mecs nous rendent des services pour exhiber maman avec eux en boîte, elle est décorative et surtout imprévisible ; quand elle est un peu pétée elle a des idées supermarrantes. Au fond c'est ça son vrai job. Et puis ils fantasment un peu sur moi, ça je le sais. Tant qu'ils ne me touchent pas et ne me disent pas de saloperies, ça va, il faut bien se loger. Ils aiment aussi faire croire à leurs copains qu'on est leurs maîtresses, ça leur donne un genre.

Moi, je n'ai pas de copain, je veux dire pour la sexualité ; négatif pour faire ça avec n'importe qui et je n'ai pas encore trouvé un mec qui me fasse craquer. Il y en a pas derche. En plus, le sida.

On a pas tellement de bol pour l'amour. Il fait déjà chaud, il y a presque pas de rosée, heureusement j'ai arrosé hier soir. J'adore ce jardin, avec une terrasse pour l'énorme olivier malade, avec des feuilles presque noires, je sais pas quel âge il a.

Je suis curieuse de voir comment sera Sabine. Ils voulaient la garder un jour de plus, mais elle a pas une thune, ils l'ont pas trop retenue. Pourvu qu'elle recommence pas.

Maman a fini de s'habiller, elle apparaît sur la terrasse, corsaire noir, body décolleté et ballerines. Je réussis à lui faire prendre des espadrilles.

Sabine nous attend dans le jardin de l'hôpital. Elle est un peu plus jeune que maman, avec une grande bouche et des yeux verts. Un gros nez. Elle porte un jean qu'elle a mal déchiré, une chemise nouée sous la poitrine et une ceinture cloutée. Des pansements autour des poignets, son sac en bandoulière. On l'emmène dans la voiture.

Elle travaille avec maman depuis trois semaines, on sait pas grand-chose d'elle sinon qu'elle voulait être comédienne à Paris mais ça a pas marché. Avant elle vivait à l'île Maurice avec un Indien, ils faisaient de la confection et elle en a eu marre de l'autorité de ce mec. Elle est d'origine arménienne. Elle a un rire désagréable mais c'est pas sa faute.

Là, elle est sous antidépresseurs et anxiolytiques, elle nous fait voir les cachets et l'ordonnance. La vie lui a jamais paru si belle.

« Pourquoi t'as voulu mourir ? »

Elle sait pas très bien, l'ensemble de tout. Marre d'être Sabine et de jamais arriver à rien. Mais maintenant elle est contente parce qu'on est là. Elle avait un mec qui l'a larguée, mais c'est pas ça la raison, la vraie c'est la solitude. Comme profond sous l'eau, noir et froid. Elle a pas pu supporter. Alors elle a pensé aux lames de rasoir avec lesquelles elle se rase les jambes. Marre de se raser les jambes, de son gros pif et tout. Je la prends dans mes bras et on pleure un petit peu. Elle me donne un chewing-gum qu'elle a eu à l'hosto. Elle voit plus la vie comme avant.

« Tu croyais qu'il y aurait quelque chose après ?

— Non. Juste dormir. Plus rien. »

Maman met une cassette d'Alain Bashung pour qu'on la boucle. Elle déteste tout ce qui se rapporte à la mort. Elle est éternelle et Dieu la protège sans arrêt. La mort, c'est comme les restes dans une poubelle, qui sentent mauvais. Maman ne se soucie pas tellement de l'avenir à cause des évangiles qu'elle s'est mis une fois pour toutes dans la tête : ne pas s'occuper du lendemain, Dieu y pourvoira, et aussi les oiseaux du ciel et les lys des champs qui en foutent pas une rame.

Elles allument des cigarettes. Sabine pense qu'elle a un ticket avec l'assistant de la psy, qui lui a filé un rancard. Et puis Dieu, qui aime tant maman, a aussi créé les boîtes de nuit, rien que pour elle. Il peut lui arriver n'importe quelle merde, elle se dit je m'en fous, ce soir je me défonce en boîte. Quelquefois je me réveille la nuit, elle est pas là, je me sens seule et j'ai peur pour elle. Pas pour moi. On a un flingue chargé au cas où, qu'on glisse toujours sous une pile de draps, partout où on loge. Un Beretta, c'est Nicolini, un copain, qui nous l'a filé. Il fait de l'immobilier pour la Mafia. J'ai appris à m'en servir, Nicolini nous a emmenées dans la montagne pour tirer sur des boîtes de conserve. Je suis meilleure qu'elle. C'est des choses que deux femmes seules doivent connaître. Avec un flingue on se sent le maître. Suffit de regarder bien la télé pour savoir comment le tenir, des deux mains avec les bras tendus, jambes écartées. J'hésiterais pas. Il faut jamais hésiter en rien.

Je les mène à l'endroit fabuleux que je connais sur la route du col de Saint-Raphaël. J'ai aussi une raison personnelle d'aller là.

Virages après virages de plus en plus serrés on arrive à une sorte de plateau où la vue s'étend très loin, rien que des monts et des bois. On gare la voiture dans un renfoncement pour monter un petit sentier raide comme un escalier, caché dans les arbres. Une fois qu'elle y est, maman cesse de se plaindre, elle peut marcher pendant des heures en pensant à je ne sais quoi, à peine essoufflée par les cigarettes. Sabine chantonne. C'est moi qui porte le sac.

« Rien que le plaisir de respirer, dit Sabine.

— Quoi?

— Le pied. »

Maman se retourne pour la regarder. Elle a pas beaucoup d'amies filles, les femmes ne représentent aucun mystère pour elle. Avec Sabine ça va commencer. Mais c'est vrai que l'air sent bon. J'aime les endroits sauvages, ça m'exalte, je me sens plus légère et j'aime que tout puisse arriver. Ici on est vraiment dans le ciel.

On arrive à un pré en pente très dure, il fait chaud à crever, maman demande pourquoi on s'arrête pas là, sous un grand pommier avec des pommes vertes toutes petites. Non, on s'arrête pas là. On laisse le sac de pique-nique et on continue.

Au sommet du pré il y a un bois de sapin, il faut contourner et tout à coup on se ramasse plein la gueule un paysage complètement dingue, mexicain, avec des rochers en chandelles, tout ocre et rouge, des corniches en équilibre, et là le sentier file le long d'un ravin, pas terrible mais une dizaine de mètres quand même, de quoi se casser la gueule pour de bon si on tombe. Impressionnant et pas très accueillant.

De l'autre côté du sentier il y a un rocher, comme un mur, et à un endroit ça devient hyper étroit, avec le sentier qui s'affaisse comme une semelle usée. Je veux qu'on passe, l'une après l'autre.

« Et si on se casse la gueule? dit Sabine.

— Y a aucun risque.

— Et après ça y a quoi?

— Rien. Ça a l'air dur comme ça, mais c'est facile.

— Alors à quoi ça sert, merde? »

Je crois que je souhaite qu'elles n'y arrivent pas. Je

suis venue ici avec Maï et ses parents, on a passé l'endroit dangereux en parlant, comme si c'était rien. Mais j'ai eu peur, j'ai imaginé que je tombais. Et le père de Maï m'a pris la main. C'est pour ça que je veux encore le faire. J'y vais.

« Regardez. »

J'y ai pensé ce matin, au sentier cassé, avec envie et en même temps appréhension. Depuis le pommier j'y pense sans arrêt. Je vais tomber, je sais que je vais tomber et me casser quelque chose qui empêchera ma vie d'être comme je veux. Pour cette connerie de sentier.

A un moment il faut se mettre de travers, le dos au mur, et c'est là que ce rocher donne l'impression de pencher. Voilà j'y suis. Si je ne le fais pas ma vie sera aussi gâchée que si je m'écrase en bas.

« Fais attention », me dit maman qui vient d'allumer une cigarette.

Rien qu'un grand pas de côté, il n'y a aucun risque ailleurs que dans ma tête. Si je ne fais pas ça, je sais que je ne volerai jamais. Non, c'est pas dans ma tête, ça passe dans mon corps qui se met à transpirer encore plus, et je sens mes jambes trembler. Deux corbeaux se pointent; comme sur une bande dessinée, ils se perchent sur un rocher de l'autre côté du ravin, et me regardent.

Ça y est j'ai passé. Tout de suite après ça devient large, tout en penchant un peu du côté du vide.

« Vous venez ? »

Maman avance tranquillement en tenant sa cigarette, elle ne prend pas la main que je lui tends et elle passe. Je la giflerais.

« Voilà des mecs », dit Sabine.

On sursaute. Je n'aimerais pas du tout.

« Où ? »

Elle se marre : « C'est une blague. » Les corbeaux se barrent sans un mot. On la laisse, le sentier bifurque et de l'autre côté il n'y a rien de spécial, des rochers, des montagnes et des bois. Avec Maï et ses parents on a marché pendant une heure encore. Ce que j'aime le plus dans ce genre d'endroit, la nature sauvage, c'est moins la vue que l'impression de baigner dans quelque chose de vraiment fait pour moi. Les odeurs, le silence mais surtout ce qu'on ne voit pas, comme une force qui émane de tout, la terre, les arbres. Vraiment sympa.

Maman me prend par le cou et m'embrasse. On a des élans spontanés, comme ça, de tendresse. Je la serre contre moi. En plus, j'ai faim. Mais tout est gâché par l'idée qu'il faut passer encore une fois cette saloperie. J'ai trop d'imagination, peut-être que je devrais me faire hypnotiser.

Maman passe la première, aussi à l'aise que si elle jouait à suivre le bord d'un trottoir. Je ne peux plus bouger. Elle se retourne et me regarde. Je m'en fous, je vais rester ici, parce que je sais que si j'y vais je tombe.

« Je me suis fait mal au genou. »

Maman m'attend avec un petit sourire calme. Il n'y a plus de Sabine. Maman n'a pas fait attention, mais Sabine est plus là, derrière elle, sur son rocher.

Je ne peux plus faire un pas. Alors maman s'approche et me tend la main. « Allez, bichon. »

Je lui accroche la main et elle me tire, sa cigarette au coin des lèvres. Moi, à petits pas comme une vieille, tac tac tac, et je ferme les yeux tellement j'ai confiance dans sa main forte, puissante, extraordinaire. Voilà. Elle ne se fout pas de moi, jamais elle ne l'a fait.

« Où est Sabine ? »

On l'appelle, pas de réponse. On regarde partout. Avec les saloperies qu'elle a avalées, elle est capable de n'importe quoi.

« Pourvu qu'elle ait pas eu l'idée de recommencer. »

En se tapant une boîte d'anxiolytiques ça a pu la prendre aussi spontanément que son idée de la salle de bains.

« On n'aurait pas dû venir ici, dit maman. Même si elle a pas recommencé, elle peut errer dans la montagne en pleine euphorie. »

Bon, il va falloir la chercher. On hurle : « Sabine ! » On revient sur nos pas.

« Coucou. »

C'est cette conne, elle se marre : « Je vous ai eues, hein ? »

On la regarde sans rien dire. On redescend le pré en courant, jusqu'au pommier où nous attend le pique-nique. Maman s'assied sur un petit plaid que j'ai mis dans le sac. En fait c'est un tapis de prière qui était dans la chambre d'amis. Très beau. On est gluantes de sueur. Maman se déshabille et ne garde que son slip. Sabine l'imite et elles s'allongent toutes les deux à l'ombre du pommier.

« Je voudrais avoir tes pieds », dit Sabine, étendue sur le ventre. Elle attrape un brin d'herbe entre ses dents. « Il y a plein de choses de toi que j'aimerais avoir.

— Tu as d'autres choses, dit maman.

— Je voudrais bien savoir lesquelles. A part mes pansements aux poignets je vois pas. Je vais avoir des cicatrices. J'ai envie de me faire tatouer la date au-dessus.

— C'est une bonne idée.

— C'est un atout pour draguer. »

Je dis que c'est pas ce que les mecs regardent, chez une femme.

« De toute façon je ne drague que les ringards, poursuit Sabine. Toi, Claire, tu t'en fous, de toute façon tu as tous les mecs que tu veux. Putain ! Qu'est-ce qu'il y a comme mouches ici ! »

C'est vrai. Des grosses mouches.

« On a dû se mettre à côté d'un étron. Pourtant ça sent pas !

— Il y a des mouches à la campagne », fait maman.

Pour elle, ici c'est la campagne. Pas de différence avec un champ de patates.

« On devrait changer d'endroit.

— Non, on est bien ici. »

Elles allument des clopes pour éloigner les mouches, qui s'en foutent.

« Elles doivent sentir que j'ai pris du Temesta, dit Sabine en crachant un brin de tabac. Si j'avais tes atouts, il y a longtemps que je ne bosserais plus. Un mec se crèverait pour moi. N'importe lequel, friqué.

— Arrête de te torturer.

— En vieillissant, tous les mecs finissent par se ressembler.

— Ça te réussit les tranquillisants.

— Moi je ne peux que m'améliorer en vieillissant. Tandis que toi, telle que je t'imagine... »

J'ai fini d'installer le pique-nique. « Pourquoi tu nous dis tout ça? Pourquoi tu dis tout ça à ma mère?

— Cet endroit me déprime.

— Tu crois que tu serais mieux dans un tiroir à la morgue? »

C'est moi qui ai dit ça. Sabine me contemple un moment. « Tu regrettes?

— Devine. »

Elle bâille. « Tu sais quoi? Quand on sauve la vie de quelqu'un, on doit le prendre en charge. On est responsable.

— C'est des histoires d'Arméniens. »

Maman s'est endormie tout d'un coup. C'est comme ça qu'elle récupère de ses nuits blanches. Surtout la campagne lui donne sommeil. Les mouches volent au-dessus de nous, elles nous collent pas trop. Sabine secoue maman. « Claire, c'est pas vrai, la prise en charge?

— Tu me pompes », murmure maman.

Sabine me lance un regard de défi et elle s'endort aussi. Pétée de tranquillisants. Je crève de faim, je coupe le pain de seigle en tranches épaisses, j'étale dessus les œufs durs mixés avec des tomates et du thon. Dans une assiette en carton, j'arrange les feuilles de basilic et les branches de céleri. J'aime cet endroit, je me sens bien, heureuse. Je mange lentement mon sandwich, et j'ouvre une bouteille de bière. Sabine se réveille. « J'ai envie de pisser. »

Elle se lève et s'en va vers un fourré. Maman s'éveille aussi. Elle n'est pas très branchée sur la bouffe, elle avale juste ce qu'il faut pour vivre. Je me demande si elle ne va pas mourir jeune, si au fond d'elle, elle ne le sait pas. Ça me fout un coup. Je sais pas la protéger, elle a une force de dégringolade terrible.

Sabine sort de son fourré, elle court sur la pointe des pieds pour nous rejoindre, paniquée.

« Il y a une femme ! Je te jure. Dans le buisson. Elle bouge pas.

— Tu délires, fait maman. Il ne faut pas boire de bière avec le Temesta.

— Mais j'ai rien bu ! Allez voir vous-mêmes. Elle a l'air morte. »

On y va toutes les trois. Sous le buisson, on distingue le corps d'une fille très blonde, jeune. Les yeux ouverts, bouche ouverte, le cou tout rouge. On croit d'abord qu'elle a un collier mais c'est une ficelle en papier, bleue, comme celle des paquets cadeaux. Maman murmure quelque chose que je ne comprends pas.

Des mouches se baladent sur les yeux ouverts, font un petit tour dans la bouche. Les mêmes que les nôtres. La fille porte un jean retroussé en bas, un tee-shirt blanc, plein de terre. Les cheveux courts. Bronzée. Comme ça, plus rien à voir avec quelqu'un de vivant. Il y a pas longtemps qu'elle est morte, parce que les morts ça sent pas. Ou à peine, ça se mélange aux odeurs de la terre et des pins. Celui qui l'a étranglée doit pas être très loin. Je le dis. Ça les panique. Mais non, c'est une connerie, il était barré avant qu'on arrive.

« Et s'il nous a vues ? »

La fille doit avoir juste quelques années de plus que moi.

« On se barre, souffle Sabine.

— On se barre doucement, dit maman. Comme si on n'avait rien vu.

— Mais elle ?

— Qu'est-ce que tu veux faire pour elle ? Allez. »

On s'en va. Doucement, comme maman a dit. Mais on regarde partout, on se retourne.

« Pourquoi ça serait un seul mec ? dit maman. Ils sont peut-être plusieurs. »

Elle n'a pas été violée, on lui aurait pas remis son jean, reboutonné et tout. Pourquoi ils auraient fait ça ? Maintenant on ramasse tout le pique-nique dans le sac à dos, et on se barre, le feu aux fesses. On dévale la pente.

« Il y a eu une fille tuée comme ça à Carros », dit Sabine.

Avec maman on lit jamais les journaux, on se tient pas assez informées.

« C'est un dingue. Un sadique. »

Le cerveau de Sabine fonctionne au ralenti. On cavale sur le petit chemin. On ose plus se retourner.

« Il faut prévenir les flics, dit encore Sabine.

— Non. Ça nous regarde pas. Et on a assez d'emmerdes sans en plus faire des vagues.

— Quelles emmerdes ? »

Maman explose. « Je suis sans domicile ! Avec une fille mineure ! On a déjà eu les assistantes sociales. Ça te suffit ? »

Dans la voiture, enfin, c'est presque la sécurité. Mon cœur arrive plus à battre normalement, ma tête c'est comme dans du coton. Je suis gâtée, ces derniers jours. Je fonds en larmes, j'ai une crise. Sabine demande si elle peut me donner un Temesta. Je l'avale avec de la bière. Mon premier anxio. Je pense à cette fille toute seule là-bas, comme si elle allait voir tomber la nuit, la solitude de cet endroit.

« C'est toujours nous qui trinquons, dit Sabine. Je hais les mecs. »

En rentrant, j'ai un message de Maï, qui passera me prendre pour retrouver ce soir les copains sur la plage.

Maman me force à y aller. J'aurais préféré qu'elles restent à la maison avec moi mais elles vont en boîte, c'est décidé, rien ne pourra les faire changer d'avis. Elle va voir un copain qui pourra peut-être nous loger le mois prochain pour plus longtemps parce qu'il part en Australie. Mais c'est pas sûr. En attendant il y aura toujours notre petite tente dans le coffre de la bagnole.

En été ça va, mais quand il pleut c'est plus dur. Les gens comme nous commencent à être pourchassés, ça va être le H.L.M. obligatoire. Il y en a pas assez. On ira peut-être dans des camps, comme dit le grand Sam. Ou on nous donnera des maladies. Exprès.

Bon, il vaut mieux qu'elles aillent en boîte, ça fera du bien à Sabine, en plus une soirée à trois ici aurait pas été drôle. Le figuier sent hyper bon, il donnera beaucoup de figues mais on sera plus là pour les manger. Elles pourriront sur les branches parce que le propriétaire est pas branché figues.

Depuis qu'on a largué mon père, j'avais cinq ans, maman a jamais vraiment vécu avec un homme. Même quand on était à Paris, dans cette saleté de chambre dans le xxe, et qu'elle a eu pour copain assez longtemps Alain, un gros type barbu qui décorait les apparts et qui aimait la vie nocturne lui aussi. On a fait les squats avec des Noirs très gentils qui jouaient de la musique aux Halles. C'est avec eux que maman a eu son job dans le petit cirque je sais plus où, en banlieue. Elle avait appris le tambour avec ces gens du Mali. J'ai fait un peu la manche mais vraiment à la sauvette, dans les jardins publics, c'était avant qu'elle trouve son emploi de nettoyage des supermarchés la nuit, les Portugais et le reste.

On en a eu marre de Paris et on est venues à Nice, d'abord sur une annonce, pour tenir compagnie à une vieille dame terminale, Mme d'Astéria, qui aimait ma présence parce qu'elle croyait que j'étais un ange. J'avais alors huit ans. Elle avait quatre-vingts ans, je l'aimais bien et je me marrais à faire l'ange. Maman lui lisait des livres anciens et l'infirmière, Mme Cossu, jouait du clavecin, de la très vieille musique. Il y avait un neveu qui venait de temps en temps pour faire du gringue à maman. Un matin on a trouvé Mme d'Astéria morte. Maman allait en boîte la nuit avec des Japonais mais ça se voyait pas. Elle a aimé un de ces Japonais qui voulait l'emmener à Tokyo.

Après on a vécu sur le port de Cannes où maman grattait et peignait les coques des bateaux, on avait un tout petit appart près du quai Laubeuf, dans le vieux Cannes. C'est là qu'elle a connu le grand Sam et tous les glandeurs. Et aussi des mecs plus friqués qui l'emmenaient dans des boîtes super. C'était une bonne période, elle adore le travail manuel mais elle s'est fait mal dans le dos, alors elle a viré encyclopédies. C'est quand même une vie hyperchouette qu'on a et j'adore ce pays.

Sabine prend une douche comme si de rien n'était, elle chante, elle a oublié. Moi je flotte sur un gros nuage de Temesta qui me fait remuer les souvenirs.

Maman se demande si elle ne va pas téléphoner aux flics sans dire son nom, pour leur signaler la fille, mais elle a une fixation sur les flics, elle s'imagine qu'ils vont localiser l'appel et de toute façon nous emmerder. Moins on a affaire à eux mieux ça vaut.

« Mais tu te rends compte, sa famille va se demander où elle est?

— Je sais.

— Si tu veux pas téléphoner, moi je le fais. D'une cabine. En ville, ce soir, avec un Kleenex sur ma bouche. »

Elle m'a fait jurer d'en parler à personne. Après les flics, sa terreur c'est l'assistante sociale qui pourrait me retirer à elle. On slalome depuis des années avec les assistantes sociales. On a un faux domicile fixe, pour son boulot et pour mon école. C'est Nicolini, qui comprend notre vie. Maman lui a sauvé la vie une fois en l'avertissant qu'on voulait le faire tomber pour des disparitions, une conversation qu'elle avait entendue en boîte, d'une table voisine. Depuis, il veille sur nous de loin.

IV

Maï passe me prendre quand maman et Sabine sont parties, Sabine avec deux foulards très beaux roulés autour de ses poignets par-dessus les pansements, et une robe qu'elles ont trouvée dans une des chambres du premier ; elle devait être à une ancienne copine de Serge André, le mec qui nous héberge.

Nous on va faire une petite fête sur la plage avec nos copains, c'était décidé avant. Maï est sidérée quand je lui raconte la morte dans le buisson, d'abord elle veut pas me croire mais je jure. Et je décris tout. Elle trouve qu'avec le suicide de Sabine et le mec de la grande roue ça fait des drôles d'enchaînements, comme si quelque chose de hideux tournait autour de moi. Elle m'emmerde. Elle supporte pas que maman ait pas prévenu les flics, parce que les bêtes boufferont le corps de la fille cette nuit et que son esprit se retournera contre nous. Sans sépulture, tous les trucs que pense Maï.

C'est l'heure où la plage est presque déserte, des silhouettes sortent de l'obscurité, il y a aussi les feux allumés par des familles qui font griller des merguez ou des sardines. C'est la grande plage après le fort carré où plein de bois flottés sont rejetés par les tempêtes d'hiver. Il y a même des troncs d'arbres, des cageots et un tas de saloperies.

Les copains ont allumé un feu, mais nous c'est juste pour le plaisir, pas pour les sardines. Les copains, c'est Caroline, Adrien son mec, et Percival dont les parents sont antiquaires. Ils sont assis devant le feu, ils nous attendent. Caroline a le même âge que nous, elle est en paréo et soutien-gorge noir, avec des cheveux roux frisés qui lui tombent sur les épaules et le dos, des petits yeux verts et un vrai corps de femme, plutôt petit. Elle attire les mecs, elle pense qu'à ça. Adrien c'est son zombi, il a quinze ans mais elle le tient par les sens, elle en fait ce qu'elle veut. On est tous au lycée ensemble. Percival est petit, avec des épaules étroites, alors qu'Adrien est déjà un vrai athlète, il fera rien d'autre dans la vie que courir et baiser. Percival c'est le contraire, tout dans le citron, avec des yeux de vieux monsieur et des grandes oreilles comme E.T. Il n'a de craquant que ses jambes, qui vont pas avec le reste. Ses parents sont antiquaires et il aime travailler le bois. Caro, sa mère, dansait dans des shows à Monte-Carlo, elle s'est cassé les jambes et depuis elle s'est mariée avec un charcutier charmant mais que Caro renie pour son métier à cause duquel tout le monde l'appelle Saucisse. Au début on voulait pas d'elle dans notre bande, c'est une vraie pute, en plus elle attire les histoires, mais elle s'est accrochée à nous. Je sais pas pourquoi je l'aime.

Maï raconte l'histoire de la fille qu'on a trouvée. Les autres savent qu'il y en a eu une autre à Carros, c'est un serial killer, dit Percival. Caro s'allume une clope avec un brandon.

« Il va vous rechercher pour vous flinguer. »

Moi je suis toujours suspendue au Temesta, je plane. Maï m'a habillée presque de force avec une robe qu'elle m'a offerte, en coton, moulante, avec des têtes d'Indiens imprimées. Je dis que l'assassin on l'a pas vu, alors on risque rien.

« Il le sait pas, que vous l'avez pas vu, insiste Caro.

— Fous pas la merde, fait Adrien. T'as rien compris, il était plus là. »

Adrien s'arrange pour être toujours en slip, pour montrer qu'il a un très gros zizi. Personne peut en détacher le regard et ça écrase Percival qui ose plus enlever son fute, il s'est même acheté des bermudas pour se baigner. Mais qu'est-ce que ça lui fout, il a pas de copine. Tous les ados font copains copines en couple, même si c'est pas vrai ils font semblant parce que c'est in. Nous on s'en cogne, Maï et moi et Perci on est des célibataires. Caro aussi est fière du zizi d'Adrien. Comme si c'était à elle.

On parle encore un peu de la morte, Caro essaie encore de me faire peur mais elle peut se rhabiller.

J'ai de la fumée dans les yeux, Caro et Adrien commencent à se rouler des pelles, surtout pour nous faire chier en éveillant notre désir. Maï les regarde même pas, elle s'agenouille près d'un sac noir que Percival est en train d'ouvrir. Il a apporté une bouteille de champ, de la Veuve Clicquot, avec des flûtes en cristal, tout ça piqué à ses vieux qui ont soixante balais, ce qui explique sa bizarrerie.

On étale tout ça sur un grand morceau de tissu noir, c'est vachement beau avec les flammes qui se reflètent. La mer, un petit clair de lune et tout, on oublie le passé et l'avenir. Je me foutrais bien à poil, mais non. Adrien est vraiment un beau mec, cheveux foncés, les yeux bleus, mais sans consistance ni caractère. Percival ouvre la bouteille. Il m'a fait lui-même un tabouret qu'il m'a offert pour mes treize ans. Je le garderai toujours. Il s'occupe de sciences, en avance sur nos programmes. Il m'a expliqué les quanta et aussi un tas de choses sur la physique, les particules et les champs magnétiques. Il se fout pas de moi parce que je veux être pilote de chasse. Il a une grosse voix.

On verse le champagne dans les coupes. Des types arrivent et ils s'asseyent pas loin de nous pour profiter de notre feu. On les aime pas, ils sont trois et ils vont peut-être avoir envie de nous emmerder parce qu'il y a pas de fille avec eux. Dans les dix-sept, dix-huit, les boules à ras, un peu cradingues. Ils commencent à picoler en se passant une bouteille et ils se marrent en voyant notre champ; ils crient oh la la. Et puis deux se mettent à taper sur des tam-tams marocains, des derboukas, vachement bien il faut dire, mais on leur a pas demandé la musique. Percival voudrait qu'on se barre plus loin mais Caroline refuse. Maï est d'accord avec elle.

On boit le champ et on commence tous les cinq à déconner, à se raconter des histoires. Je me sens bien. Maï dit qu'on devrait se baigner. Les voisins continuent à taper sur leurs derboukas en vrais malades. Ils sont ailleurs, défoncés, ils traversent des oasis dans le désert.

O.K. On va se baigner. Caroline passe à côté de moi et m'embrasse sur la joue, toute joyeuse, comme si elle prévoyait une merde, et elle repart en courant. Percival est à côté de moi, il murmure : « Ça va mal finir. » Je ne sais pas s'il parle des mecs beurrés qui se penchent pour mieux voir Caroline qui s'est mise à poil. Adrien se gonfle et fait bouger ses muscles pour les dissuader. Maï m'aide à enlever la robe qui est tellement collée à ma peau que je n'arrive pas à la faire glisser toute seule.

Et je pars dans l'eau, tiède comme du tilleul, de l'eau un peu grasse de toutes les crèmes à bronzer et toutes les saloperies de la journée. Il y a même des bouts de papier qui me frôlent les chevilles.

Mais je trouve ça super. C'est le vrai pied, je m'allonge au bord, trop crevée pour nager. Les petites vagues jouent sur mon corps. Ça me donne des sensations très fortes, en mesure avec les tam-tams; dans l'eau les autres rient, mais je suis trop captivée par ce qui se passe en moi. Le mélange Veuve Clicquot-Temesta.

Percival est agenouillé à côté de moi, il a posé une main sur mon bras.

« Lève-toi, merde, t'as l'air d'une camée. C'est pas toi.

— Bien sûr que c'est pas Laura, crie Caroline. C'est la Veuve Clicquot. »

Les derboukas ont entendu, ils se marrent. Percival m'aide à me lever, les autres se sont mis autour du feu pour se sécher, à poil. Ils délirent ou quoi ? Je me rends compte que je suis en slip et que les derboukas me matent, redescendus sur terre. Caroline a roulé très bas sur ses hanches le tissu noir qui servait de nappe, ça fait plus sexy bien sûr. Je vais m'asseoir près de Maï, il fait bon. Les autres se remettent aux tambours, le rythme rapide, vraiment une défonce, on la boucle en essayant de regarder les mecs, mais sans provoc. Ils sont coupés de tout.

Alors Caroline se lève et elle se met à danser la danse du ventre en plein dans la lumière du feu. Juste ce qu'il fallait, cette conne. Caroline, c'est la baise descendue sur terre, et là, ça se voit. Les mecs à côté la quittent plus des yeux, ils jouent plus lentement et Caroline entre dans leur rythme, avec un petit sourire qui fait voir ses dents. Elle ramène ses cheveux sur ses nichons pour les cacher, les laisser deviner et puis les montrer en se cabrant. Adrien lui dit d'arrêter mais elle écoute même pas. On bouge pas, parce qu'en même temps c'est vachement beau. Maï se marre, elle dit que si la navette spatiale passe au-dessus de nous elle va s'arrêter aussi sec. J'ai jamais supporté le champagne.

Brusquement le silence, les mecs ont arrêté de jouer. La fumée se rabat et me pique les yeux.

« Voilà la merde », murmure Percival.

Je sens le corps de Maï se raidir, mais elle bouge pas. Pendant quelques secondes, Caroline semble sortir d'un rêve; elle regarde le feu en passant sa langue sur ses lèvres. Sa poitrine se soulève et s'abaisse à toute vitesse. Adrien s'est retourné dans la direction de nos voisins. Justement l'un d'eux arrive, sort de l'ombre, s'approche du feu. Un mec pas très grand, mais balaise, un tee-shirt noir par-dessus son jean. Sérieux. Plus vieux qu'on croyait. Il dit pas un mot, nous non plus.

Maintenant il est près de Caroline, il la prend par le poignet et il la tire. « Allez viens. »

Il veut l'emmener, comme ça. Elle dégage son bras. « Non mais ça va pas ! » Adrien se lève. Malgré qu'il soit balaise lui aussi, on sent qu'il fait pas le poids, question âge. Aucun de nous fait le poids. Adrien se met à pousser le mec, de ses deux mains à plat, l'autre se marre. Mais c'est Maï qui va tout déclencher. Elle se dresse en attrapant la bouteille de champ qu'elle casse sur une arête de rocher. Elle gueule : « Tu vas te barrer de là, espèce d'enculé ! » A ce moment les deux autres mecs se pointent. Le premier a déjà balancé son poing dans la gueule d'Adrien, il montre ses dents comme dans un film et il se retourne sur Maï qui lui fonce dessus. Percival dit : « Allons les gars, on se calme. » Maï avec son tesson de bouteille et l'amoureux de Caroline tournent lentement face à face, pliés en deux, encore comme dans un film. Mais un des nouveaux tombe en traître sur elle et elle lâche sa bouteille.

Au moment où j'arrive avec deux gros galets, on m'attrape par le poignet et je valdingue à la volée, en morflant au passage un coup de godasse derrière l'oreille. Tout le monde tape sur tout le monde. Percival est revenu en rampant pour me défendre mais on s'occupe plus tellement de nous. Maï est dans une mêlée, accrochée par deux des mecs qui se marrent en lui arrachant sa culotte. Là je bondis et je tape sur une tronche avec un galet; l'autre, je lui arrache les cheveux pendant que Maï lui enfonce ses doigts dans les yeux. Je me fais mordre et je prends un grand gnon dans le ventre.

Adrien est sonné, à genoux en bavant du sang. Caroline est devenue une vraie panthère, elle s'accroche au mec qui essaie de l'immobiliser. Il doit le regretter parce qu'elle le laboure de ses ongles. Elle mord et cogne de partout, comme folle. A poil, pleine de traces rouges et d'écorchures. Le mec lui envoie des beignes comme il peut, mais elle a pas l'air de sentir. En tapant, il essaie de baisser son fute pour se la faire.

Maï s'est dégagée. Maintenant, je sais pas pourquoi, les deux mecs se tapent l'un sur l'autre.

Ça a l'air incroyable cette scène, nous à poil contre ces mecs habillés avec leurs pompes. Percival qui se ramasse un galet perdu envoyé par Maï, je crois, sur l'agresseur de Caroline. Elle a ramassé un bois flotté énorme et elle l'abat sur les deux mecs en train de se cogner. Je m'avance avec l'intention d'étrangler pour de vrai le type qui essaie toujours de se faire Caroline, fatigués tous les deux maintenant, avec des gestes comme au ralenti. Adrien semble sortir du coltar et il fonce lui aussi.

Je suis éblouie par les phares de deux motos qui viennent de s'arrêter en haut, sur le bord de la route. Les phares balaient pendant que les motos descendent vers nous, sûr que c'est des flics. Je me mets à tousser, j'ai la vue brouillée, du goût de sang dans ma bouche, incapable de faire un geste. Mes cuisses trempées, je crois que j'ai pissé dans mon slip. Les motos s'arrêtent, phares en veilleuse. Je sens plus mes jambes, je me laisse tomber.

Tout se calme. Deux silhouettes immenses descendent des motos. Pendant que nos ennemis détalent comme des rats, se perdent dans l'ombre, l'un des motards se penche sur moi, peut-être parce que je suis seule à rester à terre. C'est pas des flics, c'est des mecs dans les vingt-cinq ans, en tee-shirt, sans casque, les cheveux presque à ras, c'est ça qui me fait peur, je me dis que ça va repartir en pire. Mais non. Les yeux du mec sont vachement gentils et il se marre doucement. J'ai un flash terrible.

« On donnait une petite fête ? »

Son copain remet Percival debout en discutant avec les autres. Adrien explique ce qui s'est passé. Maï s'approche de nous, elle est impressionnante. Un moment je crois qu'elle va taper sur nos sauveurs avec le bout de bois qu'elle tient encore des deux mains.

« C'est des potes, dit Percival. C'est fini, Maï, jette ça. »

On dirait qu'elle est déçue, comme si elle avait pas eu assez de bataille. Caroline se remet à prendre des airs ; entièrement à poil, elle essaie de draguer le motard. Son copain reste près de moi, ils sont hyper beaux tous les deux, ils ne ressemblent à aucun des hommes que j'ai connus. Pas frimeurs.

Caroline s'en fout d'être nue, au contraire ça la réconforte de s'exhiber un peu dans le calme revenu. A part ses plaques rouges, on dirait pas qu'elle sort d'une bagarre. On évite de regarder Percival qui s'est pas trop mouillé dans la castagne. Il me dit qu'il est pas fait pour les coups mais qu'il s'est concentré de toutes ses forces pour appeler les secours par télépathie.

Les motards proposent de raccompagner les plus sonnés. Caroline et Adrien refusent, ils vont rentrer ensemble avec Percival, ils habitent pas loin tous les trois.

J'ai du mal à remettre ma robe, les deux types nous matent tranquillement mais ça semble pas leur faire grand-chose. Maï est contente de monter derrière un des motards. Je me retrouve à l'arrière de l'autre. Ma dernière vision de la plage, c'est Percival en train de remettre dans son sac les cinq flûtes de cristal, intactes.

J'enlace ce mec de toutes mes forces, ma tête collée à son dos qui m'envoie sa chaleur. Je respire l'odeur de sa peau à travers son tee-shirt. J'oublie que je lui ai donné mon adresse, il m'emmène je sais pas où et je m'en cogne. Je me sens planer, vraiment à côté de mes pompes. Je ne veux plus rentrer chez moi, je veux que tout change. Ce type est pas tombé par hasard dans ma vie, pourtant il va en sortir aussi sec. Qu'est-ce qu'il en a à foutre d'une fille de mon âge ? Il doit avoir une copine qui l'attend chez lui, cette pensée me fout en l'air. J'ai perdu le contrôle, je suis en train de lui enfoncer mes ongles, je m'en fous, je me laisse aller, de toute façon pour lui j'existe pas. Mais alors pourquoi il m'a prise sur sa moto ?

Les mecs font jamais rien pour rien, surtout beau comme celui-là, on le dirait sorti d'un rêve.

Je me colle contre lui, ma tête caresse son dos, mes cuisses serrent ses reins et tout à coup je m'envoie en l'air. Il ne réagit pas, il sent rien, je pourrais lui grimper sur le dos, ça lui ferait rien, il me laisserait, pour pas contrarier.

Je peux pas résister, je me mets à lui caresser la poitrine et le ventre, là il va faire quelque chose. S'il aime pas il a qu'à s'arrêter et me virer. Je colle ma bouche sur son dos, je l'embrasse avec ma langue à travers son tee-shirt. C'est une première, j'ai jamais fait ça. Là, je le sens se contracter. Je continue le long de sa colonne vertébrale. Je sais qu'il aime. Je crois que je vais me payer un second orgasme mais on ralentit. Je sais plus du tout ce que je fais, et puis tout d'un coup je redescends sur terre.

Je lui crie le chemin, enfin on arrive devant la maison. Il reste sur sa moto pendant que je descends, je tiens plus sur mes jambes, en chiffon. On est éclairés par la lumière de la rue qui finit en chemin à partir de notre maison. Il me regarde, je distingue ses yeux bleu foncé. On est là comme s'il s'était rien passé. Moi en extase à détailler ce mec, ses sourcils, sa bouche, son cou, ses épaules. Je voudrais l'emporter. Il sourit.

« Quel âge as-tu ?

— Dix-sept. »

Je réponds sans réfléchir, parce qu'avec lui je n'ai plus quatorze ans. Impossible. On a des quantités de choses à se dire, mais c'est bloqué. Je m'entends lui dire merci. Il me donne un mouchoir, un vrai, en toile blanche.

« Tu as du sang sur le nez. »

Je mouille le mouchoir avec de la salive, et je frotte. Il hoche la tête, comme s'il approuvait. Il hésite. « Ça ira ? » Je réponds oui, ça ira. Il regarde la maison.

« Tes parents t'attendent ?

— Ils doivent dormir. »

Je suis minable, j'aurais dû le faire entrer. C'est comme une conne qui répond à ma place pour tout brouiller. Je lui rends son mouchoir, il le remet dans sa poche.

« Bon, salut. »

Et je le regarde partir, figée, sans oser le rappeler. Il disparaît, c'est fini. Je le reverrai jamais. De toute façon, ça aurait pas marché quand il aurait su mon vrai âge.

Mon lit n'est même pas fait, la chambre pue le renfermé. Je prends un oreiller et une couverture et je vais me mettre dans le hamac.

Je ne peux pas dormir. La lune brille à travers les branches.

V

Le lendemain de cette castagne on se retrouve Maï et moi sur les remparts à côté du musée Picasso. On se rebranche à repasser en ordre dans nos têtes, comme une vidéo, la scène du massacre avec des commentaires sur les coups. Quand je cognais sur ces mecs je détestais tellement leurs gueules que j'aurais pu les tuer.

Surtout parce qu'ils avaient foutu en l'air toute notre extase près du feu. Ça m'a fait du bien, mais c'est vrai que si les motards s'étaient pas pointés on en aurait pris plein la gueule. Maï croit qu'on aurait fini par les avoir. On se montre les bleus et les coups, on compare en se marrant, on s'est fringuées court et décolletées pour que ça se voie.

Maï veut savoir si j'ai fait des cauchemars au sujet de la morte. Maman a quand même prévenu les flics en téléphonant d'une cabine. Maï voudrait que je lui en reparle parce qu'elle croit que c'est important dans ma vie. J'ai pas envie d'en parler, ce qui s'est passé après la plage m'a fait disjoncter pour de bon. Je lui raconte mon amour sur la moto avec tous les détails qui la font gémir ; ça lui fout un coup, elle va au tapis.

« Je le reverrai jamais, ça me rend dingue. J'aurais dû lui donner mon téléphone.

— Il a ton adresse.

— Il retrouvera pas, il sait même pas mon nom.

— Alors c'est parce que tu le branchais pas, autrement il t'aurait demandé.

— Déconne pas, il a craqué, je le sais, et d'abord t'y étais pas. Et le tien? »

Elle hésite avant de répondre que là, c'est elle qui était pas branchée. Juste la balade et salut.

« Putain, Laura, t'as peloté un mec que tu connais même pas! Tu pouvais même pas savoir la gueule qu'il avait, beurrée comme tu étais. T'aurais suivi n'importe qui. »

Je me le suis demandé aussi mais je crois pas. Elle me pompe.

« Tu peux pas comprendre, c'était pas sa gueule c'était son corps qui me rendait barje.

— N'importe quel corps avec un fute. Je m'étais pas trompée sur toi.

— Qu'est-ce que tu veux dire?

— Si tu le savais, ça gâcherait notre amitié.

— Alors vas-y. Ou barre-toi. »

On se regarde et on se marre.

« T'es jalouse?

— Pourquoi ça m'arrive pas à moi? fait Maï.

— Je le sais. Mais ça gâcherait notre amitié.

— Tu sais quoi? Le mien je le branchais vachement, il voulait qu'on sorte ensemble, je lui ai donné mon numéro, pour qu'il me lâche un peu les baskets. C'est vraiment con que son pote te l'ait pas demandé à toi, il a dû te prendre pour une chienne. » Elle arrange ses cheveux et elle ajoute : « D'autant plus qu'ils sont pilotes tous les deux. »

Ça me cloue. « Pourquoi tu me l'as pas dit avant?

— Je savais que ça te ferait souffrir. Puisqu'il veut pas te revoir. C'est des pilotes de chasse. »

Je me tais. La coïncidence me fait flipper, pourtant je devrais pas être étonnée, vu tout ce qui arrive de tordu dans mon existence en ce moment. Maï sort de son sac deux barres de chocolat et m'en tend une.

« Tiens, c'est bon pour la dépression. »

On mange en silence pendant un moment. Je sais que je raterai tout dans ma vie. J'aurai que des barres de chocolat pour compenser. Je gamberge de plus en plus sur le motard. Savoir qu'il est pilote, c'est la vraie vacherie, j'avais pas besoin de ça en plus.

« Tu jures que t'inventes pas ? »

Je connais Maï. Mais elle jure sur sa famille, il y a plus de doute. Ce type était pour moi, je le savais d'instinct, c'est pour ça que je me suis envoyée en l'air sans le connaître, ça c'est un vrai croche-pied du destin.

« Gamberge pas, dit Maï. Tu vas l'oublier vite fait.
— Non ! »

J'aurais dû l'inviter chez moi, profiter de l'absence de maman, mais qu'est-ce que j'aurais dit ? Comme dans les films : « On prend un dernier verre ? » Merde ! Conne à pleurer. Ou bien la franchise : « On va baiser ? » Je connais pas les bonnes formules qui attirent en douce. Et puis peut-être qu'il déteste le genre nana dragueuse. Bon, j'ai pas su m'y prendre.

On se lève et on marche vers La Salice. Avec notre look Mad Max on passe pas inaperçues, on a droit à des commentaires. J'ai mal partout et je suis de mauvais poil. Maï se demande si ma mère a rien dit pour les marques de coups, parce que la sienne a hurlé. Maman a l'habitude, je lui ai dit que pour se marrer on s'était battus à coups de galets. Elle a cherché de l'arnica, O.K.

Maï se demande si Sabine a pas fait une autre tentative, et je me sens si loin de Sabine que je lui fais : « De quoi ?
— De suicide, non ?
— Non, elle est contente, une fois ça lui a suffi.
— Est-ce que vous avez reparlé de la morte ?
— Non, elles font semblant de rien. »

On achète des pizzas. J'aimerais être seule pour me payer une gamberge mortelle sur le motard. Sans personne qui fasse chier. Mais ça sert à quoi la souffrance stérile puisque je le reverrai plus jamais. Mais j'aimerais quand même y penser, avec de la musique dans le noir. Pour le faire durer dans ma tête parce que je ne veux pas qu'il se barre tout à fait de ma vie. Jamais je rencontrerai un mec comme lui, c'est faux que je l'oublierai. Je voudrais que Maï la boucle, on dirait qu'elle fait exprès de parler, pourtant elle me connaît, elle devrait se rendre compte que je plane.

Ma pizza est super bonne, encore toute chaude. Je peux pas m'empêcher de regarder toutes les motos qui passent, avec un espoir con de le voir. Comment il a fait pour pas réagir quand je le touchais ? D'habitude, les mecs, ça les rend fous les caresses ; lui pas un geste, pas un mouvement, que dalle.

Moi, de le voir comme ça, ça m'allumait terrible. Vu que j'aime pas les hommes faciles. Il y a que le difficile qui me fasse bander. Pourtant avec mes connaissances des massages orientaux, pour les caresses je dois être du métier.

Maï entre chez un fleuriste et en sort avec un petit bouquet de violettes ; c'est pour moi. Elle me le tend sans un mot. Celle-là, elle doit avoir quelque chose à se faire pardonner, je la connais trop.

J'ai rendez-vous avec maman mais j'ai encore le temps. On s'amuse à essayer des lunettes de soleil ; j'en trouve qui me vont hyper bien mais j'ai pas de thune pour me les payer. Je commence à en avoir marre d'être tout le temps fauchée. Maï a toujours du fric par ses vieux, qui bossent comme des bêtes.

On va se barrer, Maï achète des lunettes et paie, moi je regarde dans le vague, direction des magazines, quand mes yeux accrochent une photo en première page d'un journal. Je m'approche et je prends le canard parce que la photo me dit quelque chose. C'est tellement flippant qu'il me faut un moment pour voir que c'est le mec de Vence, le même qui nous matait ma mère et moi au marché et au bistrot, le même que j'ai retrouvé sur la grande roue.

« Qu'est-ce que t'as ? »

Elle lit par-dessus mon épaule. « C'est pas vrai ! Putain, c'est celui de la foire ! »

Il s'appelle Hugo Larger, il est bouclé et mis en examen parce qu'on le soupçonne d'avoir étranglé les deux filles, celle de Carros et la nôtre, que les flics ont fini par trouver. On cherche à le piéger depuis longtemps parce que c'est un grand voyageur qui laisse des nanas mortes un peu partout. En Belgique, à Knokke-le-Zoute au printemps, à Vancouver en juin. Interpol était sur l'affaire. Et là on le coince, parce que des témoins ont vu la fille monter en voiture avec lui, justement le dimanche du pique-nique. Le canard dit que c'est un drôle de mec, en vacances à Antibes, à Eden Roc.

Il a un appart à Paris, une galerie de tableaux à New York et il a gagné des courses automobiles. Des affaires un peu partout. Un homme solitaire, pas marié. Maï m'arrache le journal.

« Si j'avais pas été là, il t'embarquait. Il te voulait, toi.

— Qu'est-ce qui te dit que j'aurais marché ?

— Maintenant que je connais ta vraie nature, je sais que t'aurais marché avec n'importe qui. Et d'abord, tu craquais pour lui aussi.

— Je le voyais comme un mec pour ma mère.

— Eh ben, comme choix tu pouvais pas tomber mieux. »

Je suis fascinée par la photo. Je revois la fille morte, son pied nu plein de terre, ses yeux ouverts. On dit qu'aux autopsies on a découvert qu'elles ont toutes été étranglées à la main, le larynx écrasé par les deux pouces, que la ficelle a été nouée après pour fignoler, un acte maniaque, rituel, comme une sorte de paquet cadeau. Pas de sévices sexuels. Un pur.

Maï achète le journal pour le montrer à sa famille. J'ai froid dans le dos en me rappelant que j'ai regardé ce mec en souriant, que j'aurais sans doute fait n'importe quoi pour le connaître et le jeter dans les bras de ma mère. Je suis passée à côté de la mort.

Maï se tourne vers moi. « Ça arrête pas, t'as remarqué ? Tout se met à déconner pour toi, partout. »

La voiture de maman arrive au parking. C'est la plus cabossée de toutes, mais je la lave au jet d'eau chaque semaine. Maï me dit salut et elle se barre. Maman vient à ma rencontre. Pas contente, elle a vendu une encyclopédie mais elle en a ras le bol de faire toujours le même baratin à des cons. Elle a un rendez-vous ce soir, presque sûr, mais ça l'emmerde.

Elle déteste le commerce et même n'importe quel genre de boulot. Pour lui changer les idées je lui raconte qu'on a retrouvé l'assassin de la fille qui était une Hollandaise en vacances.

« C'est ce type qui nous regardait à Vence, tu te rappelles ?

— Non. Qu'est-ce que ça peut faire ?

— Maman, tu peux pas ne pas te rappeler !

— Alors, tant mieux si on l'a bouclé. »

Sur la plage on trouve deux mètres carrés où poser nos serviettes de bain. Elle a un maillot vert émeraude échancré haut sur les cuisses, moi un slip noir. Elle revient sur sa matinée, j'écoute pas, je me sens nase, la réaction après avoir vu la photo de ce type, avec son vrai nom, Hugo. Faux qu'il aura pour nous de l'importance, on le reverra plus jamais. C'était pour moi qu'il se trouvait sur la grande roue, ou seulement le hasard ? Un hasard comme ça c'est quand même gros comme une maison. Tout d'un coup maman dit qu'on peut plus mener cette vie de cons.

« Pour toi, c'est très mauvais, et moi ça va plus du tout. Il va falloir trouver autre chose. »

Elle cherche ses clopes, qu'elle a oubliées dans la voiture, elle dit merde en regardant autour d'elle. Elle va en demander une à une fille pas loin de nous. Elle revient, ses lunettes de soleil sur le bout du nez, et sa démarche de danseuse. Moi j'enchaîne : « On a le choix ? »

Elle se rassied. « Non. Enfin, pas encore.

— Qu'est-ce que tu pourrais faire d'autre ?

— Je sais pas... Rien.

— Ça serait l'idéal. »

Elle souffle sa fumée et le regarde partir dans l'air. Je dis qu'elle devrait rencontrer un mec bien avec un bon job.

« Comme celui de Vence ? » Elle se retourne en riant. « C'est ce que tu me souhaites ? Supporter un type, coucher avec, pour le fric et la sécurité ? Je me flingue tout de suite.

— Mais s'il te branche ?

— Tu sais que tu cherches qu'une chose, mettre ta mère sur le tapin pour avoir, toi, les avantages ?

— Tous les types friqués sont pas des ringards.

— Je suis sûre que si je craquais pour un mec friqué, je finirais par croire que c'est par intérêt.

— Tais-toi! Tu serais bien contente et tu ferais comme toutes les nanas. »

On dit plus rien, maman déballe les sandwiches. Crevettes, laitue, mayonnaise, génial. Je cherche à mater un beau mec pas trop loin pour me faire du bien aux yeux, vu que mes sens ont été enflammés sur la moto. C'est rare les vrais beaux mecs comme je les aime. Des beaux corps, des belles peaux, des beaux cheveux, des sourcils et des lèvres, pour que tout ça soit réuni sur un mec, il faut marcher longtemps. Les gestes, surtout, me coupent le souffle. Mais y a pas.

Maman a vendu cinq encyclopédies en une semaine. Ça lui rapporte dans les 500. Tout de suite elle s'imagine qu'elle va se faire 20 000 par mois, elle oublie toutes les semaines où elle a rien vendu, la chance est revenue, etc. Alors on claque ce qu'elle a gagné. C'est vrai aussi que la galère dispose pas à l'économie et à la prévoyance, quand on en a bavé pendant des jours et des jours à même pas oser acheter un dentifrice; le moment où un peu de fric arrive, c'est comme si on avait été sous l'eau en apnée, on avale, sans se demander si on va pas être obligé de replonger tout de suite. Et puis la vie est moins triste quand on bazarde. Nous on préfère une vie tragique à une vie triste passée à compter les thunes.

Donc j'ai eu des godasses neuves et ce soir maman donne une fête dans le jardin. Tout le monde doit s'habiller en blanc, une idée à elle. Il y a une vingtaine d'invités dans le jardin, les copains ont amené d'autres copains qu'on connaît pas. Maman fait cuire avec Sabine une énorme paella sur un feu de bois.

Une fille noire arrive en moto; elle s'est enroulé un tissu blanc attaché à la hanche, avec des paillettes argent sur tout son corps. Fabuleuse. J'aime beaucoup les Noirs, ils sont plus vivants que les autres et aussi plus beaux. Des vrais mecs. Avec Maï on aime le rap, avec leurs futes et leurs grandes vestes, ils dansent comme des bonshommes en caoutchouc et leurs chansons sont révolutionnaires.

Maman a mis une longue jupe en mousseline blanche transparente, un foulard de soie autour de la poitrine. Sabine est à poil sous un drap qu'elle a fendu au milieu, ça fait comme un poncho qu'elle a serré à la taille avec une ceinture. Des petites lunettes noires rondes. Étonnante. Maï aussi est là, en robe chinoise fendue jusqu'aux cuisses. Moi j'ai trouvé en solde une combinaison en soie, malheureusement trop courte et un peu serrée. Comme j'ai rien dessous, elle dessine exactement la forme de mon zizi, ce qui me rend malheureuse. En ce moment avec Maï on est assises sur les marches de la terrasse, deux mecs attendent que je me lève.

Maman a mis un C.D. de jazz-rock. Le grand Sam sert à tout le monde de la sangria que maman a faite ce matin. Avec Maï on est les plus jeunes, des vieux mecs attendent dans les coins en se préparant parce qu'ils espèrent une orgie. Il y en a aussi qui fument du shit, j'aime bien cette odeur mais je toucherai jamais à la came, même douce, parce qu'avec mon tempérament je finirais junkie vite fait. Je l'ai juré à maman qui se tape juste un petit joint de temps en temps quand on lui offre. Dans notre bande on est contre. Surtout si je veux être pilote, c'est pas compatible. Les parents de Percival ont carburé à l'acide, ils lui en ont même fait prendre quand il avait cinq ans pour développer son Q.I. Il est resté bizarre. Maman l'aime pas. Il est pas là.

Maï et moi on emporte nos assiettes au fond du jardin. Le souvenir de mon pilote m'a pas quittée. Le tueur non plus, Hugo Larger et ses yeux pleins de curiosité. Ils cohabitent dans mon cerveau, je sais pas pourquoi. La paella est super, mais Maï est pas tellement branchée espagnol, plutôt fana de sa bouffe viet, à part les pizzas. D'ici on sent les changements dans l'atmosphère de cette soirée, le son monte brusquement comme si on tournait un ampli ; ça veut dire que les invités commencent à être pétés. Ça va frotter dans les coins sombres.

« Vous partez quand? demande Maï.

— Juste dix-sept jours. »

Je préfère pas trop y penser. A chaque fois, je me laisse piéger parce que je m'attache. Ici c'est surtout le jardin que j'aime, avec des arbres que je connais. Et puis ma chambre, qui donne sur des buissons de romarin, et d'où je vois les lumières qui s'allument sur les collines le soir. J'aimerais avoir un télescope pour les mater dans leurs maisons. Les gens c'est des vrais mystères, surtout quand ils savent pas qu'on les regarde. Ici ce soir ils sont pas intéressants, c'est la représentation, ils friment tous.

« Ta mère a prévu où vous irez? fait Maï.

— Pas encore.

— Je pourrais pas vivre comme ça.

— T'as pas l'étoffe.

— Pauvre conne, mon vieux s'est tapé sept ans dans un camp de rééducation.

— Ton vieux c'est pas toi. Et puis il a pas choisi. Nous on choisit cette vie. C'est une option.

— Tu parles!

— Nous, on a la terre entière.

— Que dalle vous avez.

— Il t'a dit où il était, le pilote?

— Non. Ils sont peut-être sur un porte-avions. Ou dans une base. Dans le Var.

— Et il t'a pas rappelée?

— Non. Il a vu qu'il me branchait pas. Je pouvais pas savoir que tu craquais sur son pote. Et puis rien prouve que c'est des vrais pilotes, tu connais les mecs. Ils lavent peut-être les voitures dans une station-service.

— Je suis sûre que non. »

Elle se marre. « Et si c'était un laveur de voitures, tu craquerais autant? »

Je réfléchis. Je crois que oui, bien sûr. Un mec il est ce qu'il est, ce qu'ils font je m'en cogne. Avec un corps comme le sien.

« T'irais vivre avec, si t'avais l'âge?

— Le pilote ou le laveur?

— Le laveur.

— Bien sûr que oui. Je suis pas comme toi.

— Et le tueur ? Je suis sûre que tu bandes pour lui.

— Coucou », fait une voix derrière nous. On sursaute, comme si c'était Hugo Larger en personne. C'est un mec invité, un petit chauve avec une moustache. Il sort des troènes, il a dû tout écouter. Bourré comme une huître. « C'est moi le tueur ! »

Sans un mot on se lève et on se barre. On le laisse, vexé.

Les gens se sont mis en groupes, ceux qui se connaissent, comme ils font toujours, en snobant ceux qu'ils connaissent pas, même pour la drague ils osent rarement se lancer dans les groupes inconnus. Ils ont à peine mangé la paella et les gâteaux mais ils picolent comme des malades ; ils auraient aussi bien pu le faire ailleurs, l'effet serait le même. Nous on sait mieux se marrer.

Les glandeurs sont avec maman et Sabine, deux d'entre eux s'occupent du ravitaillement en vin. Là ils sortent de la maison avec des bouteilles qu'ils vont piquer dans la cave, comme si cette cave était là pour qu'on se serve. Ils voient pas le mal. Maman les a vus, elle dit à Sabine qu'ils exagèrent mais elle ose rien leur dire, ils comprendraient pas, ils seraient malheureux. Ils voudraient payer les bouteilles.

« Ils pourraient jamais, dit Sabine, c'est du château-lafite. »

Elle ajoute qu'elle se sent horriblement mal. Elle a arrêté ce matin les antidépresseurs et le Temesta pour pouvoir boire, mais ça marche pas. Elle va s'étendre un peu au calme. Peut-être vomir.

Une voiture s'arrête juste devant la porte du jardin. Pourtant il est tard. C'est un grand type seul, un grand mec chauve avec une énorme veste qui pend. Je le reconnais, et je sens arriver une énorme merde. Il est là, planté comme s'il tombait d'une autre planète. C'est Serge André, celui qui nous prête la maison et qui devrait être à Singapour, où il tournait un film. Une surprise. Maman avance vers lui. Je sais pas ce qu'ils se disent, je réponds pas aux questions de Maï. Serge André est un mec imprévisible, dépressif, tout ce qu'on voudra. En vrai, il ne nous a pas tellement prêté la maison pour nous faire plaisir mais pour qu'on la garde pendant son absence, avec un tas de conditions qu'on a oubliées.

Nos invités sont en plein dans leurs trips personnels, ils picolent, ils se marrent, ils parlent, ils ne voient rien de ce qui se passe. Maman et Serge André traversent le jardin, ils montent sur la terrasse pour entrer dans la maison. Tant pis, je les suis, je dis à Maï de m'attendre là. Les deux glandeurs avec leurs bouteilles se mettent justement de côté pour laisser passer Serge André, et comme il est avec maman, ils disent salut.

Je reste dans l'entrée, le hall, je ferme la porte derrière moi. Dans le living, Sabine est allongée sur le divan, dans les vapes, livide, on dirait un cadavre.

Maman et Serge André debout au milieu de la pièce. Ils ont l'air de chercher un endroit où se mettre avant de commencer la scène. Maman a abandonné son air content. Lui a une gueule épouvantable, pire que Sabine, il est gris, creusé, avec des poches noires sous les yeux.

« Je n'ai rien à te dire. Tu étais gardienne de cette maison, on avait un contrat verbal, moral. Personne devait entrer.

— Écoute, Serge, tu as l'air crevé, je vais te préparer ta chambre.

— Crevé ? Mon film est foutu, j'ai attrapé un virus, inconnu, évidemment. Samantha s'est barrée avec mon cadreur, on dirait *La Nuit américaine*. J'arrive ce matin à Roissy, j'ai 39 de fièvre et je n'ai qu'une idée, rentrer ici, dormir, et voir le seul médecin en qui j'ai confiance.

— Mais pourquoi est-ce que tu n'as pas pris l'avion ? Tu m'aurais téléphoné... »

Il hurle : « Tu n'as pas à me dicter ce que j'aurais dû faire ! » Il se calme. « Je hais l'avion, je viens de m'en taper douze heures, j'ai pris la Porsche, rouler me fait du bien. »

Maman essaie de prendre un ton apaisant. « Couche-toi, je vais téléphoner à ton médecin. » Il se met à marcher de long en large en secouant la tête.

70

« Et je tombe dans ce bordel ! Avec ces voleurs en train de piller ma cave ! Toi, tu regardes ça, normal, hein ? Tu leur as donné la clé ?

— Quelle clé ?

— La cave, merde !

— Mais c'est toi qui l'as, la clé ; je ne sais pas où elle est.

— Alors ils ont fracturé la porte ! »

Il s'arrête pile devant Sabine. « Et celle-là ? Camée ? » Il se retourne. « Bon, tu me vires toute cette racaille, dans dix minutes je ne veux plus voir personne.

— Mais enfin merde ! éclate maman. Tu deviens con ou quoi ? Qu'est-ce qu'on a fait de mal ? Appelle les flics pendant que tu y es.

— Je vais faire un inventaire, compte sur moi.

— Il y a quelque chose de cassé ? C'est des gens charmants, qui sont là dehors ! N'importe qui de normal aurait été boire un verre avec eux. »

Il met ses mains sur ses tempes, ferme les yeux. « Cesse de hurler ! Je n'ai jamais pu supporter ta voix.

— Et ton pinard, c'est si grave ? poursuit maman. Tu ne sais même pas quoi faire de ton fric.

— Ça te regarde ? On avait fait un accord. Demain matin tu décampes. O.K. ? »

Maman fonce dans sa chambre, elle revient avec de l'argent, des billets, qu'elle lui lance à la gueule.

« Tiens, pour le vin, les dommages, c'est ça ? »

Le pire, c'est qu'il se baisse pour ramasser le fric, et d'où je suis je vois qu'il compte, l'air de rien.

« Et on va pas rester ici une minute de plus », dit maman.

Elle passe devant moi sans me voir, et du haut de la terrasse elle dit aux invités que malheureusement la soirée est finie, elle s'excuse, mais la maison n'est pas à elle, elle est responsable, etc. Sa voix tremble. Personne ne moufte. Ils se barrent pour finir la soirée ailleurs.

On met à peine un quart d'heure pour préparer nos affaires, mes posters et mes sabres de samouraï, les maquettes d'avions, sans oublier le petit banc carré de Percival. Avec les valises on entasse tout dans la voiture. Serge André n'a pas voulu assister, il est monté dans sa chambre en laissant sur la table du living l'argent que maman lui a jeté au visage. Nous avons une courte discussion au sujet de ce fric, Sabine et moi voudrions que maman le reprenne, c'est vraiment con, ou seulement la moitié, mais elle cède pas. Nous voilà vraiment sans un rond, je lui en veux terriblement, je lui donnerais des coups.

On se retrouve toutes les trois dans la voiture sans bien savoir où on va.

« On aurait pu au moins passer la nuit. Je suis crevée, mais toi tu ne penses jamais aux autres.

— C'est vrai », approuve Sabine.

Maman appuie ses mains sur le volant, en poussant ses épaules en arrière, elle soupire : « D'accord.

— Rien que ton putain d'orgueil.

— Vous avez raison. Je suis désolée.

— Tu aurais pu demander si nous, on était d'accord. On n'a même plus de quoi bouffer.

— J'ai deux rendez-vous demain, je demanderai une avance.

— Ils t'en donnent jamais. »

On dit plus rien. J'ai l'intention de faire la gueule pendant quelques jours, mais je n'y arrive jamais. Je devrais, cette fois ça vaudrait le coup. Elle s'imagine trop qu'elle a tous les droits.

« On va dormir sur la plage. Il fait beau. Demain tout sera arrangé. »

La plage, c'est joli d'en parler, mais sans duvet ni rien ça manque de confort. On va à une petite plage qu'on aime beaucoup, près de Cagnes. Elle est en retrait, un peu encaissée. On s'arrange des petites niches dans les galets.

On a déjà dormi dehors à Paris deux ou trois fois et c'était pire. Ici il y a la beauté et le bon air, mais à deux heures du mat' il fait pas très chaud. Maman connaissait un truc qu'elle croyait infaillible : il fallait penser à des gens perdus dans les glaces, alors on se sentait presque favorisé. Il y avait aussi les enfants en Inde. Elle m'avait tellement parlé de Calcutta et des gens dans la rue la nuit que je connaissais par cœur. Eux ils avaient trop chaud, c'était autre chose, et rien à manger, pas de mère, pas d'espoir, etc. Ou encore les enfants malades, près de clamser dans les hôpitaux. A force d'y penser, tous ces enfants je finissais par les connaître, je les voyais, on se disait bonjour et j'avais honte de mon bonheur.

J'ai trop bu de sangria, la paella ne passe pas. Il y a le clair de lune sur la mer, mais dans la mer tous les poissons se bouffent. Ceux qui sont pas trop déprimés par la pollution. Et sur la lune il y a rien que la désolation. Je voudrais vomir.

« Demain, dit maman, je commence par téléphoner à Nicolini. »

Nicolini trouve toujours à nous dépanner en catastrophe, ça donne le temps de se retourner. Mais c'est jamais que du provisoire à la sauvette, des apparts témoins pour la vente, où on peut venir juste la nuit, sans laisser de traces. Ces apparts servent aussi pour les mecs en cavale.

« Je me taperais bien un café », dit Sabine.

J'en ai plus que marre. Peut-être que si je faisais une fugue, maman aurait peur et elle comprendrait pour de bon qu'il faut changer de vie. Mais une fugue où ?

Sabine, les yeux fixés sur la mer, écrase sa clope, aspire l'air un bon coup. « Je crois que je vais aller me noyer. »

Maman éternue. On s'allonge toutes les trois, recroquevillées les unes contre les autres, j'ai rabattu le col de mon blouson sur ma tête. Ça sent très fort la mer et le goudron, mêlé aux parfums de Sabine et de maman, et à la chaleur de leurs corps.

Je reste attentive au moindre son, comme toujours quand on dort dehors. Le bruit des vagues me berce et en même temps me plonge dans une suite d'images qui défilent. Ma chambre avec le lit si moelleux, la douceur des draps, je m'imagine en train de dormir en boule dans ce lit. Je regrette cette maison, je chiale en silence. J'adorais le figuier et la terrasse avec la vigne et Nicole. Ce fumier ne donnera rien à Nicole, et je mangerai pas les figues. Le rideau en tulle de ma chambre, gonflé par le vent de nuit. Et le vieil olivier malade, on se connaissait. C'est fini, on se reverra jamais.

J'imagine tous mes copains dans leurs chambres, au chaud, protégés, Maï avec sa montagne de peluches sur elle, Percival serrant son oreiller contre lui, les couvertures défaites et sa jambe qui pend, Caroline entièrement enroulée dans ses draps, la bouche ouverte, Adrien à côté des trois lapins roses que lui avait offerts Caroline. Je sens presque la chaleur de leur chambre, la sensation de leurs corps dans le sommeil. Mon corps à moi me fait mal sur les galets, j'ai mal à la tête, des frissons, je me serre contre maman, j'aimerais retourner en elle et ne pas être née.

Les maisons. A quel point j'étais fascinée par les baraques quand on marchait toutes les deux dans les rues sans savoir où aller. Je regardais en passant par les fenêtres éclairées. Je voyais un tableau sur un mur, un piano, quelqu'un assis devant la télé, un bouquet dans un vase, ou aussi des gens attablés pour bouffer, des gosses en train de jouer, tout ça en dehors de la galère, heureux.

Toute petite, je dessinais des maisons avec plein de meubles, et surtout des rideaux qui cachent et qui protègent de la rue. Je faisais toujours les maisons dans les mêmes couleurs, jaune, orange, rouge et marron, comme ensoleillées, et je les collais dans nos chambres de passage, je pouvais regarder mes dessins pendant des heures et je me voyais dedans en train de faire un tas de choses. J'ajoutais aussi trois personnages, un père lisant son journal, une mère dans la cuisine faisant des gâteaux et une petite fille assise aux pieds du père en train de lui lacer ses chaussures. En fixant fortement les personnages j'arrivais à les faire vivre et bouger, je leur parlais. J'avais cinq ans, je crois. Ils finissaient pour devenir ma vraie famille, ça me coupait de la réalité.

C'est vrai que si maman était moche, on ne trouverait pas du tout à se loger. Si elle avait pas son charme et tout le reste, qui fait qu'elle a même pas à coucher pour obtenir. C'est du moins ce qu'elle dit. Peut-être qu'elle passe par de drôles de trucs. Non, si c'était ça elle aurait pas besoin de bosser du tout, je crois. Peut-être que la vie est encore plus difficile que j'imagine. Qu'il faut coucher et bosser en plus, et aussi se faire virer. Merde, j'ai du goudron sur la jambe; je sais jamais si c'est du goudron ou du mazout, il y a les deux.

Je vais être pleine de cette saloperie, mais mes petits copains de Calcutta se marreraient bien, ils donneraient plein d'années de leur vie pour être à ma place. Maman m'a dit que des pères coupaient eux-mêmes la jambe de leur fils pour qu'ils fassent mieux pitié en mendiant. Alors je dois m'estimer heureuse.

« Qu'est-ce qui te fait marrer, Laura ?

— Je t'imaginais en train de me couper une jambe.

— C'est vraiment l'idée que tu as de moi ?

— C'était juste un jeu. Sabine, t'es pas noyée ?

— Il me reste encore deux cigarettes à fumer », grommelle Sabine.

Maman me caresse les cheveux. « On caille ici. On sera mieux dans la voiture. »

On roule un moment, et on va se garer dans une petite impasse avec plein de fleurs et des branches par-dessus les murs. On ouvre les vitres. Une odeur de pins et d'eucalyptus, merveilleuse. Enfin on s'endort.

Tôt le matin, maman téléphone d'une cabine. Nicolini est en voyage, on sait pas quand il rentre. Et d'une, c'est la débâcle, aucun des copains qu'elle appelle ne peut nous loger. C'est les vacances, les maisons sont pleines d'invités, les glandeurs avec leurs chambres de bonnes, pas question. Pourtant, au tout dernier coup de téléphone, maman sort de la cabine, rayonnante. Un copain nous prête une caravane que son vieux a laissée au camping de la Plage. La chance est avec nous.

On connaissait pas le camping de la Plage. Il est situé pas loin de la mer, mais de l'autre côté de la route, juste derrière une grande surface. On est épuisées, crasseuses, la gueule de bois, des cernes jusqu'aux genoux. On pue l'alcool et maman s'est tordu la cheville, elle boîte en traînant sa valise. Sabine a tellement fumé qu'elle peut plus parler. Moi avec ma combinaison qui me moule le zizi, tachée de mazout aux jambes. Maman et sa jupe blanche sous son blouson, un blouson d'aviateur qui lui tombe en bas des fesses. Sabine toujours en drap blanc. Tout d'un coup, en se présentant au bureau du camping, on réalise notre look. Avec la voiture assortie.

Le mec du camping dit rien, il a juste un petit sourire entendu, et l'air blasé de celui qui a tout vu. Il nous fait voir la caravane, au bout du terrain, contre le mur de Monoprix.

C'est l'heure du petit déjeuner. Presque tous sont des Belges et des Allemands. Clean. Ça remue dans le calme, et dans une odeur de café et de confiture. Les caravanes sont dernier modèle, astiquées, avec tout, frigo, télé, auvents, parasols, tables dehors et les gens contents, installés. On voit tout de suite que c'est des gens contents d'être partout où ils sont. Ils nous regardent traverser le camping en traînant nos valises, ils ne disent rien, ne se marrent pas, simplement ils nous regardent comme nous suivraient des yeux des vaches gentilles. Des gens simples, bien paisibles, sans frime. Au passage on louche sur les gros bols emplis de café au lait, les montagnes de tartines. Seuls les gosses ont pas l'air de nous aimer, ils se marrent, les yeux en dessous. J'ai l'impression de faire une sorte de défilé de mode grotesque.

La caravane est en ruine, dégueulasse, avec un volet qui pend. A l'intérieur c'est pareil : plancher troué près d'un frigo plein de boîtes vides et paniers pendus. Deux couchettes, une à deux places. Je dormirai donc avec maman. Une table qui penche. Pas de literie. Bon. On est contentes, parce qu'il y a un toit, des cloisons qui nous protègent, on se sent chez nous. Voilà.

Maman se met en short, trouve un seau ; Sabine va chercher de l'eau aux lavabos. En moins d'une heure tout est nickel. A peu près. Mais on est comme des zombis, on ne sait plus ce qu'on fait. En décalage horaire de plusieurs planètes.

Une grosse dame allemande s'intéresse à notre emménagement ; elle a tout suivi des yeux, le nettoyage, le rangement, avec approbation. Un peu après qu'on a fini, elle vient nous chercher. C'est notre voisine, elle nous a préparé un petit déj monstrueux, avec des saucisses et un gâteau au chocolat. On se jette dessus. La grosse dame nous dit qu'elle s'appelle Ute, elle ne parle pas français mais elle connaît les noms de tout ce qui se mange. Elle est très gaie, je crois qu'elle comprend notre situation, avec beaucoup de tact, comme si cette invitation était naturelle, une politesse de bon voisinage. On la remercie. Maman et Sabine s'habillent et partent à leurs rendez-vous, toutes requinquées.

J'ai un coup de cafard terrible. J'ai honte, on est vraiment des ringards. Je ne veux pas aller dehors et dans cette caravane qui pue l'eau de Javel le soleil tape en plein sur le toit. Je suis gluante. Je vais prendre une douche. Ça ressemble à une taule, tout en ciment, c'est pas le haut de gamme. Peut-être Hugo Larger est en train de prendre une douche en taule. A quelle prison peut-il être ? Nice ? Ou remonté à Paris, en Belgique, on sait pas, un routard du crime, ils vont se le disputer. Il va aller de psy en psy et se retrouver peut-être bouclé à vie. Pourquoi ce type m'attirait ? Bizarre. Dans un étalage de pères, c'est lui que j'aurais choisi. Il doit me correspondre d'une manière ou d'une autre. J'aimerais connaître toute sa vie, suivre son procès. Qu'est-ce qui le poussait à étrangler les filles ? Aucun sévice sexuel. Rien que la mort. C'est vrai qu'il aurait pu m'embarquer, il m'arrivait quelquefois de remonter à la maison en stop malgré l'interdiction de maman. Mais comment la fille a-t-elle pu le suivre dans la montagne ? Celle-là, la nôtre. Les autres filles, je ne sais pas. On s'est souri sur la grande roue, il avait sans doute des idées sur moi, ça me fait froid. Quel baratin a-t-il pu faire à cette nana, et comment connaissait-il l'endroit? Il a dû le repérer par hasard, en se baladant à la recherche d'un lieu de crime idéal. Il doit avoir un côté artiste.

VI

Ça fait une semaine qu'on est ici. Nicolini toujours pas rentré. Maman et Sabine n'ont pas fait une seule affaire. Maï nous apporte de la bouffe, Percival a volé une petite somme à son père et nous l'a donnée. De quoi payer le camping et l'essence pour la voiture. Il n'y a pas beaucoup de jeunes dans le camping.

Deux petits mecs terribles qui me matent quand je vais aux douches et essaient de me coincer pour me peloter aux chiottes. Des costauds, il y en a un qui fait des sauts périlleux en me montrant son zizi. Ils me disent des saloperies en allemand. Les filles aussi m'insultent en se foutant de moi. Mais tous les autres, les vieux, me disent bonjour et me donnent du chocolat. La grosse dame m'a montré la photo d'une ferme et aussi des cochons alignés comme sur une photo de famille. C'est à elle. Elle nous donne des tranches de gros jambons qu'elle a pendus dans sa caravane. Une célibataire, elle est venue toute seule, elle vient tous les ans. Le matin elle va marcher dans la mer, aller-retour. Avec un petit chapeau. Elle adore coudre, on lui donne notre linge à repriser, ça la distrait. Elle écoute de la musique classique, Mozart, Schubert, en fumant des gros cigares. Elle me donne les étuis. Ute. J'aimerais pouvoir voyager à l'intérieur des gens, visiter leur cerveau comme on visite un pays. Ute doit avoir une vie secrète, très au-delà des jambons. Avec Schubert et Mahler; elle aime un air que j'ai fait traduire : *La ballade des enfants morts*, pas mal. Maï dit qu'elle doit mettre le disque quand elle tue un cochon. C'est Caro qui parle un peu allemand qui a traduit.

Cet après-midi on est tous assis sur les matelas à l'intérieur. Caroline ne peut pas s'empêcher de tripoter le duvet et de le caresser, il faut qu'elle pelote tout ce qu'elle trouve, elle regarde autour d'elle avec un sourire agaçant, ses jambes posées sur les cuisses d'Adrien, qui est gêné d'être ici.

Caro a eu l'idée de les faire se cotiser pour me donner un peu de fric dans une enveloppe et ça m'humilie ; je pense que c'est ce qu'elle voulait. Mais je dois le prendre parce que tout a de la valeur en ce moment, on peut rien rejeter. Maman n'a plus une thune et ce matin je l'ai vue pleurer pour la première fois depuis longtemps devant son bol de café. Mais c'était de rage.

J'essaie de crâner devant les copains, je me fringue mieux que d'habitude, je mets du parfum et me maquille un peu pour conjurer le sort. Maman et Sabine font pareil, les gens du camping sont sciés quand ils nous voient sortir si belles de cette cage à lapins, en nous marrant pour un rien, maman avec des robes moulantes et des boucles en strass ; Sabine aussi fait des efforts malgré qu'un mec en moto lui ait arraché son sac dans la rue, emportant de cette façon toutes nos économies.

On fait des exercices de pensées positives, en répétant toutes les trois devant la glace que tout va bien, on prononce des mots pour appeler la chance : argent, bonheur, joie, harmonie et tout, au début on se marrait, mais à mesure que le temps passe, ça devient sinistre.

Percival dit qu'on a du pot : quand tout est perdu et qu'il ne reste plus rien, et qu'on est seuls au monde, c'est là que Dieu se pointe, mais l'emmerde c'est qu'on sait jamais sous quelle forme. Maman a aussi écrit des phrases pour nous donner la pêche qu'elle a collées sur les murs de la caravane (à l'intérieur bien sûr) avec des couleurs fortes. Sabine a jeté du gros sel par terre pour éloigner les démons et les mauvais esprits.

On est tous les cinq en tailleur à crever de chaleur en buvant du chocolat glacé. Caroline se penche et prend mes cheveux qu'elle étale sur mon épaule, de sa manière caressante.

« C'est marrant, votre truc, on dirait une roulotte de cartomancienne. Surtout avec toutes ces étiquettes sur les murs. »

Elle se lève et évolue pour faire admirer sa robe ras-des-fesses. Elle lit une des étiquettes en remuant les lèvres.

« Vous croyez vraiment à ces conneries ? Ta mère a vraiment des idées originales. »

Elle nous apprend que ses parents vont l'envoyer dans deux ans en Suisse, dans un collège hyper classe. Adrien en est malade, on dirait un chien qu'on emmène à la fourrière. Caro s'en fout, ce qu'elle veut, c'est après le collège piéger un mec vite fait, se faire épouser avec ses atouts sexuels. Même un vieux, elle s'en tape. Celui-là elle le gardera pas, il lui servira de tremplin pour en piéger un autre dans un monde encore plus friqué, comme ça jusqu'au sommet. Peut-être présidente des États-Unis. C'est un Ricain qu'elle vise, pour le sommet.

« Tu garderas la charcuterie ? demande Maï.

— Non, ma chérie, j'en ferai cadeau à Laura. On dirait que ça ne marche pas, toutes ces formules débiles.

— Ça marche, dit Percival. Il faut bien s'en imprégner. »

Caro se rassied et pose sa tête sur l'épaule d'Adrien. Ses petits yeux verts deviennent plus durs.

« Enfin, quand on a rien d'autre, ça peut remonter le moral. Moi, à la place de la mère de Laura, je ferais autre chose que des incantations.

— Tu ferais quoi ?

— La pute, tiens !

— Tout le monde n'est pas toi.

— Elle est pas foutue de gagner du fric. Je le disais en vrai, parole. C'est vrai que tout le monde est pas moi, mais moi je laisserais jamais ma fille dans un endroit pareil. J'aurais le courage de me sacrifier pour ma famille. »

On ne sait pas si elle est sérieuse ou si elle se marre.

« En plus, ajoute-t-elle, passer ses nuits en boîte juste pour le plaisir sans rapporter une thune, moi j'appelle ça de l'égoïsme. Tu crois pas, Maï ? »

Je sais ce que Maï pense de ça.

« Occupe-toi de tes fesses. »

Percival est en train d'arranger le fermoir du bracelet de Maï. « C'est vrai que ça ne nous regarde pas. »

Caro n'arrive jamais à me faire prendre les boules pour de bon. « Tu devrais être assistante sociale, Caro, tu ferais un tabac. Moi, j'ai pas besoin que ma mère vive autrement, mais tu peux pas comprendre. Toi, tu pourrais pas vivre ici, c'est vrai, parce que t'es une petite conne.

— Laura a raison, dans un sens », fait mollement Adrien.

Maï tend son bras à Percival pour qu'il remette son bracelet. Elle donne un petit coup de pied à Adrien. « Comment tu fais, toi, pour aimer cette petite salope ? »

Je dis que c'est justement pour ça qu'il l'aime. Adrien n'aimera jamais que des salopes. Caro s'étire. « Les salopes dominent le monde. »

J'ai fait exprès de dire à Maï de les amener, parce que je ne voulais pas m'avouer que j'avais honte. Maintenant j'ai honte de cette sale baraque et de ces bouts de papier à la con collés sur les murs. J'ai honte d'être là, honte de ma mère, je ne peux pas m'empêcher de penser que d'un certain point de vue Caro a raison. Et j'ai encore plus honte d'avoir honte à cause d'une petite pute comme elle.

Adrien soupire, montre du doigt une des formules bénéfiques. « Moi, je trouve qu'il faut beaucoup d'humour pour faire ça. Moi, je me fais hyper chier avec mes vieux. Vous, vous devez bien vous marrer. Et même cette roulotte, elle est vachement chouette.

— De toute façon, murmure Percival, je ne verrais pas la mère de Laura à la caisse d'une charcuterie.

— Bravo, Percival, dit Caro, t'as dû te torturer le cerveau pour trouver ça. »

Percival a apporté une cassette de techno, on la met à fond la caisse, à se couper le souffle, ça nous entre dans le cerveau comme des missiles, ça tape dans les poumons, la caravane va exploser. Pour ne pas être en reste avec Caroline, je vais prendre ma robe avec les têtes d'Indiens imprimées, celle que j'avais sur la plage le soir de la castagne. Et je lui donne. Elle me regarde stupéfaite. Je lui fais signe que oui. Elle la montre aux autres d'un air tête à claque. Puis elle me saute au cou en murmurant à mon oreille : « Je t'adore. » Elle se déshabille et elle la met. Elle me donne plein de sentiments, moi aussi je l'aime.

Je croque une pomme en regardant la mer, assise sur les galets, le menton sur les genoux, en veste de pyjama deux fois trop grande, les manches repliées aux coudes. La plage est déserte, tout le monde dort encore au camping. Il est six heures du matin, maman retourne en boîte toutes les nuits pour essayer d'avoir des tuyaux pour n'importe quoi. Sabine dort, dans les vapes, elle se tape du Valium à la petite cuiller.

Maman est la seule à tenir le coup, je me demande comment elle fait avec Sabine qui la boucle en permanence, plongée, quand elle dort pas, dans la lecture de polars en bouffant du chocolat. Elle se donne plus la peine d'aller bosser, ni de se laver, elle reste sur sa couchette comme une loque, en pyjama toute la journée. Ou alors elle se pointe dans la caravane de Ute pour jouer aux cartes. La bataille. En écoutant du Schubert, ou des valses de Strauss. De colère j'ai foutu en l'air les pensées positives, y a plus de place ici pour l'humour. En plus, je ne fais plus mes rêves. J'arrive même à me demander s'ils ne sont pas aussi bidon que ma vie. Si je les ai pas inventés pour décoller de cette galère de merde. Besoin de vivre des trucs merveilleux. Des trucs guerriers, agressifs, à mon image. Bon.

Je contemple l'horizon avec des yeux morts, immobile, sans la moindre envie de bouger.

La voix de maman derrière moi me fait sursauter, elle arrive dans sa robe noire et or, pieds nus, plusieurs rangs de perles au cou. Le visage lisse, sans aucune trace de fatigue malgré sa nuit, comme toujours super belle.

Ça me fout les boules de la voir toujours planant, sans aucun sens des réalités. Elle n'a aucune conscience de notre situation ou alors elle cache bien son jeu. Mais je ne crois pas. Elle avance vers moi en titubant de sa démarche de femme un peu saoule, ça lui donne un aspect de fragilité incroyable. Mais je ne me laisse pas attendrir.

Elle se jette sur moi, m'entoure de ses bras en me disant, à petites phrases hachées, essoufflées, que ça y est, la chance vient de tourner, elle a un job génial, elle a rencontré un type, un photographe qui la veut comme modèle, et en plus il va nous prêter un appart. Elle attend ma réaction, mais c'est pas celle qu'elle croit. Je suis prise d'une colère terrible, j'ai envie de la tuer sur place. Je hurle : « Et après ? » Je deviens folle de rage, je la repousse avec force.

« Encore une fois tranquilles pendant un mois, et après ? Ça n'arrêtera jamais les mecs que tu rencontres en boîte ! De plus en plus ringards parce que tu vieillis ! »

Elle reste plantée là, elle ne bouge pas. Je ne sais plus ce que je fais, c'est comme un torrent en moi, je la couvre d'insultes et je me mets à lui taper dessus. J'imaginais cette scène depuis longtemps, je la refoulais. Je la secoue de toutes mes forces, elle ne fait rien pour se défendre, sans doute trop secouée pour réagir. Je la fais tomber. Je peux à peine respirer, j'étouffe de violence. Elle ne bouge pas, recroquevillée à mes pieds, son collier arraché, les perles répandues. Elle lève le visage et me regarde durement. « Qu'est-ce que tu veux que je fasse d'autre ? Dis-le, toi qui es si maligne ! Dis-moi ce que je dois faire !... »

Je me laisse tomber à côté d'elle. « Que t'arrêtes tes conneries, merde ! » Je voudrais effacer ce qui vient d'arriver, mais c'est là et ça y sera toujours. Je la prends dans mes bras, je ne sais plus quoi dire ni quoi faire. Tout a dérapé en moi. Elle me serre contre elle. Je ne peux pas supporter ça, je me lève et je me casse. Elle reste là immobile, à la même place.

Je rentre dans la caravane. Sabine dort, elle ronfle doucement. Je me jette sur ma couchette, je n'arrive même pas à pleurer, tout mon corps est contracté, mes mâchoires serrées.

Tout à coup, le parfum de maman ; elle est entrée silencieusement et elle se tient debout derrière moi. On ne bouge pas, je respire à peine, puis elle se penche avec douceur, elle caresse mon dos, mes cheveux étalés sur la couchette, mon front, comme si elle voulait chasser mes idées noires. Elle fait passer tout son amour dans ces gestes, et comme si un ressort me poussait, je me retrouve contre elle, en train de la serrer fort. Maman me berce doucement.

Sabine est assise sur sa couchette et nous regarde les yeux ronds. Je suis accrochée à ma mère sans parler.

« Laura, c'est fini... »

Je lui dis combien je l'aime et à quel point je me déteste de lui avoir dit toutes ces horreurs.

« Ça va, vous deux ? » murmure Sabine.

On se lâche, et maman redevient naturelle, comme si rien ne s'était passé. Elle va prendre une bouteille d'eau dans le frigo, s'en sert un verre et m'en apporte un. Assise à côté de moi, elle retrouve son air excité d'avant la bagarre. « Devinez ce qui m'arrive.

— T'es enceinte ? » demande Sabine.

Maman se lève et va préparer le café. Elle ne tient plus en place. « J'ai trouvé un job. En boîte, un mec tout seul qui danse avec moi. On parle, il veut savoir ce que je fais. Il me demande si je crois au destin, parce que c'est fabuleux cette rencontre, ça fait des mois qu'il cherche un modèle pour des photos, et je suis ce modèle.

— A poil ? » demande Sabine.

Maman tasse le café dans le filtre, en met la moitié par terre, se retourne, tout excitée. « Mais non ! C'est un grand photographe, il prépare une exposition. Photos d'art. De l'expression, et aussi des silhouettes, dans des décors naturels. Pas poser comme une nouille, donner un sens à la photo, tu comprends?

— On me l'a fait vingt fois, le coup du photographe, dit Sabine en bâillant.

— A moi aussi, rassure-toi. Je ne suis pas conne à ce point. Les mecs qui roulent en coupé Mercedes ne font pas le coup du photographe. C'est un job tout à fait régulier. »

Sabine se lève et se gratte la tête. « Dis-lui qu'il peut nous prendre toutes les trois devant la caravane avec Ute.

— J'ai rendez-vous cet après-midi.

— Tu lui as donné ton adresse ici?

— Je lui ai tout raconté. Il nous prête un appart tout le temps que je travaille. On va d'abord faire un essai, si ça marche il me donne cinq mille par semaine. »

A moi de parler. « Ça va durer combien de temps?

— Il ne sait pas exactement, peut-être deux mois. Il veut que je lui montre la région, des coins que je connais. »

Encore à moi : « Tu vas perdre ton job aux encyclopédies. Tu feras quoi dans deux mois?

— Je ne perdrai rien du tout. En plus, il connaît des gens à Paris, dans la mode. Vous ne croyez pas que je peux faire ça? Avoir un peu de chance, de temps en temps? »

Voilà qu'elle a les larmes aux yeux. « Vous ne me croyez pas capable de discerner le vrai du faux? De juger un homme, depuis le temps? »

Avec Sabine on se regarde. C'est vrai que maman n'est pas conne à ce point. Elle a un flair terrible, elle est passée à travers plein de coups tordus.

« C'est que ça semble trop beau pour être vrai, soupire Sabine.

— C'est moi qui l'ai vu, insiste maman, c'est moi qui ai parlé avec lui! »

Sabine hésite, elle se reprend, secoue la tête. « Pourquoi il te prête un appart, en plus, si c'est pas pour te sauter? Photographe mon derche. Et toi, tu vas regarder le petit oiseau? C'est pas permis d'être aussi débile. Même Laura marcherait pas.

— Il sait que j'ai une fille, et qu'elle sera là. Et toi aussi, je lui ai dit. On dirait que ça t'emmerde, ce qui m'arrive !

— Oui ! crie Sabine. Ça m'emmerde ! »

On la regarde sans bien comprendre. Maman, la cafetière à la main, au-dessus des tasses posées sur la table pliante. Sabine se rassied sur sa couchette.

« J'en veux pas, de café. C'est pas juste.

— Qu'est-ce qui n'est pas juste ?

— Que ça t'arrive à toi. Et jamais à moi. T'attends pas à ce que je saute en l'air. Ça me crève, moi, le bonheur des autres, tu veux la vérité ? Je souhaite que ça rate, qu'il se soit foutu de ta gueule.

— Mais tu viens avec nous, Sabine, t'es dans le coup.

— Non, je viendrai pas. Je vous ai assez porté bonheur. C'est pas la peine de faire cette gueule, c'est grâce à moi que t'as trouvé ce job. Parce que c'est toujours pareil, chaque fois que je me pointe quelque part, tout s'arrange pour les autres. Et moi je reste en rade.

— Allez, arrête de déconner.

— Me touche pas ! »

Elle me regarde. « Et toi, avec ta gueule de raie ! Pourquoi tu m'as pas laissée crever ? Je vais recommencer ! Si ta mère travaille avec ce mec, je me raterai pas !

— Tu es libre, hein ? dit maman.

— Ouais, je suis libre.

— Combien de tartines ?

— Trois. Je suis un boulet pour vous.

— Mais non, fait maman. Tu portes bonheur. »

On peut plus tenir. On se marre.

« Comme une prêtresse, ajoute maman. Dans l'Antiquité.

— C'est vrai ? »

Sabine se traîne jusqu'à la table.

Je demande à maman comment est ce type.

« J'ai jamais vu quelqu'un comme lui. Enthousiaste, gai, je ne sais pas... Je lui ai tout raconté, je ne me suis jamais sentie aussi à l'aise.

— Tu es à l'aise chaque fois que t'es beurrée, corrige Sabine.

— Je n'étais pas beurrée. A quatre heures, je suis lucide, je critique tout.

— Et physiquement? Je demande. Il est comment? »

Elle a un petit sourire, lève les épaules. « Pas mal.

— Ça y est, grommelle Sabine, le nez dans sa tasse.

— Clean, ajoute maman.

— Ça va nous changer. »

Elle me regarde. « Tu devrais être contente. Il va te plaire.

— Tu le reverras jamais », souffle Sabine.

Trois jours plus tard, c'est le départ. Maman est enthousiasmée par son nouveau job, c'était pas du tout bidon, elle a même eu une avance. Et ce soir on emménage dans le nouvel appart qu'elle a pas encore vu. Mais tout vaut mieux que la caravane.

La surprise, c'est que Sabine ne vient pas avec nous. Le type du camping lui a trouvé un boulot comme caissière à la grande surface. Un remplacement. Ça l'a réveillée, elle s'est mise à arranger la caravane parce qu'elle a décidé d'y rester, avec même des projets d'avenir.

Elle s'est rendu compte qu'elle aime cette roulotte délabrée, avec les bruits des transistors et les odeurs de cuisine du camping. Tout d'un coup elle ne se sent plus seule, parce que tous les gens la connaissent et que c'est ce qui lui manquait le plus, être connue. Qu'on lui dise bonjour, Sabine, bonsoir, Sabine, sur tous les tons. Pendant ces trois jours, elle a transformé l'intérieur de la caravane avec des coussins et des tissus qu'elle a trouvés à droite et à gauche, des fleurs séchées dans de petits vases que maman lui a offerts, et aussi un vieux tapis décoloré, très beau, qu'on a trouvé dans une poubelle. Ute nous a aidées.

Elle a vaguement parlé à Sabine d'aller un moment chez elle en Allemagne, l'aider à la ferme. Je vois pas très bien Sabine dans une ferme. Ute avait une fille qui lui ressemblait un peu, elle nous a fait voir sa photo, mais je crois que la ressemblance n'existe que dans sa tête. Cette fille est mariée, elle vit à Los Angeles. Sabine irait bien dans la ferme en Westphalie, mais elle a un peu peur de se laisser enliser, à taper le carton avec Ute pendant l'éternité. Parce qu'elle a toujours l'idée de se trouver un homme, et la passion.

On lui dit que le destin est mystérieux, et qu'elle peut aussi bien rencontrer le mec de sa vie en Allemagne.

Je vais la regretter. Elle nous voit partir sans trop de peine et ça me donne un petit pincement au cœur. On a quand même vécu des moments très forts, il ne reste plus que le beau, qui me rend nostalgique. Je brode, j'enjolive, je me dis : quand même c'était pas si mal. Et surtout je me rends compte que le temps ne signifie pas grand-chose parce qu'au fond tout s'est passé avec elle en deux semaines, et il me semble qu'on se connaît depuis des années. Tellement la galère donne une impression de densité.

En portant les bagages à la voiture, j'ai les jetons pour l'avenir, ce type que je ne connais pas, cet appart mystérieux, ça devrait m'exciter, mais je ne crois pas encore à la chance, je me méfie de tout. Parano, sur mes gardes. Et aussi je crois que maman vit un truc fabuleux et qu'elle s'éloigne de moi vitesse grand V. D'instinct je n'aime pas ce mec. Maman, j'ai l'impression de ne plus être sa copine, un autre a pris la place. Je ne suis plus rien que sa fille.

On se retourne vers Sabine et la caravane; j'ai les boules plus qu'en quittant les plus belles maisons où on a vécu. Aucune de nous trois ne desserre les lèvres, on n'a plus rien à se dire. On s'embrasse, on s'en va. Question d'habitude.

L'appartement se trouve au quatrième étage d'un immeuble neuf, rue de La Salice. Je préfère les maisons, à cause des jardins. Ici c'est un cube de ciment avec des petits balcons qui dépassent. Je commence par haïr, surtout parce que je sais que ce type plaît à maman. L'avantage, c'est tout près de la plage; je pourrai me baigner le matin sans même prendre ma mob qui, pour le moment, est ficelée sur le toit de la voiture. J'aimerais pas que notre nouveau copain nous voie arriver du haut de son balcon, il ne nous manque que des boîtes de conserve attachées derrière. Je déteste que ce soit l'employeur de ma mère qui nous loge, ça n'était jamais arrivé.

Ascenseur. La porte. Maman a la clé, elle ouvre. Tout de suite une voix. « Claire ? » Il sort du living et j'ai un éblouissement. C'est le tueur, Hugo Larger. Avec un sourire, un tee-shirt bleu et une veste de lin un peu avachie. Il y a des roses dans le living. Tout de suite, le tueur s'affaire avec maman, prend les valises.

Non, c'est une ressemblance, le vrai Hugo est en taule, ou alors il s'est évadé et il est en cavale, mais dans ce cas il ne serait pas ici. Je n'ai jamais entendu la voix du vrai, dommage parce que c'est surtout à la voix qu'on reconnaît pile, des mecs du F.B.I. le disaient à la télé, alors que ce qui est visuel se brouille beaucoup plus vite, se mélange avec d'autres trucs. « Bonjour, Laura... Claire, votre chambre est là... » Celui-là a une voix un peu grave, agréable.

Maman fait Oh ! en entrant dans sa chambre parce qu'il y a une dizaine d'agrandissements d'elle épinglés aux murs, vraiment magnifiques, mais à mon avis ce n'est rien d'autre que trois bonnes photos d'amateur, il y avait plein d'exemplaires de *Photo* chez Julien et le travail pro c'est autre chose.

Il a raconté à maman qu'ici c'était l'appartement d'un ami en voyage, mais j'ai trop l'habitude pour ne pas voir tout de suite que ce truc n'a jamais été habité par une seule personne. Il n'y a pas de vraie odeur, pas d'atmosphère, c'est un meublé qu'il a loué pour nous y enfermer.

Il sort de la chambre de maman, je le reçois en plein, gros plan comme la photo du journal. On se regarde. Il ne faut surtout pas qu'il voie que je sais, alors je souris. Qu'il me croie conne sera notre sauvegarde. Mais qu'est-ce qu'il fout là ? A force de gamberger sur lui, d'y penser comme à mon père, j'ai fini par le matérialiser. Il m'a fixée d'un drôle d'air.

Ils descendent chercher le reste des bagages. Non, c'est pas possible, je ne me rappelle plus, je confonds, il s'agit juste d'une ressemblance. Pourtant ce type je ne pourrais ni l'oublier ni le confondre avec un autre. J'ai peur et je suis excitée. De toute façon il ne nous amène pas ici pour nous étrangler, il fait ça à la campagne. A moins qu'il ne s'offre une diversion. Quand on sera installées ce sera agréable. Si on a le temps d'en profiter.

Les voilà. Ils descendent de l'ascenseur. Hugo a fait un vol plané en loupant la marche en bas dans l'entrée, une toute petite marche que moi j'ai tout de suite repérée. Si un grand criminel se laisse avoir par ça, qu'est-ce que ça doit être pour le reste ! Parce que le crime à cette échelle, c'est quand même l'observation et le coup d'œil.

Marrant comme un type qui se casse la gueule devient tout de suite moins terrifiant. Ça rassure. Maman n'en finit plus de se marrer. C'est toujours l'effet que lui font les gens qui tombent. C'est sans méchanceté, mais les chutes, même d'amis, et même graves, déclenchent son fou rire. Elle essaie de se retenir, mais elle va revoir la scène une dizaine de fois. Hugo se force à sourire, un tout petit peu vexé, comme tous les mecs qui se cassent la gueule devant une femme. Il traîne la grosse valise, maman lui explique que si elle voyait quelqu'un tomber d'un sixième étage elle ne pourrait pas s'empêcher de se tordre.

Elle l'appelle Hugo. Plus le moindre doute. Elle m'avait jamais dit son nom. C'était « le photographe » ou « mon patron ». Je vais me mettre à trembler. Il a des yeux perçants, les pommettes un peu écartées, grand et pas trop mince, plutôt athlétique. Il me regarde avec un léger sourire.

« Je vous laisse vous installer. Claire, je repasserai vous prendre vers midi, ça va ? On va aller à Eze. »

Je rejoins maman dans sa chambre, elle est en train de ranger ses fringues dans la penderie. Elle a ouvert grandes les fenêtres, le soleil inonde la pièce et le bruit de la rue est assez joyeux. Une demi-heure après notre arrivée, cette appart prend vie et se colore. Je m'assieds sur le lit.

« C'est un meublé.

— Je sais.

— Il t'a raconté que c'était à un copain.

— Oui. Et il l'a loué pour nous. Il savait qu'on était en panne. Tu ne trouves pas ça délicat ?

— Délicat ?... Ça dépend. »

Et je lui raconte tout ce que je sais sur Hugo Larger : Antibes, la grande roue, son arrestation, la photo dans le journal. Maman continue de ranger ses vêtements.

« Je sais tout ça, c'est la première chose qu'il m'a dite. C'était une erreur, il a été relâché. Ça existe, tu sais...

— Tu ne trouves pas louche qu'il nous installe ici ? Qu'il paie tout ?

— C'est moi qui paie. C'est lui qui l'a trouvé mais il garde le loyer sur ce que je gagne. Je n'aurais jamais accepté de lui devoir quelque chose.

— La grande roue, tu ne me crois pas quand je te dis qu'il était là, à m'observer, comme à Vence au marché et au bistrot ?

— C'est un photographe, ils ont tous la même façon de regarder. Il m'a expliqué qu'en nous voyant au marché toutes les deux il a flashé sur moi. Il n'a pas osé nous parler.

— Et la grande roue ? T'y étais pas.

— Le hasard. Il t'a sans doute vaguement reconnue, parce que c'était surtout moi qui l'intéressais », ajoute maman en riant.

Elle dispose ses produits de maquillage sur une table. « Dimanche on ira voir à la brocante, je trouverai peut-être une coiffeuse. »

Elle allume une cigarette et se jette près de moi sur le lit. Contente. Rassurante. « Arrête de gamberger. Si les flics l'ont relâché c'est qu'il est vraiment innocent. Il a pu prouver qu'il était ailleurs et il a des témoins.

— Tu sais qui c'est à part ça ? Tout ce qu'on sait c'est qu'il est hyper friqué.

— Ça n'est pas ce que tu voulais ?

— T'es vraiment inconsciente. Tu ne veux pas savoir. »

Elle rit. « Mais savoir quoi, ma chérie ? J'ai un job, on a un toit, et ce type est parfait. Et puis tu sais que j'aime un peu de mystère. »

Je me lève et je mets du parfum sur mon cou. « Ce type aime jouer avec le feu. Je l'ai vu dans ses yeux. »

Maman souffle une grosse bouffée de fumée. « On verra bien. Tu préfères qu'on retourne au camping ?

— Non. Il te plaît ?

— Oui.

— Vous avez couché ensemble ?

— Non. » Elle se lève et défait sa natte. « Fais-moi un peu confiance.

— Ça c'est la meilleure... »

En dix minutes elle se douche, se change, se coiffe et se maquille. Pas un geste hésitant, de la haute précision. Je suis jalouse d'elle. Coup de klaxon.

Elle se penche à la fenêtre. « J'arrive. » M'embrasse. « A ce soir. » Je la rattrape devant l'ascenseur, elle a oublié son sac.

La preuve que c'est un type bien, il a rempli le frigo. Je me fais un sandwich avec du pâté et je le mange dans le living, accompagné d'un petit verre de bière. Les murs sont bleu pâle et la moquette marron très clair. Près de la fenêtre, un bambou, une attention de Hugo pour notre arrivée, je suis sensible à ces détails qui embellissent la vie, comme la corde bleue qu'il met au cou de ses victimes.

Je mets en marche le ventilateur, qui m'enveloppe d'une fraîcheur délicieuse, et je découvre une boîte de chocolats toute neuve, à demi cachée, à mon intention j'en suis sûre. Il n'y a pas de disques, il faudra en demander. Les condamnés à mort ont droit à tout ce qu'ils veulent.

Attirée par cette nouvelle vie, tant l'avenir vu d'ici semble facile et lumineux. Mais au fond de moi la certitude — et c'est peut-être le plus fascinant — que Hugo n'est ni clair ni innocent, mais diaboliquement fort. Mais je suis prête à courir n'importe quel risque plutôt que de connaître la galère, tout ce que nous avons vécu depuis tant d'années et que je ne trouve plus du tout génial.

Il est le chat et nous la souris. Je ne peux pas imaginer que maman soit si naïve.

Est-ce que ça fait mal, de mourir comme ça ? Ou bien on n'a pas le temps de se rendre compte. Mais ces mecs, justement, prennent leur temps, ils se régalent surtout de l'émotion de leur victime, de sa terreur, son espoir, et encore un petit coup de peur. J'aimerais pas être attachée, ligotée. La souffrance.

Je me fous à poil et je vais sous la douche.

Ce genre de meurtre, est-ce que ça se passe comme dans les polars ? Non, rien se passe comme dans quoi que ce soit, c'est toujours nouveau... Entre le pouce et l'index je serre mon cou. Après, j'appuie avec le bout de mes doigts, juste au bas du cou. Nicolini m'a appris ça, un coup qui peut être mortel. Là, j'appuie doucement, de plus en plus fort, mon cœur s'arrête. Je tousse, je m'étrangle, je sors de la douche en reprenant mon souffle. Je deviens complètement dingue. A quoi je joue ?

Je vais me balader un peu dans ma chambre en me laissant sécher. Mes affaires en tas sur la moquette, des paquets à moitié ouverts.

Je range toutes mes fringues dans le placard, je dépose mes bouquins sur les étagères, en mangeant des chocolats. On ne nous mettra plus jamais dehors, plutôt crever. Je finis par parler tout haut.

J'ai un rancard avec Maï aux galeries. Je suis en retard. Je m'habille et je me tire rapidos.

On se retrouve devant les parfums, c'est l'anniversaire de sa mère. Tout de suite je lui raconte pour Hugo. Maï est sidérée, j'ai beau lui balancer tous les arguments de maman sur l'efficacité de la police, et aussi que Hugo se fait voir partout avec elle depuis une semaine.

Maï me regarde vachement secouée. Cette histoire la bouleverse, et je peux imaginer toutes les images qui défilent dans sa tête.

J'essaie de la rassurer, de lui expliquer qu'on gamberge sur des idées qui n'ont sans doute rien de réel. Il y a plein de coïncidences dans la vie, énormes, que la plupart du temps on ne remarque même pas. Je lui raconte les fleurs dans l'appartement, les chocolats, et le vol plané de Hugo, qui ne va pas avec l'image qu'on se fait d'un tueur. Je me convaincs moi-même.

« Au cinoche, murmure Maï. Dans la vie ils marchent dans la merde comme tout le monde.

— Et puis, en admettant que ce soit lui, les filles qu'il a tuées, elles ne savaient pas. Nous on sait qu'il a été arrêté, et en plus il se fait voir avec ma mère depuis huit jours. Les autres ça se faisait dans l'heure qui suivait. »

Je la berce de mes paroles, ça me berce aussi, on finit par sourire et on se dit que la police doit le surveiller et que tout ira bien. On veut le croire.

« De toute façon, le journal disait qu'il se barrait toujours après chaque crime, il changeait de pays. Hugo reste là, donc c'est pas lui. »

Je prends un atomiseur, je mets du parfum sur le cou et les poignets de Maï. On finit par les essayer presque tous. Les vendeuses nous font la gueule. On a vaporisé un tel mélange que c'est irrespirable, j'ai une crise de toux horrible.

Finalement Maï choisit une eau de toilette fraîche, très agréable, légère. Ensuite on va voir les produits de maquillage. Là c'est son domaine, elle essaie les fards et les rouges des nouvelles collections, choisit des couleurs, s'attarde sur un rouge « Clair de lune », bronze doré, elle va essayer une poudre nuance pêche pour les pommettes, enfin elle m'offre un rouge intense. Elle traîne, elle me cache quelque chose, je la connais trop, elle évite mon regard, fait semblant de se concentrer sur les palettes mais elle est ailleurs. J'ai peur qu'elle remette ça avec Hugo, elle se retourne en me souriant avec l'air d'une sainte. Hypocrite. Elle range les boîtes et elle redevient énigmatique. Elle se décide.

« Il vaut mieux que je te le dise tout de suite...

— Oh Maï, on arrête avec Hugo, tu veux ?

— Non, c'est pas Hugo. Il y a que je suis pas nette avec toi. »

Elle est pas à l'aise, elle a peur. Ses yeux se débrident, arrivent à devenir tout ronds. « Je t'ai fait un coup moche. » Elle regarde ailleurs. « Le mec qui t'avait raccompagnée l'autre soir, le pilote... Il m'a appelée le lendemain pour me demander ton téléphone. »

Et elle ne m'a rien dit. Je la regarde fixement. Elle se met à tripoter mon chemisier. « Tu vas plus vouloir me parler, je sais pas pourquoi je t'ai rien dit. » Je lui enlève sa main. Elle continue : « Je lui ai dit que tu étais partie à Paris avec ta mère.

— Pourquoi t'as fait ça ?

— Tu peux pas te mettre à ma place ?

— Non.

— La jalousie. Je voulais pas que tu le revoies parce que j'aurais plus compté pour toi. T'aurais été tout le temps avec lui.

— Qu'est-ce que t'en sais ?

— C'est toujours comme ça. »

Elle perd un peu les pédales, elle s'attend que je lui tombe dessus ou quoi ? Comme je ne réagis pas, elle me regarde, pas en face mais dans la glace pour les clientes : « Ça te fait rien ? »

Pas grand-chose, d'autant plus que le pilote, il s'est passé tant de choses depuis que je m'en cogne. Ce qui me fout les boules c'est que elle, ma meilleure copine, ait pu me faire ça. Je lui dis. En me détournant d'elle, décidée à foutre le camp. Elle m'attrape le bras et me retient.

« Tu crois que c'est pas assez dur pour moi de te raconter ça ? »

Je me dégage et je la repousse. « Fous-moi la paix.

— Tu m'avais dit que tu pensais plus à ce type.

— Le lendemain j'y pensais, t'es vraiment une salope ! »

Je me rends compte que plusieurs femmes nous regardent.

« C'est vraiment à gerber ce que t'as fait ! Minable. »

Elle est tout d'un coup au bord des larmes.

« Mais pourquoi t'imagines que je te le dis maintenant ?

— T'as jamais rien pu garder. »

On va se faire virer du magasin, il vaut mieux sortir. Dans la rue, Maï à côté de moi, je ne la regarde plus, je voudrais qu'elle disparaisse.

« Tu ne croiras pas, dit-elle, mais pendant tout ce temps j'en ai bavé, je savais que c'était dégueu mais je t'aime tellement, je ne voulais pas te partager, ça me rendait malade. »

Au ton de sa voix je sens qu'elle va craquer, au fond elle est beaucoup plus malheureuse que moi. Elle me fait de la peine, j'aimerais pouvoir continuer encore un peu la gueule mais j'y arrive pas. Je m'arrête. « O.K. On n'en parle plus. »

On passe l'après-midi ensemble, à traîner et regarder les vitrines, on va nager un peu, enfin on s'assied à la terrasse d'un glacier pour manger des meringues. Le temps passe sans que je m'en aperçoive, comme toujours avec Maï, dans une sorte de douceur ouatée qui m'empêche de penser. On ne parle plus de Hugo ni du pilote, c'est comme s'ils n'existaient plus. Maï finit par me donner le numéro du mec, que je mets dans mon sac sans le regarder.

Elle m'accompagne jusqu'au hall de mon immeuble, elle veut pas monter, elle est en retard, on a presque oublié l'anniversaire de sa mère. Je la regarde s'éloigner et tout le ouaté se barre, tout à coup j'ai les nerfs à vif, comme si je ne devais jamais la revoir. Les yeux fixés sur elle, sa démarche, sa robe longue vaporeuse qui bouge, cette salope ne se retourne même pas, elle est branchée sur sa connerie d'anniversaire, elle disparaît au bout de la rue.

Il faut rentrer, avec la peur qui me tombe dessus, le cœur qui se met à cogner, des sueurs froides, les jambes molles, tout pour être heureuse. Ça va être comme ça tous les jours ? Cet immeuble me semble sinistre, trop silencieux, et dans l'ascenseur des images d'horreur se mettent à danser devant mes yeux. Des images logiques, il serait logique et prévisible que ce fumier ait tué maman, que je la trouve morte dans l'entrée, ou sur le divan du living. Il s'agit pas de fantasmes mais de prévisions aussi rationnelles et scientifiques que la météo. C'est affreux.

Quand j'enfonce la clé dans la serrure mon cœur bat à éclater, je ne peux plus respirer et j'ai envie de me tirer. J'ouvre brusquement la porte.

Et là tout change, une vision de rêve prend la place. Une odeur de rôti de porc à l'ail que je n'ai même pas sentie quand j'étais sur le palier, plus des poivrons grillés avec des oignons. Maman assise dans le living en peignoir blanc, en train de lire un magazine en buvant un verre. Elle lève la tête et me sourit. Elle ne comprend pas pourquoi je me jette sur elle si frénétiquement pour l'embrasser, me rassurer, sentir son corps bien vivant contre le mien, toucher son peignoir (je veux le même) moelleux en coton, fabuleux, et vlan, je fonds en larmes, une fontaine, mais ce coup-là c'est la joie. Une journée de gagnée.

Elle rit comme si elle comprenait tout (là, c'est moi qui invente), elle me demande simplement si j'ai passé une bonne journée avec Maï.

Alors je lui raconte les parfums, dans le style comique, en exagérant tout, c'est vraiment drôle, et elle rit aux éclats. Maman pourrait vivre avec des crocodiles s'ils savaient la faire rire.

Dans ma chambre, elle a accroché les sabres au mur, les maquettes d'avions posées sur les étagères. Et même un petit tapis mauve, qu'elle a eu le temps d'acheter pour moi. Et sur mon lit, un énorme chat en peluche, avec une petite carte. « Je t'aime. Maman. »

On dîne toutes les deux. Elle me dit seulement qu'elle adore poser mais elle ne savait pas que ça pouvait être aussi crevant, la tension nerveuse. Hugo lui a dit que son appareil était tombé amoureux d'elle. Je me méfie de ce genre de conneries mais elle baigne dans la mélasse.

VII

Est-ce que maman garde le revolver près d'elle?
Elle ne peut pas le trimbaler tout le temps. Mais ce
serait rassurant de le savoir à portée de main et non
au fond d'une valise. J'épie tous les bruits. Hugo a un
double des clés, bien sûr. Maman a pris un somnifère, elle a perdu l'habitude de dormir la nuit. Je suis
seule. L'appartement sent l'essence de cèdre qu'on a
vaporisée partout, et on a fait brûler du santal. Un
peu trop.

Je me lève pour essayer de coincer une chaise
contre la porte d'entrée; ça ne marche pas mais au
moins elle tombera si on essaie d'ouvrir. Il faut
combien de temps aux flics pour arriver? Si c'est
comme les pompiers, on a le temps de crever sept
fois. J'imagine une partie de cache-cache mons-
trueuse et grotesque avec Hugo dans l'appartement.
Quand on appelle au secours les voisins ne viennent
pas, il faut crier au feu pour qu'ils bougent.

C'est con, ça se passera pas comme ça. Hugo
attend son heure, en ce moment il nous engraisse
comme des oies. Je me tourne dans mon lit : Hugo
n'est pas un assassin, je me récite cette phrase, qui
finit par m'endormir. Mais je le retrouve en rêve, il
m'attend, il est là, penché sur mon berceau parce
que je suis bébé, et il agite une ficelle bleue pour que
je l'attrape avec mes mimines. J'agite mes pieds couverts de boue, l'un d'eux est chaussé et les mouches
tournent autour de mes yeux.

Réveillée par un vide : je n'entends pas la rumeur du camping. Je fonce dans la chambre de maman, elle dort, je la secoue, mon dieu quelle heure est-il ? Elle titube jusqu'à la salle de bains.

Les démons sont partis une fois de plus, et c'est merveilleux de vivre ici, même sans jardin. Je pense un petit moment à Sabine, à des choses pures de toute parano. Ce qui m'occupe : Vais-je oui ou non téléphoner à ce mec, Romain ? J'ai oui ou non envie de le voir ? Non. Mais je passe peut-être à côté d'un truc fabuleux.

On sonne. C'est Hugo, toujours habillé pareil, une vieille veste en lin chiffonnée, un tee-shirt vert aujourd'hui au lieu de bleu, les pieds dans des sandales informes mais très belles. Ses cheveux sont plus courts, il est allé chez le coiffeur. Est-ce qu'il étrangle les filles à mains nues ou avec une ficelle ?

« Je suis en retard, crie maman de la salle de bains.

— Ça ne fait rien.

— Laura va vous faire du café. »

Il s'arrête devant ma chambre, comme la porte est ouverte il jette un coup d'œil.

« Ils sont beaux tes sabres.

— Pas authentiques.

— Et tes maquettes, tous des avions militaires. On dirait une chambre de garçon.

— J'aime les avions. Les filles aussi peuvent, vous savez.

— Ça n'était pas un reproche. »

On entre dans la cuisine. Je dis qu'il y a des filles pilotes, et même dans les capsules spatiales.

« Oui mais toi, c'est guerrier. Et pourquoi la chasse ?

— Ça doit être super.

— Descendre d'autres avions ?

— Le combat. »

Il peut pas comprendre. Je verse l'eau sur le café avec une louche. Hugo hoche la tête et s'assied à table. Il me demande si je suis bien ici.

« Pas mal. Ça va durer longtemps le boulot de ma mère ?

— Pourquoi ?

— Parce que je suppose qu'on devra s'en aller quand ça sera fini. Alors c'est difficile d'être tout à fait bien.

— Un ou deux mois. » Il a dit ça comme s'il parlait de vacances. De ses vacances à lui.

L'odeur du café parfume toute la cuisine, se mêle à celle des croissants dans le four. Hugo accoudé à la table suit tous mes mouvements. Je le sens même quand je lui tourne le dos, ça m'agace alors je me retourne pour le fixer dans les yeux. Il sourit et me dit que c'est un plaisir de me regarder parce que j'ai des gestes très précis. Je n'ose pas lui répondre qu'il me fout la trouille mais que j'aime sa présence. C'est comme ça, je suis contente de le sentir avec nous dans cet appartement. Peut-être parce que c'est un homme, et que je n'ai pas l'habitude d'une vraie présence masculine. C'est con mais quelque chose en lui me rassure, c'est son côté père, ce mec a un puissant côté père. C'est peut-être de ça qu'il se sert pour piéger les filles.

Maman passe derrière lui, enroulée dans une serviette de bain si serrée que ça lui donne une démarche de geisha, en s'essuyant les cheveux avant de s'éclipser dans sa chambre. On a vraiment l'air d'une vraie famille. Pendant que j'ouvre le four pour retirer les croissants, Hugo enlève sa veste pour la pendre au dossier de sa chaise.

« Pourquoi vous faites tout ça pour nous ? »

Il allume une cigarette. « Tout ça quoi ?

— Vous nous avez trouvé cet appart.

— Tu es contre ? »

Je ne sais pas pourquoi je me sens agressive. Peut-être parce que cet appart est pas à moi pour de bon. Je lui sers du café.

« C'est un logement de fonction ? »

Il se marre et me dit que j'ai du noir sur le nez. C'est vrai, je suis furieuse.

« Et pour quelle raison vous avez choisi ma mère comme modèle ? »

Il rit. « Tu crois qu'elle ne fera pas l'affaire ?

— Mais si. Je parle de la façon dont ça s'est fait.

— C'est vrai... Les coïncidences, il y en a plein dans la vie, tu verras. »

Il prend un croissant. Je m'assieds devant lui. « Et c'est pour un magazine ? »

Il secoue la tête en mordant dans le croissant. Il donne une impression de solidité, comme le pilote.

Les deux seuls mecs solides que je connaisse. Les copains de maman, c'est de la porcelaine.

« Très bons, tes croissants. Je vais venir tous les matins. Non, pas un magazine, une exposition.

— Vous en avez déjà fait, des expos ?

— C'est la première fois. Je m'occupe de tableaux, j'ai une galerie à New York.

— Vous habitez là-bas ?

— Non. J'ai un appartement, mais j'y suis pas tellement. J'adore bouger, me balader.

— Et ça sera où l'expo ?

— Je ne sais pas encore, à Londres, à Paris, dans plusieurs villes si ça marche.

— Une expo consacrée à ma mère ? Ou il y aura d'autres femmes ?

— Bien sûr. J'ai déjà pris d'autres modèles. Pas uniquement des femmes.

— Votre fric vient de vos parents ?

— Oui.

— Vous avez eu du pot. De la chance de naître comme ça. Avec tous les accessoires.

— Laura, je voudrais qu'on mette tout de suite une petite chose au clair. »

Je lui sers une autre tasse. « Quoi ?

— Je voudrais que tu arrêtes de gamberger à mon sujet. Ta mère m'a raconté, pour le pique-nique et cette fille morte que vous avez trouvée... Tous les soupçons qu'il y a eu à mon sujet... Tu me donnes un autre croissant ? »

Je lui donne et je reste debout devant lui. Je ne m'attendais pas qu'il en parle. Il mord dans le croissant, lève la tête. « C'est pas moi, tu sais ? »

Je n'ose pas lui parler de la grande roue.

« Qu'est-ce que ça fait, d'être soupçonné ?

« — Assieds-toi, ton café va être froid. C'est très désagréable, d'être soupçonné.

— Même quand on est innocent ?

— Terrible. Un assassin s'est préparé à ce genre d'éventualité. Mais un innocent, c'est la proie rêvée.

— Vous vous en êtes quand même pas mal tiré.

— Tu trouves que j'ai une tête de tueur ?

— Ça prouve rien. Un mec avec une tronche de tueur réussit pas à embarquer les filles.

— Bien raisonné.

— Et Vence, vous vous rappelez ? »

Là il a l'air dans le coltar, ou il fait semblant. Et puis il se souvient. « J'avais oublié le nom. Le marché, toi, ta mère, surtout elle pour les photos, je n'ai pas osé l'aborder à cause de toi.

— Pourquoi ?

— Je ne sais pas. »

Il reste les yeux fixés sur un coin de la table, l'air absent comme s'il arrivait pas à retrouver les mots. Et puis le nuage passe. Il me fait un petit sourire en coin. « Tu as beaucoup de personnalité. »

Maman apparaît en robe noire imprimée de tournesols. Elle boit son café debout. Ils se font l'amour avec les yeux, des petits sourires, il lui beurre un croissant, elle se penche pour le frôler. Envie l'un de l'autre très fort, ils l'ont pas encore fait mais ça va pas tarder.

Quand ils se sont barrés je vais m'asseoir à côté du téléphone. Je sais plus si j'ai envie de revoir ce mec. Ça me fout les boules vu que ça peut changer ma vie, et puis c'est un peu tordu à cause de son âge. Pas envie de mentir ni de jouer le rôle d'une nana de dix-sept ans, je ne saurais pas. Mais je revois dans un flash le moment sur la moto alors je fonce. Je ne suis pas amoureuse de ce type, j'ai envie de vivre un truc super excitant.

O.K. Il s'appelle Romain Caberzac. Je décroche, je fais le numéro, les mains moites. Il faut attendre longtemps. Je vais raccrocher, me retrouver tranquille, sans histoires. J'en ai marre. Sa voix. Je perds les pédales.

« C'est moi. La bagarre sur la plage. »

Le salaud n'a pas l'air de se souvenir. « Ah oui... »

Je vais lui raccrocher à la gueule. « On voit que ça t'a vraiment marqué. »

Il rit. « Je ne me souvenais plus de la plage. Tu m'aurais dit que tu es la fille qui était avec moi sur la moto... »

Le mufle. Macho. Militaire. Bidasse.

« Alors t'es rentrée... » Il va me demander quel temps il fait à Antibes.

« Écoute, si ça t'emmerde que je t'appelle, c'est facile.

— Mais non ! Je ne pensais plus que tu appellerais. J'avais débranché. Mais je suis content.

— Bon. A un de ces jours.

— Attends ! Je ne sais même pas ton nom.

— Laura.

— J'ai pensé à toi pendant des jours. Ta copine m'a dit que tu n'étais plus là.

— Elle a déconné ma copine. »

Ça ne fait rien ce qu'on se dit, un courant passe dans nos voix, cent mille volts. C'est mon mec, mon amour, tout change. Il y a plein de projos de toutes les couleurs.

« Laura.

— Quoi ? »

Silence. Puis : « Tu veux qu'on se voie ?

— Je veux.

— Ce soir, je peux sortir. »

Je ne pourrai jamais attendre ce soir. Je vais casser toutes ces heures, les mettre en tas, les piétiner.

Ma vie va devenir plus difficile. J'ai Maï comme alibi pour sortir, et pour rentrer heureusement il y a le somnifère. Mais je ne serai jamais tranquille en sachant maman seule à la maison. Dès qu'un truc chouette arrive, son contrepoids de merde est livré en même temps. Sauf pour les gens comme Caroline qui ne gardent que le bon et balancent la merde, même si c'est sur les pieds des autres. La triche.

Je ne peux pas garder mon triomphe, j'appelle Maï. Il me faut des fringues de vraie nana, j'arriverai jamais à paraître dix-sept ans. Il va me démasquer tout de suite.

« Mais non, ce mec est obsédé par ce que tu lui as fait, répond Maï. Il en redemande, il se fout de ton âge.

— Ne parle pas comme ça.

— Je t'amène des robes et du maquillage, attends-toi à passer à la casserole.

— Pas le premier soir. Et puis il verra que je suis vierge et ça va être râpé. C'est possible une fille vierge à dix-sept ans ?

— Peut-être qu'il aimera.

— Moi pas. Ça gâchera tout.

— O.K., j'arrive. »

Quand je lui ouvre la porte, Maï fonce littéralement à l'intérieur, en me poussant pour regarder autour d'elle, à la recherche de trucs à critiquer, mais non, elle est surprise, elle a l'air d'aimer.

Dans ma chambre elle étale les robes qu'elle a apportées, toutes de couleurs sombres parce que ça vieillit en creusant le visage. Elle est excitée, assise près du lit. « Raconte-moi tout. » Je lui répète toute la conversation comme une scène de théâtre, avec tous les détails, les silences, le son des voix, elle veut tout connaître. Les yeux dans le vague elle s'imprègne, me fait répéter plusieurs fois, à la fin j'en ai marre.

« T'as une idée de quoi vous allez parler ?

— Non. »

J'essaie les robes, finalement j'en choisis une noire très simple. Je tourne devant la glace en prenant des airs désabusés de fille qui en a vu. C'est vrai que cette robe me vieillit et accentue mes épaules larges. Je laisse mes cheveux flotter. Maï sort de son sac des bottines à lacets à petit talon.

« Tu peux pas y aller en sandales. Arrête de faire cette tronche de camée. »

Je mets les bottines et je marche dans la pièce, je suis belle, ça fait une jolie démarche. Je n'ai jamais été aussi féminine.

« Ne te déhanche pas comme un tapin.

— Merde.

— Maquille-toi avec des trucs marron et cuivrés. Ça vieillit. T'es super, Laura. »

A la fois je suis là et je ne suis plus là. Je me tords le cerveau en cherchant des choses intelligentes et surprenantes à dire pour le séduire. Et si j'ai des trous de mémoire ? Ou alors si je me mets à bégayer comme quand je suis énervée... Qu'est-ce qu'on dit à un type de vingt-cinq ans ? Je n'ai pas voyagé, je ne vais pas au ciné, ni en boîte, on va quand même pas parler de la télé. Je pourrais lui raconter le suicide de Sabine, et le pique-nique avec la morte, ou encore Hugo, ou la caravane, les ringards, Ute, c'est ça ma vie. L'amour de ma mère pour un serial killer, ça pourrait l'intéresser.

Je vais me comporter en ado attardée, ou alors tout mon caractère, mon charme, vont foutre le camp. On sera pas dans le même fuseau horaire. Je vais lui parler de mes combats aériens, non ?

« L'amour te rend irrésistible, dit Maï. Tu vas me larguer.

— Rien à voir. T'es comme ma sœur.

— Je ferai pas le poids avec celui-là. Quand il t'aura baisée rien ne te retiendra. Tu prendras ton vol.

— Peut-être que c'est un con.

— De toute façon ce qui t'intéresse chez lui, c'est de t'envoyer en l'air, toi. » Elle se marre.

« Je ne vais plus lui plaire. Il ne se souvient plus de mon physique.

— Il se souvient du sien, pour lui c'est l'essentiel.

— Je voudrais m'enfoncer sous la terre.

— Ça, c'est Hugo qui s'en chargera. »

J'enlève une des bottines et je lui balance. « Maï, t'es d'un cynisme dégueulasse.

— Mon cynisme est une des armes de ma séduction. Putain ! Tu sais à quoi je pense ? Ta mère et toi vous avez trouvé ces mecs presque en même temps. Comme si c'était les cadeaux du diable. »

Elle range avec amour ses fringues dans le sac en caressant les tissus. Elle est vraiment faite pour la mode. Elle pique un chocolat et s'allonge sur mon lit, les pieds appuyés au mur, jambes repliées. Elle serre contre elle le gros chat en peluche que maman m'a offert, en regardant ma chambre.

« C'est chouette ici... Mais ce type aurait pu trouver un appart avec plus de caractère pour vous loger, vu qu'il a tellement de thunes.

— C'est maman qui paye le loyer.

— Tu y crois?... Ce qui me chiffonne c'est que ce mec soit autant hyper friqué. »

Je m'adosse contre le mur, debout, les mains derrière mon dos, sur la défensive. « Et alors?

— Un type comme ça cherche des nanas aussi riches que lui.

— Ouais... mais il cherchait un modèle. Il a flashé sur maman parce qu'elle est belle.

— Des modèles, il y en a plein dans les agences de mannequins, de tous les genres qui bossent pour rien... Ta mère est super mais ça suffit pas.

— T'as envie de foutre la merde. »

Elle ramène ses cheveux en arrière, dans un geste très joli. « Ça a l'air d'un conte de fées cette histoire. Moi, le prince et la bergère, j'y crois pas. »

Je me prends les boules, je sens la colère monter, surtout contre moi-même. Je dis mollement : « C'est la personnalité de maman qui l'a branché.

— Ben tiens. Vous êtes aussi connes l'une que l'autre. C'est peut-être pas lui le tueur, mais ce type est pas net, il a dû sentir que vous étiez à point. Ces mecs-là ont un flair terrible.

— Tu penses qu'on est des nouilles? »

Elle m'écoute même pas, elle continue : « Ta mère aime les tordus, et toi aussi dans un autre registre vu que t'as connu rien d'autre. J'arrête pas de m'en faire pour toi.

— T'es une vraie chieuse.

— Ce truc pue le mensonge grand comme une maison, et vous foncez à fond parce que vous êtes aussi tordues que ce mec.

— Et tu crois qu'on serait pas capables de le voir? »

Elle se lève d'un bond. « Vous voulez pas voir.

— Tu me pompes, Maï, t'as un esprit trop carré.

— Les pieds sur terre.

— Tu fais chier. »

Elle prend son sac et le met sur son épaule. « Même un gosse de dix ans n'y croirait pas. Et d'ailleurs sois sincère... Tu y crois vraiment ? » Là elle s'arrête devant moi, les yeux dans les yeux.

« Ben non, mais même si c'est une planche pourrie on la prend. On n'a pas le choix, et si tu veux qu'on reste copines, laisse tomber. »

Elle va répondre quelque chose mais elle sent à mon regard que si elle ajoute un mot c'est la fin entre nous, alors elle écrase. « O.K., Laura. »

Et avant de partir elle se retourne. « Tu me raconteras pour le pilote ? »

VIII

Je suis là depuis dix minutes, il est assis à une table près de la mer et il ne me voit pas. C'est un petit restaurant de poisson, avec une terrasse. Sympa. J'ai peur d'y aller. Envie de faire demi-tour et de foutre le camp, mais je reste quand même à le dévorer des yeux. Je veux voir comment il est quand il se croit seul, tous ses gestes, ses expressions. En ce moment il n'en a pas. Il ressemble à un mec qui attend, calme, sans regarder tout le temps sa montre. Il ne regarde même pas vers la porte d'entrée, comme s'il savait qu'à coup sûr je vais venir, je suis dans le programme. C'est la mer qu'il contemple, ou peut-être rien du tout. Il cherche à se rappeler à quoi je ressemble.

Je ressens la même folie qui m'avait prise sur sa moto, quand je me serrais contre lui. J'avais un doute, je me disais que le champagne et le Temesta y étaient pour beaucoup, mais là je vois que non, à jeun c'est pareil, j'aimerais aller directement vers lui et l'embrasser sans un mot.

Je me regarde dans le reflet de la vitre, ça colle, je parais vraiment dix-sept ans, avec le maquillage, les boucles d'oreilles que j'ai piquées à maman, la robe droite et moulante. O.K., je rentre.

Je dois traverser la salle, il est encore tôt, il n'y a pas tellement de monde, des regards me suivent et ça, c'est vraiment la première fois. Pas des regards de vieux satyres mais des regards d'hommes.

Comme si je venais de changer de passeport, ce qui me donne une assurance folle. Mais à mesure que je m'approche de lui je me compose un personnage, j'ai des crampes dans le ventre, des palpitations et toute mon assurance s'est barrée.

Il m'aperçoit. J'avais tort de croire qu'il ne me reconnaîtrait pas, il a l'air content, en même temps il m'a détaillée des pieds à la tête, il devait avoir peur que je ne ressemble plus tout à fait à la fille de l'autre soir. Moi aussi sans me l'avouer. On est un peu beurré, c'est la nuit, on craque, et au prochain rancard on se trouve devant un vrai monstre. Il ressemble vraiment au mec de l'autre soir, et à son regard je vois que moi aussi je suis reçue à l'examen.

J'aimerais qu'on se tire de ce restau, de toute façon je ne pourrai rien avaler tellement je suis encore tendue mais cette fois dans le sens du bonheur. Je perds toutes mes défenses, je ne demande qu'à être seule avec lui dans un super décor. Plus question de manger jamais.

Je le regarde sans trop appuyer, terrorisée à l'idée qu'il puisse sentir à quel point je ne fais pas le poids. Comme si j'avais des fringues trop grandes pour moi. Alors pour ne pas craquer, je laisse une autre Laura prendre ma place, une fille beaucoup plus sûre d'elle, la battante. Celle qui se fout de tout et qui fonce. Voilà, elle me sauve de la niaiserie mais aussi elle risque de tout faire foirer et de lui déplaire, à lui, terriblement. Parce que je me mets à marcher comme un top model.

Il se lève et m'embrasse sur la joue, tout de suite je reçois la douceur, la chaleur de son corps. Je recommence à me raidir, je suis dingue de ce type et ça cogne de partout comme une balle de squash. Tout d'un coup mon cerveau se vide, je ne trouve absolument rien à dire. Le vide total.

Lui, me détaille sans complexe et sans gêne, il est content de me voir comme ça, rien de moi lui échappe. Il cherche même pas à dissimuler que je lui plais. Je rougis, une boule brûlante m'étouffe et j'ai les larmes aux yeux. Il me demande si je veux boire un verre. Oui, je veux un kir.

« J'ai beaucoup pensé à toi, tu sais.

— Moi aussi. »

Ça m'a échappé, d'une voix nasillarde que je reconnais pas. Je me sens possédée par une conne qui va gâcher la soirée. Qu'au moins ça aille vite pour que je puisse me retrouver seule. Je ne supporterais pas qu'il se foute de moi. Voilà le kir, on n'a pas échangé une parole, j'ai l'air d'une plouc, de temps en temps il me lance un regard interrogatif en souriant. J'aurais dû boire avant, mais avec le pot que j'ai aujourd'hui je me serais étalée en traversant la salle.

En vrai, je ne peux dire que des choses sublimes, l'ordinaire ne passe pas.

« Tu as mis longtemps pour venir ? »

Sublime.

« Avec la moto ça va vite. Et ça roulait bien sur l'autoroute.

— Tu viens souvent dans le coin ?

— Quelquefois.

— C'est chouette la moto.

— Ouais. Ça te plaît ici ?

— Vachement sympa. T'es déjà venu à ce resto ?

— Non. Tu as faim ? »

Le kir me réveille. « Un peu. Tu fais toutes les plages le soir pour trouver des filles à raccompagner ? »

Génial. Il s'attendait pas. Je vais tout faire louper.

« Pourquoi tu dis ça ? Bien sûr, avec mon pote on ne fait que ça. On nous appelle le ramassage. Des fois ça marche. Tu vois. Et toi, ça te fait toujours le même effet la moto ?

— O.K., je me barre. »

Il pose sa main sur mon poignet et me retient fort. « Pourquoi t'as commencé ? Comme au téléphone ?

— Parfois je peux pas m'empêcher de tout foutre en l'air. »

Il se marre. « Ça je vois.

— Plus j'y tiens, plus je saccage. Pourquoi t'as voulu me revoir ? Tu te rappelais même plus qui j'étais.

— Tu veux savoir ? J'ai failli me casser la gueule sur l'autoroute parce que j'avais peur d'être en retard. Et je n'osais pas regarder la porte, ici, par superstition. Tu veux savoir encore ? Dès que je t'ai vue sur la plage j'ai flashé sur toi, je te prenais pour une môme, et puis sur la moto ça a encore basculé. Tu me crois ? »

Je fais signe que oui.

« Et je suis hyper heureux d'être là avec toi. Tu veux encore tout saccager ?

— Non. »

La serveuse vient prendre notre commande. Des plateaux de fruits de mer et du vin blanc. Je n'arrive pas à avaler. Lui, dévore et s'étonne que je n'aie pas faim. On n'arrive pas à se brancher, il me redemande mon âge et moi s'il est pilote. Oui, O.K. je ne trouve plus rien à dire. Lui non plus apparemment. Je suis coupée, je n'arrive à rien formuler. « Ça te plaît de piloter ? — Oui. — T'as quel âge ? — Vingt-cinq. — Tu vas continuer, l'Armée de l'air ? — Sais pas. » Il arrête de manger. Me regarde longuement. Il met des billets sur la table, me prend par la main.

« Allez viens on se barre. »

Il va me baiser. Il enlève sa veste et me la met sur les épaules. Une veste en cuir souple qui sent bon. Je trouve son geste super. Peut-être qu'après tout il avait trop chaud. On recommence à ne plus rien dire.

Il me tient la main. Des nuages, pas de clair de lune. Quelques grilleurs de sardines, on passe devant. Les éclats des feux et les ombres.

Il n'y a rien de plus à dire, c'est pas nécessaire. On peut continuer comme ça à perpète. Je serre sa main très doucement. Ça baigne.

Au bout d'un moment on s'assied sur les galets, un endroit isolé, loin. Il met son bras autour de moi, pardessus la veste. Sa tempe contre la mienne. C'est moi qui tourne la tête brusquement pour que ma bouche arrive à hauteur de ses lèvres. Alors il m'embrasse, et je décolle, c'est moi qui ai envie de me le faire, là, tout de suite. J'arrache sa chemise, il commence à me caresser les cheveux, le cou, sans arrêter de m'embrasser. On roule l'un sur l'autre. Ma robe relevée jusqu'à la taille, il me caresse les seins, le ventre. Il devient brutal, ça me fait fondre. Tout à coup je me rappelle que je suis vierge, je le repousse tellement fort qu'il tombe sur le côté. Il est furieux. « A quoi tu joues ?

— Je ne veux pas. Pas aujourd'hui. »

Il me secoue. « T'es pas normale ! Tu te fous de moi ! »

Je me lève. « Je veux rentrer. »

Il ramasse sa veste et s'en va. « Alors rentre seule. »

Bon. C'est un sale con. Il part à grands pas. Et il s'arrête, il revient en courant, me prend dans ses bras et m'embrasse. Comme tout à l'heure. Encore. Il me soulève dans ses bras et m'emmène vers la mer.

« Je vais te rafraîchir un peu. »

Je hurle. Je sais qu'il est capable. Il entre dans l'eau et il me jette loin et fort, comme un paquet. Il se laisse tomber aussi et vient contre moi. On se marre. Il me tient la tête dans l'eau et me chatouille, je lui donne des coups de pied, je le mords.

Voilà, on se retrouve sur la plage, trempés. On se met à poil pour tordre nos vêtements, il me saute dessus, alors c'est la vraie bagarre, je vise entre ses jambes avec des galets. Moi aussi je vais te calmer. On roule par terre. On est à bout de souffle. Il me tire par les cheveux et tout à coup il devient tendre et doux, il me dit des choses idiotes qui me font pleurer et on reste là sans bouger.

Je lui jure que j'ai pas voulu l'allumer mais qu'il doit me croire, même s'il comprend pas. Il dit qu'il comprend ; c'est pas vrai mais ça ne fait rien. Je tremble de froid, de la réaction. Il frotte tout mon corps, on se rhabille et on rentre.

On s'aime.

On se revoit dans trois jours, et on se téléphonera plein de fois.

Chez moi je suis encore tout enflammée par ce qu'il m'a fait. Je regrette de lui avoir dit que j'avais dix-sept ans. Ça n'existe pas une nana vierge à cet âge. Il m'aurait prise pour une gourde. La honte. A quatorze ça passe encore. Surtout que je veux lui donner une image de fille calée en amour, qui a eu plein d'aventures. Genre femme fatale. Hyper craquante pour les mecs. Avec un type de mon âge, ça ne m'aurait pas gêné la virginité.

Pourquoi j'ai dû tomber amoureuse d'un vieux ? Qui lui doit avoir eu un tas d'aventures, je le sais à la façon qu'il avait de me toucher.

Sur la plage j'ai failli craquer, devenir vraiment dingue, j'adorais tout ce qu'il me faisait. Surtout la bouche et les seins. Et aussi son regard pendant que je m'envoyais en l'air. Je veux qu'il pense que je suis à son niveau d'expérience. C'est là que j'ai l'idée. Je cherche dans l'appart. Finalement je tombe sur un truc qui peut servir. A un moment je dois arrêter parce que je vais tomber dans les pommes. Mais je ne me dégonfle pas. Rien ne m'arrête. Même pas le ridicule de la situation. Je m'en fous. Même quand ça fait mal je continue. Je ne saigne même pas.

Le matin il pleut. Maman ne travaille pas. Nous prenons la voiture pour aller faire des courses à Vence. Là, elle me dit qu'elle va partir avec Hugo pendant deux jours dans le Vaucluse où il y a une lumière exceptionnelle. Normalement, ils partent ce soir, si je veux maman demandera à Sabine de me tenir compagnie. Non, je ne veux pas.

Dès qu'on est rentrées je téléphone à Romain. « On a deux jours à nous. Je ne peux pas changer la date, tu te débrouilles, il faut que tu viennes. »

Maman aussi est très contente de partir. Elle sait qu'elle peut me faire confiance pour me débrouiller seule. Je lui sors toute une panoplie de mensonges sur les choses qu'on a soi-disant projeté de faire avec les copains.

On déjeune au restaurant, je compte les heures, ils vont se décider à foutre le camp, oui ou non ? Enfin ça y est. On se fait des bisous et je leur ferme la porte au nez.

J'ai mis des fringues dans un sac, je ne sais même

pas où on ira. Je marche de long en large. Enfin il arrive, dans une décapotable. Je ne le laisse pas monter, je fonce. On s'embrasse, il s'est débrouillé pour se faire remplacer par un copain. Il pourra rester deux jours, on rentrera après-demain. Il a volé ce matin, du quadrillage en mer et combat annulé. Il me raconte.

On roule vers l'ouest. Toulon, Marseille. La nuit est venue. Je dis que c'est ce que je vais faire plus tard. Pilote de chasse.

« Tu délires? Y en a pas. Le mieux que peut une fille, c'est commander un hélico de combat. T'es mal renseignée.

— Ça va venir. Inévitable. Les femmes sont partout. »

Il rit. « Nous on serait pour. »

On s'arrête à une station. On achète des sandwiches, du chocolat et de la bière. J'adore ses mouvements dans tout ce qu'il fait, même pour mettre de l'essence.

Il a un blouson en cuir noir, une ceinture en cuir tressé, pieds nus dans des mocassins. Une montre plate avec un bracelet en métal, des pantalons légers, en toile bleu foncé, serrés aux chevilles. Un peu de barbe sur ses joues, pas rasé depuis ce matin. Des mains fortes, aux ongles courts, musclées.

Il conduit sans brutalité, pas macho. On écoute de la musique. Il me caresse la cuisse en conduisant. Je me colle à lui, je mordille ses tempes, son cou.

Je m'endors à moitié, état second, et je me mets à déballer mes rêves. Il ne bronche pas, ne me traite pas de tarée. Il me questionne comme si je lui parlais de choses vraies. Je lui explique comme je peux, je ne connais pas les noms.

Il s'arrête dans un parking pour m'embrasser. On repart. Il se retourne vers moi. « De toute façon, il n'y aura plus jamais de combats aériens. T'as une foutue chance.

— Et l'Irak?

— T'appelles ça des combats? Pour nous c'était du bowling.

— Alors tu me crois ?

— Je l'ai su quand je t'ai vue.

— T'as su quoi ?

— Que t'étais folle. Enfin, je veux dire différente. La façon dont tu te battais sur la plage. Tes yeux. »

Je lui envoie une beigne. « Petit salaud... Dis-moi où on va ? »

Il m'embrasse sur la joue. « Une grande maison vide qui appartenait à ma grand-mère. »

C'est en bas des Cévennes, près d'un petit village. Les phares éclairent une grille rouillée, des allées mangées par les herbes et, au fond, une grande maison à deux étages, avec un perron. Jardin à l'abandon. Pas de gardien, ni de chien, rien.

A l'intérieur c'est tout en sombre, des vieux tapis, du bois partout sur les murs, pas d'électricité mais des bougies. On crève de froid, une vraie tombe. Le vent dehors, tout craque. J'ai entrevu des arbres immenses, qui se perdent dans le ciel. On monte au premier, une chambre. Romain allume du feu dans la cheminée pendant que je cherche des draps dans une armoire immense. Il y en a des douzaines, des draps en fil, minces, des taies d'oreiller en dentelle. Tous les deux on fait le lit, pendant que le feu crépite et nous renvoie de la fumée. On ne parle plus. On est comme devant le grand cañon. La rumeur du vent, dans les arbres, très haut.

Romain est dans la salle de bains, il essaie de réparer le lavabo qui ne coule plus. Je me plante à poil devant une grande glace toute jaunie, paniquée à l'idée d'avoir l'air trop môme, mais ça va, à part la poitrine qui reste insignifiante. Pour le reste c'est O.K., les hanches et la carrure, et puis ce que j'ai pas eu en nichons je le rattrape en muscles, surtout les cuisses. Je savais pas que mes cuisses étaient aussi excitantes, surtout quand je passe la chemise de nuit que j'ai piquée à maman. Peut-être un peu trop suggestive, mais ça m'ajoute du mystère, une noire en soie avec des petites bretelles, ras des fesses.

J'étale de la crème sur mon corps. Ça sent hyper bon et ça rend ma peau très douce. Il va aimer. Je m'assieds sur le lit pour brosser mes cheveux, la tête penchée en avant, et je les secoue pour les gonfler et me donner de la sensualité. Je finis avec un baume pour les lèvres à l'orange. Je passe mon doigt dessus, c'est comme du velours. C'est ma nuit de noces. Pourvu qu'il ne trouve pas que je fais un peu pute.

Les bruits de tuyaux continuent dans la salle de bains, j'espère qu'il ne va pas jouer au plombier toute la nuit. Je me couche, les draps sont un peu humides et le matelas trop mou, je glisse au centre du lit mais j'aime bien être dans ce creux. Je bouge dans tous les sens, j'ai mis beaucoup de crème, ça sent dans toute la chambre.

Mais qu'est-ce qu'il fout ? Je me prépare à son entrée dans la chambre, j'étale mes cheveux autour de moi, je laisse glisser les bretelles de la chemise de nuit. Pas trop. Je reste comme ça. Et puis j'en ai marre, je vais finir le chocolat qu'on a acheté à la station. La tablette est sur la table, je peux plus tenir. Je saute du lit.

C'est là que Romain se pointe. Il est tout nu et tout en mâchant mon chocolat, je peux pas m'empêcher, mes yeux restent vrillés sur lui. Lui aussi, cloué à me regarder. On se mate tous les deux un moment, je dois lui faire un effet dingue, c'est tout juste s'il me saute pas dessus.

Il me soulève dans ses bras et j'enroule mes cuisses autour de sa taille. Son sexe contre moi, ça me déglingue. On tombe tous les deux sur le lit, juste le temps d'avaler mon chocolat et il se met à m'embrasser comme j'aime tant, la bouche. J'aimerais qu'il me caresse partout comme l'autre fois sur la plage, mais non.

Il s'envoie en l'air en criant dans mon oreille. Il reste étalé sur moi et me serre contre lui en me disant que c'était génial. Je répète : « Vachement génial. »

J'ai senti que dalle, absolument rien. Je croyais que j'allais le suivre mais je suis restée en rade, sans savoir ce que je devais faire. Tout à fait le contraire de la moto et de la plage. C'était trop différent. J'ai poussé les cris parce que je sais que les mecs aiment ça, et j'ai aussi pensé que ça allait m'entraîner, mais non. Faut pas dramatiser, il paraît que pas beaucoup de femmes ont vraiment décollé la première fois. Je m'en suis pas mal tirée. N'empêche que ça m'a pas du tout éclatée. Mais ça change rien à mon amour pour lui. Et tout de suite il remet ça, on recommence. Moi je sens toujours rien, mais de le voir comme ça, ça me prend la tête et je me mets à le caresser comme jamais j'ai fait. Là je dois être douée parce que ça le rend barje.

Crevés, on s'endort tout d'un coup. Pas longtemps. Il me réveille. Le vent s'est mis à souffler en tempête, la baraque tremble de la cave au grenier.

« Si tu veux on vivra ici, c'est à moi, on fera retaper à ton idée. » Il délire, couché sur le dos, il me caresse le bras. « On ne va plus se quitter. »

Je ne sais pas quoi lui dire.

« Il n'y a plus rien d'autre que toi. »

Ça me fait plaisir mais il va trop à fond la caisse. Peut-être qu'il se paie ce genre de rêve avec toutes les filles qu'il rencontre. Besoin de ça.

« Tu ne veux pas ?

— Je veux que tu le penses encore dans un mois.

— Mais tu n'as pas compris ! Il n'y a pas de marchandage, entre nous c'est tout ou rien.

— Boucle-la. »

Je plonge dans le sommeil. Il me secoue. Je lui fous un coup de pied. « Putain de dieu, laisse-moi dormir. »

Quand je me réveille tôt le matin, je trouve une petite note : « Suis allé chercher à manger. Je t'aime. » Je relis en caressant l'écriture et je vais dans la salle de bains. Crasseuse. Araignées. Dans les chambres, des tentures déchirées, des portraits d'hommes et de femmes, figés. Des photos en lambeaux. Un vélo qui a dû appartenir à Romain. Je cherche sa chambre. Je regarde par une lucarne. On doit se faire chier l'hiver, l'automne et l'été.

Je retourne dans la chambre et j'enfile des jeans, une paire de baskets et un pull noir. Je maquille les yeux pour les agrandir.

Des petits bruits furtifs, cette maison est pleine de bêtes qu'on dérange, ça cavale un peu partout, surtout au grenier où elles doivent tenir conseil.

J'ouvre en grand les fenêtres, l'air pur inonde les pièces, fait claquer les portes.

Dehors, un fouillis de végétation, les allées recouvertes, envahies, des rangées de peupliers immenses, un chêne qui doit bien avoir trois cents ans. Une corde pourrie pendue à une branche, avec des planches là-haut qui ont dû être une cabane.

Tout semble plus fort ici, la terre, les odeurs, avec une violence terrible. Le vent, sans arrêt, qui enveloppe, pousse, arrache les volets, démantèle les cheminées. Le ciel où courent les nuages.

Le vent devient chaud, ramollit, et la chaleur nous tombe dessus comme si on ouvrait un four. L'odeur amère des sèves, des herbes folles. D'anciennes écuries, tout y est éventré, effondré. Un truc glisse, un serpent. Des rats qui cavalent. Le foin en poussière.

Je sors pour cueillir des petits bouquets d'herbes sauvages et des fleurs de toutes les couleurs, je vais dans la maison et je les mets dans un vase d'où sortent de minuscules araignées. Je fais brûler les herbes dans la cheminée pour parfumer mais ça pue horriblement, avec une énorme fumée qui me fait tousser.

Je suis dégueulasse, j'ai repéré une pompe à main derrière la cuisine. Au moins je sais comment amorcer une pompe, ça marche. Je me mets à poil et je m'asperge des pieds à la tête. C'est à ce moment que Romain arrive dans la voiture. Il décharge des provisions sans me voir. Je reste plantée sans courir à sa rencontre.

Enfin il me voit, il court vers moi et me prend dans ses bras. Il me serre, me fait tourner, m'embrasse, on tombe dans l'herbe. Il veut me sauter encore mais je le repousse, j'ai un peu les boules contre lui parce qu'il n'a rien vu quand on faisait l'amour, il n'a pensé qu'à lui. Je lui dis que je suis crevée, que j'ai envie d'être un peu tranquille ici avec lui, et de parler.

O.K. On reste là au soleil, je suis allongée sur le côté, ma tête sur son ventre.

Je lui raconte ma mère, comment on vit, je lui dis qu'elle pose pour une exposition de photos sans m'étendre sur Hugo. Comme Romain est d'une famille très friquée, je veux l'épater dans le sens contraire. Je lui décris nos nuits sur la plage, les coups durs, le suicide de Sabine et même la caravane avec Ute. Les glandeurs, les boîtes de nuit et tout.

Lui, a un frère aîné, ethnologue, qui se balade en Amazonie. Son père a une maison d'édition, sa mère est ophtalmo, tout le monde est casé, même la grand-mère, ex-propriétaire de cette maison, qui fait le bien en Inde. Romain est dans l'armée pour échapper à tout ce circuit de fric. Il ne vole pas assez. Alors il fait du planeur et du parapente, il m'apprendra. De la varappe aussi.

« La semaine prochaine je t'emmène au Baou. »

J'ai une peur bleue, le vertige, je me rappelle le passage du col de Saint-Raphaël. Ça ne m'empêchera pas de voler, vu qu'on n'a pas le vertige en avion. Ça me gâche un peu ma journée.

Assis dans l'herbe, on mange des pêches. Le jus coule sur mon genou, que je lèche.

« Quelquefois, dit Romain, t'as l'air d'une môme. »

Je le regarde en mimant une expression de petite fille débile, exprès. J'ai huit ans. Ça l'amuse beaucoup. Il recommence à faire des projets : « On prendra le bateau de mon père, un voilier. Tu as fait un peu de voile ? C'est rien, je t'apprendrai. »

Il veut tout m'apprendre. Et moi je lui apprendrai quoi ? A vivre pour de bon ?

On vise un arbre avec les noyaux de pêches. J'oublie que je suis à poil, je me mets debout. Il me tire par une jambe et je tombe sur lui. Il me mord le ventre.

Je lui dis que sa vie c'est un jeu comme un parc de gosse avec un tas d'accessoires, la moto, la bagnole, l'avion, le bateau.

« T'as raison. Alors montre-moi. La castagne sur les plages, ta copine à poil, la défonce, c'est ça ta vie ?

Quand tu m'as caressé sur la moto, j'étais n'importe quel mec, pour toi ?

— Non. T'es trop con pour comprendre.

— Tu veux que je laisse tout tomber pour toi, que je devienne clodo ?

— Tu saurais pas. Je veux rien. Je crois que ça va pas durer entre nous. »

A sa gueule, je mesure tout à coup le pouvoir que j'ai sur lui. On remonte dans la chambre. Il s'allonge sur le lit, je me jette dessus pour lui mordiller les doigts de pieds, le jeu c'est celui qui résiste le plus longtemps à la chatouille. Je le bats à tous les coups. Il se jette sur moi, on roule sur le lit pour se battre et on cogne un peu trop fort, on finit par ne plus se marrer. Il m'agace de croire que j'ai dix-sept ans et que tout sera plus facile, alors que moi je sais le contraire. J'ai trop envie de lui faire mal, mais j'arrête. Et on se frappe de nouveau. Il est rouge, couvert de sueur, les yeux brillants. J'ai peur que ça aille trop loin, je le laisse tomber brusquement et je regarde ailleurs. Mes cheveux sont enroulés autour de ma gorge, collés sur mon visage qu'ils cachent presque entièrement, j'ai l'air d'une dingue.

Romain semble un peu dans les vapes, ça doit être nouveau pour lui ce genre de réactions. Je vais dans la salle de bains et je fixe comme une débile l'eau qui coule du robinet dans la vieille baignoire tout ébréchée. Le chauffe-eau ronfle par à-coups comme une locomotive de western.

Je fais fondre dans l'eau des perles d'huile pour le bain parfumées au géranium. Je me plonge dedans et je ferme les yeux. C'est la volupté.

Quand je tourne la tête, Romain est là, debout devant la porte. Je sors de la baignoire mon bras couvert de mousse.

« Touche-moi. »

Il caresse mon bras, je le tire doucement dans la baignoire, il est sur moi, on glisse comme sur des algues. Il dit qu'il adore mes mains quand je le touche. Je sors et je le tire de toutes mes forces. Il se laisse faire en riant, il aime. Je suis sûre qu'aucune autre fille lui a jamais fait ça.

Je l'emmène dans la chambre, il s'allonge sur le lit, ruisselant, sa peau devenue lisse elle aussi, je me colle contre lui, je commence à embrasser ses épaules, ses bras, puis je lèche toute la surface de son corps, avec douceur.

Le lendemain on a envie de nager. Il y a une rivière chahuteuse à vingt minutes de voiture, mais aussi un plan d'eau calme. Elle est hyper fraîche, je me laisse aller pendant que Romain pique des crawls.

Je joue à imaginer qu'on est mariés, qu'on vit dans la maison sans voir personne, seule maman vient nous voir. Parfois des avions de chasse passent au-dessus de la maison. Des vrais avions, réels, pas si merveilleux que dans mes rêves, mes rêves qui ne reviennent plus, qui m'ont laissée tomber depuis qu'on a rencontré Hugo et Romain. Comme si ces deux-là m'avaient agrippée pour me coller à la terre complètement.

On rentre à la maison, je me sens triste et je résiste à l'envie de dire des choses désagréables. Peut-être parce que ici non plus ça ne dure pas, à peine j'aime un endroit il faut que je le quitte. Romain aussi a du vague à l'âme, alors on descend à la cave chercher une bouteille de vin. Une vraie cave avec des grosses pierres et des toiles d'araignée. Romain casse le goulot et on boit comme si on crevait de soif. Après on remonte une autre bouteille, pendant que le vin me bout dans la tête.

Je monte me changer, je mets l'autre chemise de maman, longue, en satin vert pâle, fendue jusqu'aux cuisses. Et des mules blanches. Quand je redescends Romain me regarde d'un air troublé. J'ai peur que chez lui ça tourne vite à l'érotisme, j'ai trop faim. Je lui sers un verre de vin. Il y a une boîte de gésiers, je les fais à la cocotte avec des patates à l'ail.

Romain est sidéré de me voir cuisiner. J'adore la façon dont son fute colle à sa peau. Je me sens vieille, alors je me tape un coup de rouge à la bouteille. Je dois avoir une première ride.

Le taximètre s'est emballé, les heures sont des minutes. Il regarde sa montre. O.K., compris.

D'en bas j'ai déjà vu qu'il y avait de la lumière chez nous. Ma mère est rentrée. Romain ne se défile pas, il me propose de monter avec moi pour donner des explications. Quelles explications? Qu'on a baisé pendant deux jours? Romain est clean mais il aurait pas le contact avec maman. On en est malades de se séparer mais je suis quand même contente de rentrer.

Dans l'ascenseur, tous les mensonges que j'ai préparés me semblent aussi cons les uns que les autres. Je serais partie ces deux jours, même si la vie de ma mère en avait dépendu, je ne voulais pas imaginer ce que je risquais après. Eh bien maintenant, j'y suis, après, et il va falloir payer la note. Ils devaient rentrer demain, je ne m'attendais pas à cette surprise.

A peine l'ascenseur s'est arrêté qu'elle ouvre la porte. Je ne dis pas un mot, on est déjà en guerre. Je l'emmerde. Je la défie du regard et j'avance, pour ramasser une beigne terrible. J'ai pas le temps de riposter, elle me tire à l'intérieur de l'appart et elle continue à me taper dessus, des deux bras, en refermant la porte d'un coup de pied. J'espère que Hugo va l'empêcher mais il se manifeste pas. Maman va jusqu'au bout de sa castagne, il y a cinq minutes j'étais une vraie femme, maintenant je suis une merdeuse, jambes pliées, mes deux bras en bouclier sur ma tête. J'en ai marre, mais elle a pas de souffle, elle fume trop, alors je la pousse et elle va cogner contre le mur.

« Où est-ce que tu étais? »

Je pleure même pas, je réponds que j'étais avec mes copains, et je serre mes poings. Si elle veut remettre ça, c'est elle qui va encaisser.

« Tu mens! On leur a téléphoné à tous, aucun ne savait où tu étais. Maï savait, j'en suis sûre, mais elle ment comme elle respire. Où as-tu passé la nuit? »

Elle dit la nuit, donc elle sait pas pour les deux. Elle se frotte le tranchant des mains, elle s'est fait mal en me tapant dessus. Quand même elle est contente que je sois là. Je réponds que j'étais avec un copain.

« Et aujourd'hui ? Il est neuf heures du soir.

— Aujourd'hui aussi j'étais avec lui. Tu t'en fous de me laisser seule pour aller te balader, j'aurais dû quoi ? Rester à regarder la télé ? C'est pas normal qu'à mon âge j'aie un copain ? Qu'est-ce qu'y a de mal ? On s'est baladés, on a dormi sur la plage, après tout c'est toi qui m'as appris, non ? »

Hugo n'est pas là. Maman est toujours sensible aux arguments, elle se calme. Elle bafouille que j'ai seulement quatorze ans et qu'elle était inquiète. Elle va se reprendre les boules, je sens venir.

« Tu m'as jamais dit ça ! Tu m'as toujours laissée libre. Quand tu faisais la fête avec tes copains alcoolos, tu t'es jamais dit que j'étais trop jeune. Et quand tu passais tes nuits en boîte, tu te demandais pas où j'étais et ce que je faisais ? Quand je ramassais tes copines mortes dans les baignoires ?

— J'avais confiance en toi.

— Parce que ça t'arrangeait. Et t'avais tort, pour la confiance, j'ai souvent essayé de te le dire. »

Mon nez saigne un peu. Elle me fait asseoir sur le divan et elle va chercher de l'ouate et de l'eau oxygénée. Elle roule le pansement comme une petite poupée qu'elle m'enfonce dans le nez. Elle me fait une bise.

« Avec toutes ces filles assassinées. Tu as pensé à ça ?

— Hugo aurait dû te rassurer. »

Elle comprend pas, elle fait son regard vague.

« Il est pas là ?

— Il est rentré chez lui.

— C'était bien vous deux ?

— Génial. »

On parle pas de la même chose. J'aurais un tas de questions à lui poser maintenant que je suis une vraie femme, mais j'ose pas. Les mères ça parle surtout des capotes et du sida et aussi de la contraception, mais pour le bon côté du truc elles restent muettes. Secret.

« Je t'ai pas fait trop mal ? » demande maman.

On se marre, on se câline un peu.

« Tu fais attention, hein ? Avec ton copain. »

Ça y est, ça pouvait pas louper. « On fait rien de dangereux. » Je sais pas exactement si on est sur la même longueur d'ondes, si elle parle des bébés ou du sida.

« Qui est-ce ?

— Un garçon, je hausse les épaules, comme ça...

— Tu l'as rencontré où ?

— Mais merde, maman ! t'es mal placée pour les interrogatoires. Je te jure que c'est pas important. »

Je dérape sur une voie de garage, parce qu'elle voudrait savoir. On crève de curiosité toutes les deux. Mais on est crevées, on s'embrasse encore un coup et on va se coucher.

Mais la soirée n'est pas finie. Deux heures après, Sabine arrive à l'improviste, déjà un peu beurrée. Elle picolait toute seule et tout d'un coup elle a eu envie de nous voir, maman, moi, l'appart. Quand Sabine a envie de quelque chose elle se pose pas de questions.

Je saute du lit pour aller l'embrasser. Elle est toute bronzée, aux U.V., parce que le personnel de l'Unicroche doit pas se différencier de la clientèle. Comme elles ont pas le temps d'aller au soleil on leur fait des U.V. en groupes, accélérés. Très chouette, mais la couleur fait un peu sports d'hiver. Elle a aussi une robe moulante imprimée panthère et les cheveux platine, avec plein de colliers. Elle lève les bras et elle gueule : « C'est Miami ! » avec l'accent. On est heureuses de la voir, mais sidérées. J'ose pas demander si Ute aussi a changé de look.

Elle a plus d'amours, elle nous dit qu'elle est passée sur une autre dimension, elle vit à deux cents à l'heure et elle va faire du body la nuit. Le nouveau patron du Monoprix a fait un voyage d'études au Japon.

Elle a apporté une bouteille de cognac. Maman est en tee-shirt très large et elle a plein de rouleaux à friser sur la tête. Moi en veste de pyjama noire, une manche déchirée, tachée de peinture. On doit être chouettes toutes les trois. Sabine est un peu déçue que Hugo soit pas là, mais en même temps rassurée parce qu'elle aurait été moins à l'aise.

Elles commencent à picoler et elles vont s'enfermer dans la chambre de maman avec la bouteille, pour se raconter leurs trucs de bonnes femmes.

A travers la porte je les entends se marrer, la voix de maman qui baisse le ton, Sabine qui s'exclame. Elles doivent sûrement parler de Hugo. C'est nouveau que maman m'écarte de sa vie, parce qu'elle a des choses à me cacher. Autrefois ça m'aurait mise en rage mais maintenant je m'en fous. J'ai pris mes distances. En un week-end ça a basculé. C'est drôle, parce que en même temps je la comprends mieux, vu que j'ai mûri. Il y a une égalité entre nous. Maman ne se rend compte d'aucun changement en moi, pour elle je suis toujours comme avant, sa « mère-fille-copine ».

Je n'entends plus que des chuchotements et des rires étouffés. Je vais à la cuisine prendre un paquet de chips. Je me verse un verre de lait et je claque la porte du frigo. J'allume la télé et je m'allonge devant en mangeant les chips.

Maman et Sabine sortent de la chambre, bourrées, elles ont vidé la bouteille. Sabine envoie ses godasses à travers la pièce, l'idée me traverse qu'elle va s'installer ici et nous parasiter encore. Mais non, c'est juste le plaisir d'un soir. Maman a une gueule de femme saoule, je souhaiterais presque voir entrer Hugo maintenant. Elles tiennent pas en l'air, s'étalent sur le divan avec des gros rires cons. C'est la fête. J'ai envie de les balancer toutes les deux dans le vide-ordures.

Sabine reprend sa stabilité, assise en lotus, pour se rouler un pétard, et les voilà toutes les deux parties en fumette. Pourvu que maman dégueule pas sur le tapis, elle a l'estomac fragile. L'odeur du shit emplit la pièce, ça doit se sentir dans la rue, il y aura une pétition des locataires.

Hallucinée, maman nous annonce qu'elle va tout larguer, cette vie de con et cet appart de merde pour retourner dans la caravane où on se marrait mieux.

« T'as raison, fait Sabine, les mecs sont tous des cons. Faut les presser comme des citrons et les larguer après. » Elle claque dans ses doigts. « Toi t'as qu'à faire ça pour qu'il y en ait douze qui se pointent.

— Allez on se barre », fait maman.

Elle marche à quatre pattes à la recherche de sa valise. Moi je suis furieuse, je fous des coups de pied à Sabine qui croit que je la chatouille et qui se marre. Elle m'attrape la jambe et je bascule sur le vase avec les fleurs. Je rattrape maman, enfin, je remplis une casserole d'eau et je lui balance à la gueule.

Les voisins tapent partout, sur les murs, le plancher. Sabine sort sur le palier gueuler qu'ils viennent se montrer avec leurs petites couilles. Des portes claquent.

Je me prends Sabine que je tire à l'intérieur, je la balance sous la douche avec maman et je mets l'eau froide. Elles restent piquées debout toutes les deux les yeux fixes, comme congelées. Il manque plus que Police secours.

On cogne dans la porte mais j'ouvre pas. Un mec crie que c'est lui, les petites couilles.

Pour finir je les fous à poil toutes les deux et je les balance sur le lit où elles s'endorment, raides défoncées.

Le lendemain matin, Sabine est partie, maman est allongée avec des glaçons sur la figure pour effacer les traces de la saoulerie et ça marche. Elle retrouve sa peau de pêche et un visage éclatant de fraîcheur. Faisant comme si rien ne s'était passé, pas gênée devant moi, pour elle un peu de défonce de temps en temps c'est naturel. Elle prend un café, on parle de Sabine, maman est contente de l'avoir vue en pleine forme. Elle ne revient plus sur mon week-end, l'affaire est classée. Ça fait partie de la liberté qu'elle me laisse, de ma responsabilité, qu'elle m'a expliquée une fois pour toutes. En somme, elle m'a tabassée parce qu'elle a été inquiète et que je lui ai gâché son week-end à elle. Ce que j'ai pu faire, elle s'en tamponne, ou alors elle est pas capable d'assumer.

Elle s'en va retrouver Hugo qui l'attend en bas. J'aère et je vaporise du parfum, ça sent encore l'alcool et surtout le shit dans tout l'appartement. Et je fais la vaisselle avant de passer l'aspirateur sur la moquette. Après je prends une douche et je vais acheter des magazines et de quoi bouffer ce soir avec le fric que maman a laissé sur la table.

Après je range ses vêtements qui traînent et je mets en route la machine à laver. J'épluche des légumes que je fais cuire à la vapeur.

J'attends un coup de fil de Romain. Il préfère que je ne l'appelle pas à la base.

Debout devant la porte de la cuisine, je me sens la maîtresse de cet endroit. Tout bien rangé, la délicieuse odeur des légumes en train de cuire, le ronronnement de la machine à laver, l'air tiède qui rentre de la rue et se transforme en petit courant d'air frais que j'ai arrangé avec la fenêtre de ma chambre. Et le soleil qui inonde, reflété par les meubles bien cirés. C'est vrai que je dois faire une fixation sur les baraques.

Je me demande si Romain va m'appeler ce matin. Je pense à lui. Je choisis une robe rouge et des ballerines marron, j'enfile des bracelets à mon poignet. Je me jette sur le canapé avec une pile de magazines, j'encadre au crayon les recettes de beauté. Ça m'était jamais arrivé avant.

Je vais stopper la cuisson des légumes, je goûte un morceau de carotte et une pomme de terre qui me brûlent en fondant dans ma bouche. Je fais refroidir l'eau de cuisson dans une tasse, en ajoutant du jus de citron et je bois. C'est bon. Avec les gènes de maman, je serai belle longtemps.

On sonne. C'est Maï, tout excitée, qui me pousse dans le living et qui veut savoir. « Alors qu'est-ce qu'il t'a fait ? T'as eu mal ?

— J'ai rien senti. Nul. Mais c'était chouette quand même.

— T'as su te démerder ?

— C'est pas sorcier. Et puis t'es quand même emportée. Simplement, lui il a passé le mur du son et pas moi.

— Souvent?

— Je sais même plus. Je crois qu'il est dingue de moi.

— Et il s'est aperçu de rien?

— De quoi?

— Bon merde, la virginité.

— Je m'étais démerdée de ce côté. »

Elle réalise, et elle me lance un regard admiratif. « Et que tu sentais rien, il l'a vu?

— J'ai poussé les cris. Tu sais. Comme dans les films.

— Est-ce que vous avez tout fait?

— Tout fait quoi?

— Je veux dire tout.

— Ouais, tout.

— Putain! il s'est mis une capote?

— Oui, mais discret, sans que je le voie.

— Alors, comment tu le sais?

— Je le sais. »

Elle fronce les sourcils. « Comment tu peux faire la différence?

— Pourquoi tu voudrais qu'il en mette pas? T'es vraiment pas nette. »

Elle se lève. « Parce que les pilotes, c'est le genre trompe-la-mort. Allez viens on va faire de la planche. Pour une fois le vent est bon.

— T'en as parlé aux autres?

— Non. Et puis les autres ils veulent plus te voir. Caroline a fait des salades.

— Je m'en fous.

— Elles se sent plus depuis que t'es plus là. Elle frime un max. »

Je prends une serviette et on se barre à la plage. C'est vrai que le vent est bon. Il m'arrache les bras, je me cramponne et j'arrive à prendre le dessus et à en faire ce que je veux. On fait la course avec Maï, tout d'un coup attrapées par une mer plus dure et les embruns plein la gueule. C'est une telle défonce que même Romain ne résiste pas. J'en ai plus rien à secouer.

Après on va s'allonger sur le sable, à notre endroit

habituel. Presque tout de suite Caro se pointe avec Adrien et Percival. En nous voyant, ils veulent se barrer, en faisant semblant de rien. Je me plante devant eux. « Arrêtez de faire les cons, vous êtes complètement débiles.

— C'est toi qui nous as laissés tomber. »

Bon. On s'explique un moment. Percival dit O.K., on te pardonne. On revient tous vers Maï qui attendait les événements, Caro nous embrasse interminablement, sa bouche collée sur nos joues comme une ventouse. On se laisse tomber sur le sable. Caro attache sa tignasse rousse avec une grosse pince jaune fluo. Elle n'en finit pas de me regarder, ses petits yeux verts encore plus enfoncés, moqueurs.

Elle s'allonge à côté de moi sur ma serviette de bain, elle blanche comme de la porcelaine et moi couleur chocolat. Un sacré contraste. Elle tourne la tête de mon côté et me regarde, sans ciller, son visage très proche du mien, son souffle sur ma bouche, sa peau froide frôle la mienne. Elle me sourit de son air vache. Quand elle est comme ça, je me sens mal à l'aise. C'est ce qu'elle cherche.

« Qu'est-ce qui t'arrive, Laura, votre pigeon vous a plaquées ? »

On peut pas toujours se battre avec elle, alors je me marre.

« Tu nous snobais, dit encore Caro, depuis que vous faites les call-girls toi et ta mère.

— On a suivi tes conseils, tu vois.

— Mes conseils ? C'était juste pour blaguer. En tout cas vous vous êtes pas mal démerdées. »

Tout ce qu'elle dit glisse sur moi, tellement c'est chouette de les revoir. Elle continue : « C'est toujours ce mec qui étrangle les filles, Hugo je sais pas quoi ?

— C'est pas lui qui se les fait, intervient Maï. Il a été juste suspect, on l'a relâché.

— Bien sûr qu'on le sait », dit Percival.

Caro s'assied, plie ses jambes pour appuyer sa joue sur ses genoux. « C'est toujours les coupables qu'on relâche, autrement à quoi ils joueraient, les flics ? » Percival met sa main sur la mienne. « J'ai toujours cru en toi. » On commence à se marrer sans raison, juste pour l'envie. Je me sens plus tout à fait dans le coup mais ça enlève rien à ma joie de les revoir. C'est chouette d'avoir à nouveau quatorze ans et de ne plus tricher.

Caro met ses seins à l'air et étale une crème écran total.

« C'est excitant de vivre avec un fou ?

— Tu me pompes. »

Percival me demande pourquoi chaque fois qu'on a trouvé une fille morte avec une ficelle autour du cou, Hugo se trouvait dans les parages. C'était dans le journal.

« C'est un truc des médias. Faux. »

Je n'y crois pas mais je le dis quand même, Caro me donne une tape sur l'épaule. « C'est vrai que quand on est dans la merde et qu'on trouve un type rempli de thunes, on fait taire sa petite conscience. »

Elle a raison, cette salope, c'est vrai.

« Vous avez pas la trouille de vous faire flinguer ? demande Adrien.

— Pas flinguer, corrige froidement Maï. Étrangler.

— Si c'était ça, dit Percival, pourquoi il l'a pas déjà fait ? »

Juste.

« Il a une autre idée derrière la tête », insiste Caro.

Juste aussi.

« Est-ce qu'il vous donne plein de blé ? demande Adrien.

— Ma mère travaille pour lui, il fait des photos pour une expo. C'est payé. »

Caroline se marre. « Une expo de quoi ? De natures mortes ? » Je peux pas m'empêcher de me marrer aussi.

« Moi je vais vous dire. Ce mec a trouvé deux bonnes pommes pour jouer au père Noël et se refaire une image clean, au cas où les flics continueraient de le surveiller. »

J'ai déjà pensé ça. Tout ce qu'elle dit, je l'ai pensé.

« N'empêche, fait Percival, elle pense à quoi, ta

131

mère? Elle te fait courir un risque. Si c'est un dingue il est imprévisible. »

J'éclate. « Qu'est-ce que vous voulez? Me foutre en l'air? Pour une fois qu'on a une chance...

— T'appelles ça une chance? demande Maï.

— Qu'est-ce que vous voulez dire? Que ma mère et moi on est des ringardes et qu'on est condamnées à vivre tout le temps des trucs ringards?

— Piquez-lui tout le blé que vous pouvez et taillez-vous.

— Ta vieille elle est accro pour lui, ou c'est seulement pour le confort? Ou la vie de famille?

— Vous me faites chier. Vous comprendrez jamais rien à la vraie vie. »

Je me lève et je me tire en courant. Folle de rage. Ils veulent me rattraper mais je me retourne avec un tel air qu'ils stoppent net. Je rentre chez moi. Ces questions, je les bloquais, il y avait trop de réponses, maintenant ils viennent d'ouvrir les vannes et je sais trop bien où j'en suis.

J'en ai rien à branler, je n'ai jamais été aussi bien que dans cette merde, alors on continue.

IX

On change les rideaux du living, maman a mis un C.D. de Tom Petty. Elle est sur l'échelle, cigarette aux lèvres, en chemise à carreaux, jeans, ses cheveux relevés, on dirait Marilyn Monroe dans *Rivière sans retour*. Moi je lui passe les crochets en buvant un reste de café au lait.

Romain m'a appelée il y a une heure, pendant que maman prenait sa douche. On s'est raconté des trucs délirants, à voix basse ; chaque fois qu'il me dit qu'il m'aime, c'est con, ça me serre le cœur et en même temps je sens comme un courant électrique qui m'envoie en l'air. A cause de notre sensualité. On a décidé de se voir à la fin de la semaine. Ma mère a de la chance de pouvoir se taper Hugo tous les jours...

Elle descend de l'échelle et va écraser sa clope, au rythme de la musique, en se déhanchant elle m'accroche au passage pour improviser un rock dingue ; avec une force incroyable elle me fait tourner, virevolter, enfin elle me balance contre le mur comme pour se débarrasser. Ça lui prend quelquefois, des réactions de chatte énervée. Le jeu. Moi j'ai envie de lui mettre une beigne parce que ça m'échauffe mais j'ose pas. Quand même génial. La violence entre nous c'est toujours naturel, autant que la pluie et le vent, ça nous met en harmonie avec tout.

Quand on se retourne tout en sueur, Hugo est là, dans l'entrée ; il nous regarde, ravi. On ne l'a pas entendu entrer. Ils se prennent dans leurs bras ; là, en les regardant, je me rends compte à quel point ça a été vite entre eux.

On lui sert le café à la cuisine, il préfère la cuisine à toutes les autres pièces, à cause des odeurs de pommes au four et tout ça. Il n'a pas l'habitude des cuisines, pour lui c'est tout à fait nouveau, surtout avec nous. Il a apporté une douzaine de croissants que je mets à chauffer. Il mange presque rien d'autre de toute la journée, il va devenir obèse avec les croissants au beurre, mais tant pis puisqu'il va nous abandonner avant.

Je l'aime de nous rendre heureuses. Et puis je dois avouer qu'il m'attire comme homme. Il a aussi apporté des cadeaux, pour moi un bracelet de cuivre incrusté d'éclats de cristal de roche, c'est Hugo qui m'explique. Je me jette dans ses bras, il sent le vétiver. Il ébouriffe mes cheveux, ému, et tout d'un coup j'ai envie de pleurer. Je crois que cette envie de pleurer toutes les cinq minutes depuis mon week-end avec Romain a une origine sexuelle. La frustration.

Maman a droit à un autre cadeau, des boucles d'oreilles en or, du vrai, toutes piquées de saphirs. Grandes. Ça doit valoir la peau des fesses.

« C'est trop luxueux pour moi. »

Hugo ne dit rien. Terriblement déçu.

« Je ne pourrai jamais porter ça. »

Il semble sur le point de s'effondrer, ou de foutre le feu à la maison, on sait pas. Il murmure qu'il est désolé. Qu'il va les échanger. Maman rit. « Contre quoi ? Un yacht ? » Il a un petit sourire, son visage se rétrécit, et je commence à avoir peur, comme s'il allait se transformer en serpent. Maman ne se rend compte de rien.

« Mais qu'est-ce qui t'a pris ?

— Je ne sais pas. Un coup de cœur, en passant devant. Je t'ai vue avec. Je n'ai pas trouvé que c'était trop luxueux. »

Maman met les boucles d'oreilles. Se plante devant Hugo.

« Je déteste l'or. Ça fait toc. C'est beau que sur les Noires. »

Hugo fait demi-tour et s'en va en claquant la porte. Je vais la tuer. « T'es contente ? C'est ce que tu voulais ? » Je crois qu'elle ne s'attendait pas à la réaction de Hugo. Elle hausse les épaules, ramasse une cigarette.

« Tu passes toute ta vie à démolir, on dirait que tu le fais exprès. T'avais qu'à les prendre, ses boucles.

— Fous-moi la paix.

— On a tout perdu avec tes conneries, il reviendra plus et je le comprends, tu l'as humilié devant moi. Il était heureux, il pensait te faire plaisir.

— Cours après lui. Vas-y.

— Une salope, tu es. Il est pas obligé de connaître tes codes. »

Elle se laisse tomber sur le divan. « Il étale. J'avais envie de l'emmerder.

— Ton orgueil dépasse tes moyens, ma mère. »

Elle rit. « Comment tu m'appelles ?

— Ma mère. Maintenant on se retrouve à la case départ.

— Tu ne connais pas les hommes, il va revenir.

— T'as pris un pied terrible à le rabaisser. »

Elle cherche des allumettes, je n'irai pas lui en chercher.

« J'aime pas les mecs trop gentils.

— Un peu de patience, tu verras.

— Je verrai quoi ?

— Quand t'auras tout perdu, mec après mec. Qu'est-ce qu'il te faut, un vrai mac ?

— Je suis libre. »

Je hurle : « Non ! On est deux, tu t'en balances de foutre ma vie en l'air avec tes conneries !

— Ah, fait maman. Tes petits projets...

— Et alors ? T'auras jamais le fric qu'il faut pour que je devienne pas comme toi. »

Ça l'a touchée, net. Elle dit rien. Je fais : « Tu l'aimes ?

— J'aurais du mal à vivre sans lui. »

C'est faux. Elle se fait un cinoche, maintenant.

« Alors pourquoi tu as fait chier tout le monde ? » Elle va devant la glace avec les boucles. « Il m'a offert ça comme si c'était une glace à la vanille. C'est vrai qu'elles sont magnifiques. »

Je lui fais une bise dans la nuque. « En contraste avec ton look, c'est sublime. »

La clé dans la serrure. Hugo revient. Pas du tout gêné. Naturel comme si rien ne s'était passé. On fait pareil.

« Les croissants vont brûler », crie maman, de la cuisine.

Il la rejoint. Ils se regardent tous les deux longuement.

Hugo lui effleure la nuque tendrement, je ne peux pas m'empêcher de penser qu'il va lui enrouler une ficelle bleue autour du cou. Mais maman ne peut être heureuse qu'avec un grand criminel.

Toute la journée Romain se pointe dans ma tête et remplit mes pensées. Rien qu'en l'imaginant j'ai envie de me le faire tout de suite. Des scènes d'amour me brûlent le cerveau sans arrêt, ça m'accompagne tout le temps sans relâche.

J'en parle à Maï qui me téléphone le soir.

« Tu penses à "ça" tout le temps ?

— Ouais. C'est pas normal ?

— Qu'est-ce que t'imagines ? Raconte ! »

Je lui raconte tout, avec des détails. Elle en reste soufflée. Il y a un petit silence au bout du fil.

« Maï ?

— Putain, Laura pourquoi tu m'as raconté tout ça ? Maintenant c'est moi qui vais gamberger comme une malade. »

On reste au téléphone, pensives, et puis on raccroche en silence.

Le grand Sam est tombé du mât de son bateau, il s'est cassé une jambe et des côtes, il est à l'hosto. Ses copains ont téléphoné à maman parce qu'ils n'iront pas le voir, vu la peur qu'ils ont tous des hôpitaux, qui les dépriment. C'est maman qui ira. En même temps elle a rendez-vous chez le dentiste et elle fera des courses.

Hugo propose de m'emmener déjeuner mais je

dois aller au ciné avec Maï. Maman me prend à part pour me dire de laisser tomber Maï et d'aller avec Hugo. Pour compenser son absence à elle. Il aime pas se trouver privé de l'une de nous. Il y a que la nuit, où il préfère être seul chez lui de temps en temps. Il écoute de la musique ou il regarde des films. Il fait aussi de la gym sur la terrasse de son appart, au clair de lune.

« Tu vas jamais chez lui ?

— Mais si.

— Comment c'est ?

— Un bel appartement, presque vide. Juste un lit, la télé, et tout son matériel photo. »

Il a dormi ici cette nuit, je les ai entendus faire l'amour. Bon, on va déjeuner ensemble, on prend sa voiture. Je propose d'aller chercher Maï mais il veut pas. Rien que moi. Comme je fais un peu la gueule, il dit qu'on va aller à Cannes m'acheter des fringues.

« J'aurais quand même voulu que tu connaisses Maï.

— Pas moi. Vous auriez parlé ensemble en me critiquant.

— D'abord tu la connais. Elle était avec moi sur la grande roue.

— Quelle grande roue ?

— A la foire. On t'a vu. »

Ça l'amuse. « Qu'est-ce que j'irais faire sur la grande roue ? » J'insiste pas, parce que je commence à douter moi-même. Et puis maintenant je m'en fous.

« Un type qui te ressemblait.

— Alors c'était peut-être le vrai tueur. » Il en parle comme d'une bonne blague.

Je change de sujet : « Ça marche, le boulot avec ma mère ?

— Pas trop mal, oui.

— Vous aurez fini quand ? »

Coup d'œil en coin. « A ton avis ? » Il y a eu un petit orage cette nuit sur la côte, le ciel est moins bleu. Mon regard se pose sur les mains de Hugo sur le volant. Rien de particulier, ses mains, on imagine toujours que les étrangleurs doivent avoir des doigts comme des clés à molette.

« Si vous croyez que je ne vois pas que vous avez une histoire tous les deux...

— Et qu'est-ce que tu en penses ? »

Il n'a pas de bagues, ni de chaînes de cou comme les mecs aiment en porter. Juste une petite montre. Ses ongles sont manucurés et il a toujours une bonne odeur d'eau de toilette.

« J'ai pas à en penser.

— Bien sûr que si.

— Vous êtes exactement le genre de type pour elle. Elle aime les hommes pas nets.

— Nets ?

— Vous voyez bien ce que je veux dire. »

Petit sourire. « Tu crois toujours que c'est moi ? » On se comprend. « Je sais pas.

— Tu dois avoir peur, en ce moment ?

— Non.

— Tout à l'heure tu me tutoyais.

— Au début je mélange, surtout avec un type de ton âge. Ça te fait plaisir que je te tutoie ?

— Oui. Ça veut dire qu'on est amis, non ?

— Si on veut. Je tutoie des filles que je déteste. Mais on peut dire qu'on est copains. Tu couches avec ma mère. »

Il rit. « C'est la seule raison ? » Je me marre aussi, je dis bien sûr que non. Il me demande de lui allumer une cigarette. Je lui plante direct entre les lèvres, ça me fait comme si j'étais sa copine. Marrant.

« Et toi, tu aimes les hommes nets ? »

Sa question me fait penser à Romain, il apparaît dans mon esprit comme sur un écran. Je m'entends répondre : « Ça manque un peu de mystère. » Sans savoir si je l'ai dit pour paraître intelligente ou si ça remonte de mon subconscient.

Hugo conduit un peu comme Romain, bien et très cool, sans jamais s'impatienter. Je dis :

« Toi, t'as du mystère.

— Ah oui ?

— La plupart, on en a fait le tour en cinq minutes. Toi, c'est comme la face cachée de la lune, on sait pas ce qu'il y a derrière.

— Maintenant on sait. On a tourné autour, on a des photos. »

Il m'agace. « Tu sais très bien que c'était une image. »

J'aime pas tellement Cannes, c'est une ville frimeuse. A part le port, quand maman ponçait les bateaux, j'aimais bien. J'avais dix ans, j'allais à la pêche sur la jetée, des vieux mecs m'apprenaient. L'hiver on était invitées sur les bateaux par les gardiens. Il y avait le grand Sam, et aussi un Cubain, Chico, que j'aimais bien. Les jours de tempête, les vagues passaient par-dessus la jetée. Le ciel bleu ardoise.

On réussit à se garer rue d'Antibes.

« Et moi, tu as pas envie de me photographier ?

— Non.

— De toute façon j'aimerais pas. »

Il me demande pas pourquoi. J'avais envie de dire que je suis trop intelligente pour poser. Il s'en fout.

« Bon. Maintenant dis-moi de quoi tu as envie.

— Je sais pas. T'es pas obligé. »

Toujours pareil. Je lui tiens compagnie, il me paie. Donnant donnant.

« Je ne suis pas obligé, O.K. Tu sais que tu m'emmerdes ? Tu es une vraie chieuse. »

On s'arrête et on se regarde, au bord des coups. Et puis on se marre. Je lui prends le bras.

« Tu veux me payer des fringues ?

— Montre-moi ce que tu veux.

— Oh non, pas comme ça. Je veux que tu participes, que tu me dises si tu aimes ou pas. C'est pas l'aide humanitaire, hein ? »

Dans les reflets des vitrines je nous vois passer. On fait un drôle de couple, on me prend pour sa fille ou sa petite amie ? Des gens nous regardent, on est attractifs, Hugo a quand même pas l'air de n'importe qui. J'hésite entre fille et copine.

« Tu as des enfants ? »

Bien sûr que non. S'il avait eu une fille, est-ce qu'il serait un tueur ? Je serais la fille d'un killer, on voyagerait beaucoup, je le protégerais. Je déconne à fond la caisse. En même temps ça me fait drôle de le tutoyer, pas du tout comme avec les glandeurs ou les autres copains de maman. Avec lui c'est comme si je devenais très intime avec un personnage important.

Encore notre reflet dans une vitrine. Je lui montre des fringues mais c'est notre reflet que je regarde. Son reflet. Non, Hugo n'a jamais tué les filles, ni personne, c'est un mec fabuleux, généreux, avec plein d'humour. Pas comme les autres. C'est tout.

Mon sentiment sur sa culpabilité, ou son identité, monte et descend comme ce truc, un ludion. Ou encore un yo-yo. Je me demande si tout au fond de moi je ne préfère pas me balader au bras d'un vrai criminel. Fière. Je ressemble à maman.

« C'est quoi, tes affaires ?

— Exportation.

— Comment tu fais, pour travailler en même temps avec ma mère ?

— Téléphone, presque tout se fait par téléphone. La nuit, chez moi. Il fait jour à Hong Kong et New York. »

J'ai envie de lui demander s'il étrangle des filles pour se détendre. Comme d'autres vont jouer au squash.

« Mais j'ai un bureau à Paris, un autre à Toronto, ils s'occupent de presque tout. »

Ça lui laisse le temps. Je recommence à le voir coupable. On choisit deux robes, il s'y connaît vachement en fringues de filles et il a bon goût. Il a l'air content, il fait rire la vendeuse. On s'amuse, dans un magasin on joue le père et la fille, je l'appelle papa, dans un autre on joue la copine plus jeune et je suis insupportable. Il fait un peu le vieux con emmerdant, on se marre beaucoup. Je veux des patins, on va dans une boutique de sport m'acheter des patins.

Il me dit qu'il s'est pas amusé autant depuis longtemps.

« Quand tu étais gosse, c'était chouette ?

— Non. Emmerdant.

— T'avais des frères ?

— Fils unique.

— Et toi, t'étais emmerdant ?

— Il paraît.

— Qu'est-ce qu'ils faisaient, tes parents ?

— Mon père, chirurgien. Ma mère avait beaucoup de fric, des immeubles. Tu as faim ?

— Un petit peu. Ils sont morts ?

— Lui est mort. Ma mère est dans une maison de vieux, au Canada. Au bout d'un lac, très chouette. Mais elle ne se rend pas compte. Alzheimer.

— Quoi ?

— Une maladie. A côté de la plaque. Mais on ne sait jamais ce que les malades vivent dans leur tête. Peut-être des rêves fabuleux. Incommunicables.

— Tu l'aimes ? » On entre dans un restaurant, n'importe lequel. Un Quick. Saucisses-frites. Avec tous les paquets que j'ai voulu garder, même les emballages sont classe.

« Qu'est-ce que tu me demandes vraiment ? Si je l'aime comme elle est, ou le souvenir ?

— Le souvenir.

— Non. Plus facile de l'aimer comme elle est. Elle croit que je suis mon propre frère. Un gosse qu'elle a eu après moi et qui est mort, avant de naître. Ça me rajeunit. »

S'il épousait maman, ça serait fini la galère. Des journées comme aujourd'hui seraient tout à fait légales, assurées, avec plein d'autres journées pareilles. Au lieu de cette impression d'être seulement en vacances. Ou comme au cinoche, dans un film qui te fait décoller et puis la lumière se rallume et tu te retrouves dans la merde. Est-ce qu'il pense à ça, Hugo qui se trouve si bien avec moi ? Ou bien je suis seulement une distraction de ses vacances à lui ?

« Et ma mère ? Tu l'aimes ?

— Bien sûr. »

Je regrette cette question conne. Mais j'ai besoin qu'il me dise. Et c'est même pas une réponse. Comment il peut savoir, s'il l'aime ? Ça serait à elle de lui montrer, de l'empaqueter et tout, mais maman c'est pas son truc. Elle se balade dans l'univers comme une étoile filante, elle passe en faisant bonjour à tout le monde. Je vais quand même pas être obligée de me farcir Hugo pour le garder. De toute façon ça casserait tout, nos rapports sont pas à ce niveau.

J'ai pas envie d'être la femme de Romain. Je veux être la fille de Hugo. Tout ce que Romain me raconte sur notre avenir comme il le voit n'est pas pour moi. C'est pour lui. Avec Hugo, j'existe. Voilà la différence.

On parle un peu de n'importe quoi en mangeant. Au fond, même s'il nous quitte je m'en fous, tant compte cette journée géniale qu'on vit tous les deux. Je le regarde en entier, ses mains, son profil, ses yeux pendant qu'il mange. Quelque chose de très fragile en lui, des expressions très belles et fugitives me font craquer. Comme celles de ma mère quelquefois. Sans réfléchir je l'embrasse sur la joue, ça me prend comme un vertige. Il me saisit la main et la serre d'un geste tendre.

Après, on va boire un café, toujours cramponnés aux paquets. Maintenant c'est moi qui veux tous les porter, sentir qu'ils sont à moi vraiment. Ça fait marrer Hugo, je crois que je l'attendris. Je me sens comme une vraie petite fille avec ses cadeaux. J'ai jamais eu autant de choses à moi.

J'ai envie d'une glace à la vanille. En la mangeant je parle un peu de Romain, sans les détails, mais ça semble pas l'intéresser, alors je le branche sur notre galère, vue sous mon angle qui ne doit pas être le même que celui de ma mère, et là il écoute vachement.

De parler de ça remue des trucs en moi, qui me font encore mal, même des souvenirs qui remontent très loin et qui me reviennent comme des gifles. Je lui raconte la difficulté de me faire des copains parce que j'étais une gosse pas fréquentable, dès que les parents connaissaient notre situation. Toutes les beignes morales qu'on a pas arrêté d'accumuler.

Je déballe tout. Le regard de Hugo reste fixé sur le

mien avec une intensité extraordinaire, il ne me pose aucune question, il me laisse parler. Je raconte la méchanceté des enfants, toutes les vacheries que j'ai dû entendre sur moi et sur ma mère. Les fois où on avait pas une thune et où on devait s'aplatir devant les gens qui nous écrasaient. C'était horrible, et le manque de sécurité et de protection, la peur de me réveiller et de me retrouver seule sans ma mère, parce qu'à un moment elle perdait vraiment les pédales. Et puis aussi les zones d'ombres dans ma mémoire, qui refusent de monter au grand jour, comme s'il y avait une soupape de sécurité. Tellement ça me foutrait en l'air.

Hugo serre ma main dans la sienne, je sens des petites pressions à certains moments. Je finis par lui raconter à quel point je me sentais inférieure aux autres, comme une merde, et à quel point je souhaitais crever. La démission totale. Je me laissais taper dessus, j'étais devenue une vraie loque, jusqu'au jour où j'ai vu à la télé un truc que j'ai voulu imiter. J'avais six ans, maman était sortie, un de ses copains me gardait, à ce moment on créchait dans une chambre de bonne, dans le XVIᵉ. Lui dormait sur un fauteuil, moi j'avais trouvé un flacon avec des comprimés blancs. J'en ai avalé plein, je savais pas ce que c'était, je voulais juste crever comme la fille de la télé. Dans ma tête, n'importe quoi faisait l'affaire. C'était des aspirines. Je me suis retrouvée à l'hosto avec une hémorragie, j'ai failli y rester. C'est à partir de là que maman a dérapé.

Mais moi ça m'a donné la colère et la rage. Finalement c'est cette colère qui m'a remise sur les rails. Après, on a connu une galère moins sordide, en la comparant, une galère de luxe.

Quand je finis de raconter on reste un peu en silence. Je crois que Hugo est sonné, et moi aussi mais pour une autre raison. J'avais jamais raconté ça, même Maï ne connaît pas les aspects les plus noirs de ma vie. Tous mes copains ont une vision romantique de la galère. Tout ce qu'ils connaissent de moi, c'est rien par rapport à tout ce que j'ai vécu.

Je me suis réinventé une enfance, j'ai toujours été forte pour ça. La dèche apprend à mentir, et surtout à se mentir, à se réfugier quelque part dans la tête où on est bien, et où personne ne peut nous en faire baver.

Je sais que Hugo comprend, que ce type hyper friqué qui a vécu dans un monde si opposé, peut malgré ça sentir exactement tout ce que je lui raconte. Il me regarde pas d'un air désolé ni triste, ça j'aurais pas pu le supporter, j'ai jamais pu supporter la pitié ou la condescendance des autres. J'en ai rien à branler des bons sentiments. Parce qu'il est lui aussi sur un autre plan de galère, ça je le sens instinctivement. Peut-être encore plus dur, plus pathétique, parce que si c'est ce que je crois il en sortira jamais. On sait à quoi s'en tenir tous les deux.

Il dit rien, il paie, on sort.

« Si on s'aérait un peu ?

— Je connais un coin super. »

Dans la voiture je trouve une carte de la région. On va couper par Grasse et Vence.

« Ça prendra une heure et demie mais la route est belle.

— Parle-moi encore de toi. »

Je continue de raconter notre vie, mais tout n'était pas si noir. Il y a aussi le côté comique, et le dérisoire. Des visions délirantes, des flashs. Hugo semble surpris, sans doute parce que maman lui avait brossé un tableau romanesque du passé, ne racontant que les anecdotes ; le côté noir et glauque, elle l'a effacé, je pense qu'elle l'a aussi effacé de sa mémoire. Elle a dû brosser un tableau genre *Diamants sur canapé*, son film culte. La galère chic, pour impressionner, et aussi parce qu'elle a besoin d'y croire. Elle lui a jamais avoué qu'elle faisait partie d'une équipe nocturne de nettoyage des supermarchés. Moi j'aimais ; comme il y avait personne pour me garder à ce moment-là, elle m'emmenait avec elle. C'était des gens super, l'équipe nocturne, hypergentils avec moi, ils se marraient tout le temps. Portugais. Tous en uniforme vert. Et moi je faisais

144

du patin à roulettes au milieu des rayons, sur les allées désertes. C'est là que je suis devenue un crack, en regardant les étalages, émerveillée comme à Noël. Vers minuit tout le monde faisait la pause pour casser la croûte en buvant de la bière et en racontant des blagues. On avait appris le portugais.

Dans la journée, maman voulait même pas que j'en parle, de son boulot, vu qu'elle a toujours détesté faire le ménage. Mais on aimait nos copains portugais. Tout ce qu'elle gagnait elle le dépensait en fringues, style B.C.B.G. qui lui correspondait pas. Avec un collier de fausses perles et des mousselines attachées en foulard autour de la tête. Des heures à se maquiller, c'est aussi là que j'ai commencé à apprendre, elle me laissait faire.

L'après-midi on allait au jardin du Luxembourg où elle se faisait passer pour une artiste. On se composait des rôles selon les situations et les gens, on prenait même l'accent américain.

Hugo se marre. Je lui raconte aussi que maman m'appelait la Mouche vu que j'étais tout le temps collée à elle à la recherche de câlins permanents. Et je lui cognais dessus parce que mon corps m'énervait, il arrivait pas à bien exprimer mes émotions. Pour moi un baiser ou une caresse c'était trop faible, ça voulait rien dire, alors que dans la violence je faisais passer tout mon amour. Maman, si belle et intelligente, en plus avec son charme, aurait pu si elle avait voulu rencontrer un type bien pour nous deux. Et aussi sa façon de voir la vie à travers des lunettes roses, ça aurait pu brancher des tas de mecs, enfin plutôt des tas de mecs de rêve, parce que dans la réalité ceux qui se pointaient ne la branchaient pas.

J'ajoute qu'il y a pas mal de choses en elle que je comprends pas. Hugo me dit que pour lui aussi elle a des aspects assez mystérieux, mais c'est justement ça qui attire. Elle ne correspond à rien de banal. La façon dont il parle d'elle me fait voir qu'il l'aime pour de vrai.

Arrivés à Grasse je lui montre la carte. Il me regarde d'un air narquois. « Tu veux m'emmener à l'endroit où vous avez trouvé la fille ?

— Pas à cause de ça. C'est vraiment très chouette.

— Un tas de gens ont dû y aller depuis.

— Pourquoi ?

— Chercher des sensations.

— Ça t'embête ?

— Non, allons-y, on pourra voir l'emplacement du cadavre de Carros en passant. Le circuit.

— Celle-là m'intéresse pas. Comment ça se fait qu'ils ont toujours pas trouvé l'assassin ? »

Je crois qu'il n'a pas entendu, il a les yeux fixés droit devant lui. Mais non. « Les flics pensent que c'était un type de passage. D'ailleurs c'est le profil de celui-là, un itinérant, il ne s'attarde pas. Serial killer à grand rayon d'action. » Il sourit. « Insaisissable. Pas de mobile, pas de domicile fixe, et sans doute pas mal de fric. De quoi acheter des témoins quand il faut.

— Ça te ressemble.

— C'est bien pour ça qu'on m'a bouclé.

— Où elle allait, la Hollandaise, quand tu l'as prise en stop ?

— A Nice. Mais je l'ai laissée avant.

— Elle parlait français ?

— Anglais.

— Et elle était belle ?

— Tu n'as pas vu sa photo dans le journal ?

— Non. Seulement la tienne. Je t'ai reconnu. Comment elle a pu se laisser emmener si loin de Nice ?

— Si je le savais je te le dirais. Probablement l'occasion. Ce genre de types ne jettent pas obligatoirement leur dévolu sur une fille. Exactement comme les dragueurs, ça marche ou ça marche pas. Il a pu lui proposer de faire un tour...

— De s'aérer... »

Il rit. « Sans doute. Il lui a dit : "Je connais un coin super..." Peut-être qu'il lui plaisait, à cette fille, et qu'elle-même n'avait pas un emploi du temps précis, elle était en vacances. Possible aussi qu'elle ait eu envie de faire l'amour, ça arrive, tu sais. L'aventure, recherche de sensations.

— Alors il devait connaître l'endroit où il l'a emmenée.

— Bien sûr. Il avait fait des repérages. Un endroit joli.

— Ça manque pas ici.

— Oui, mais il doit avoir des critères bien à lui. Tu sais qu'il y a des types qui tuent à des endroits bien marqués, géodésiques. Il y en a même qui cherchent avec un pendule.

— Et il fait pas l'amour avec ses victimes ? »

Nouveau sourire. « Ne pas mélanger le travail et le plaisir. Sans compter que ça laisse souvent beaucoup de traces, surtout si la fille se défend.

— T'en connais des choses.

— Moi aussi je regarde la télé.

— Et tu n'as jamais eu la curiosité d'y aller ?

— Pour quoi faire ? A moi de t'interroger un peu, d'accord ? Parle-moi un peu de tes rêves. »

Maman a dû lui raconter. Je lui résume. Ça a l'air de l'intéresser.

« Ça t'inquiète ?

— Je me demande ce que c'est.

— Je ne sais pas... Peut-être des champs magnétiques, des restes du passé, comme des lambeaux de mémoire en cavale... Peut-être aussi, quand tu étais toute gosse, tu as vu des vidéos de la guerre du Pacifique, que ton père regardait, ou des copains de ta mère. Ça t'a frappée, et tu retournes dans le film pendant ton sommeil. Possible. »

Il se marre. « Ou bien tu es un kamikaze réincarné.

— Tu crois à ça ? La réincarnation ?

— Je crois à tout ce qu'on veut. »

On dit plus rien, je finis par m'endormir. Quand je me réveille nous sommes garés en retrait de la route, à l'endroit où nous avions rangé la voiture avec maman et Sabine. Hugo me regardait dormir en fumant une cigarette.

« On y va ? »

Je marche devant lui sur le petit chemin. Je l'imagine avec la fille, il la guidait ou elle marchait devant, comme moi en ce moment ? Lui racontant sa vie. Riant, ou tendre, déjà. Excitée. Il l'avait embrassée, avant de la tuer ?

Je suis une malade, qu'est-ce que je suis venue chercher ici ? Des sensations ? Encore plus malade que les autres, ceux qui font des pèlerinages sur les lieux des crimes. Un frisson glacé dans le dos, je me retourne. Hugo marche sagement derrière moi. Sa présence me chatouille de la nuque aux reins, comme quand je jouais à cache-cache, ou à me faire peur dans les escaliers, les courses dingues avec Maï dans des rues désertes la nuit en imaginant des monstres à notre poursuite. Cette fois-ci c'est pour de vrai, seulement on court pas.

J'aimerais qu'il y ait des pèlerins, je tends l'oreille à des bruits de voix mais non, le silence, personne.

« C'est vraiment impressionnant », dit Hugo.

Je vais courir comme une folle, dévaler à travers le petit bois pour rejoindre la route, me faire prendre en stop, et tomber sur le vrai tueur, comme dans un film. De toute façon il passe très peu de voitures sur cette route, c'est vraiment un coin paumé.

On s'enfonce dans la solitude. Ici c'est la Provence noire, la vraie, disait le père de Maï qui lit les guides touristiques. Plus rien à voir avec la côte. Je dis, sur un ton trop gai : « C'est des collines ou des montagnes, d'après toi ?

— Petites montagnes ou grandes collines », répond Hugo.

Sauvage. Voici le pré au pommier, j'aimerais que Hugo renonce et qu'on rentre.

« T'es sûr que la voiture est bien fermée ?

— Tu as peur qu'on te vole tes frusques ? Un berger ? Il ne passe presque personne sur cette route.

— Comment tu le sais ? »

J'ai eu tort de dire ça. Le moindre truc peut déclencher la folie. Comme pour une avalanche. Je chantonne. Hugo rit silencieusement. « Tu as peur ? » Et moi : « De quoi ? » d'une voix rauque. Je me retourne. « Tu es là pour me protéger, non ? »

Le pommier. Hugo veut s'asseoir dessous. Ce que

je trouvais grandiose avec maman et Sabine, les crêtes, les rochers, les sapins, et le fouillis de genêts et d'épineux tout en bas, me semble sinistre aujourd'hui.

« Un aigle », dit Hugo. Il me montre un point dans le ciel.

« Tu dis n'importe quoi. C'est facile. » Pourquoi est-ce que je le contrarie ? Je suis possédée de connerie.

« Crois ce que tu voudras. »

Ce qu'il m'a dit tout à l'heure : des endroits, des lieux géodésiques, des points de rencontre de putains de forces propices au crime. Les tueurs de haut niveau, les super cadres, les repèrent au pendule. Ça a certainement une action, comme un truc radioactif. Hugo peut se transformer, en approchant.

« C'était où ? »

Je lui montre le buisson. Je peux pas me tromper. Comme hypnotisée. J'aurais pu lui en montrer un autre, ça ne manque pas.

« On y va ?

— Tu es vraiment taré. »

Ça continue. Il se marre. On se lève et on marche jusqu'au buisson. Il y a les traces des jeeps de la gendarmerie, profondes, il y a même eu un hélico. Trop de grimpette pour les touristes, ça décourage. Je suis fascinée.

« Tu es contente, maintenant ? Tu sais, des crimes il y en a partout, encore plus en ville qu'ici. Quand on marche beaucoup, comme toi, on doit bien se balader sur les lieux, sans le savoir. »

Il allume une cigarette. J'ai plus envie de partir, je suis clouée sur place.

« Tu sais pourquoi on les tue, ces filles ?

— Non, et toi ?

— Tu me fais marcher.

— Pourquoi est-ce que je le saurais ? On cherche des raisons médicales, biologiques, chimiques. Ça t'intéresse ? Imagine qu'un type s'imagine qu'il vient d'une autre planète, qu'il est chargé d'une mission.

149

— Ramasser des filles en stop ?

— Pour lui c'est autre chose, pas la même signification, pas les mêmes références que toi. Une logique à lui. Il est téléguidé, des voix lui ordonnent. Il n'est pas le premier à obéir à des voix. Il se sent étranger, à part, il obéit à des lois qui n'ont aucun rapport avec les nôtres... Un monde différent, inconnu. Une logique. Rien à voir avec les maniaques sexuels, tu penses bien. Il peut être persuadé qu'un acte comme le meurtre d'une fille, dans certaines circonstances, est absolument nécessaire. Au bien, ou à la guérison de quelqu'un, ou encore à la survie de son pays. Ou de la planète d'où il croit venir. »

On marche lentement vers le pommier. Hugo jette son mégot.

« Tu sais, les sacrifices humains, ça a toujours existé et ça existe encore. Pour les récoltes, la pluie, pour s'attirer la faveur des dieux. Ou simplement pour se sentir mieux. Ces voix peuvent te harceler, te torturer jusqu'à ce que tu leur cèdes. »

Il est lancé, on dirait qu'il fait une conférence. Il a pas dû en avoir souvent l'occasion. Il me dit que des milliers de médiums, des channels, communiquent avec d'autres plans. Ma peur est partie, Hugo a trop besoin d'un auditoire. On se rassied sous le pommier.

« Ça peut devenir une idée fixe. Tout est inversé... Tu es malade tant que tu n'obéis pas, ça doit ressembler un peu à la drogue, tu vois, le manque. Quand tu as obéi, tu renais. »

Il me regarde, il cherche une approbation, une réaction. Alors je dis docilement que parfois j'ai l'impression de ne pas appartenir tout à fait à ce monde. Ce qui est vrai, d'ailleurs.

« Autrement tu ne comprendrais pas ce que je te dis, réplique Hugo en allumant une autre cigarette. Rien ne peut prouver qu'on appartient vraiment... ou qu'on ne rêve pas. Nous sommes tous conditionnés à croire à une certaine réalité. Toi tu as quatorze ans, tu es particulière, pas encore complètement aveuglée. Je suis chargé de te le dire, un jour tu auras un contact.

— T'es cinglé!

— Tu ne comprends pas.

— Tu veux dire qu'on va se servir de moi? »

Il rit. « Tu es peut-être venue pour ça.

— Dans quel but, pourquoi?

— Il n'y a pas de but! Simplement le jeu. Et le but du jeu, c'est de gagner. La survie. Et se passionner, souffrir, avoir peur. Rire. L'amour, la haine, tout ça. »

Il redevient sérieux. « Dans certaines sociétés, la victime d'un sacrifice humain accédait au monde des dieux. La mort c'est pas grand-chose. » Je veux qu'il ferme sa gueule. Il est en train de s'irradier, dans deux minutes on va se transformer en rats ou en mouches. L'aigle n'est plus au-dessus de nous, il a dû sentir que quelque chose glissait en bas. Nous.

Hugo me sourit gentiment, me prend la main. « Tu vois comme c'est facile? Comme c'est facile de décoller?

— Tu t'es foutu de moi.

— Ça n'est pas ce que tu es venue chercher? »

Le soir, Hugo nous emmène dîner au restau. Je découvre en quelques secondes que ma mère n'a pas tellement de choses passionnantes à dire. Ça me fout un coup. Après notre conversation sous le pommier, elle nous emmerde un peu, il lui manque des dimensions. Elle nous parle interminablement des glandeurs. Hugo semble fasciné, mais c'est pas par ce qu'elle dit. C'est elle, chacun de ses gestes, la façon qu'elle a de terminer ses phrases en chantonnant comme les Anglaises. Et surtout sa présence. Moi je suis gommée tout d'un coup, ce fumier, après toutes les confidences qu'on s'est faites, c'est comme s'il avait oublié.

Des confidences qu'on n'a faites à personne. Moi, même pas à Maï j'ai parlé comme ça de mon enfance.

Ils sont là côte à côte sur la banquette et moi sur

une chaise. Je pourrais aussi bien être sur un escabeau. Je me sens de trop, pour la première fois. Elle non plus ne fait pas plus attention à moi que si j'étais une mouche. Ils se parlent entre eux, ils se murmurent des trucs cons incompréhensibles, et même quand ils ne se parlent pas ils ont l'air imbriqués l'un en l'autre. Elle doit penser qu'il s'est fait chier avec moi toute la journée, mais c'est peut-être l'impression qu'il veut lui donner. Elle nous a même pas demandé où on a été. Je fais la gueule, mais personne n'y prête attention. Si, Hugo le voit. « Laura a l'air fatiguée par l'air de la montagne. » Il se fout de moi.

On rentre, il nous dépose devant chez nous, sans monter. Mais il nous aide à porter tous mes paquets jusqu'à l'ascenseur. Il y en a une tonne. Je crois que maman n'est pas tellement contente, on arrive à l'âge de la rivalité. Hugo nous quitte, je serais curieuse de savoir ce qu'il fait de ses nuits quand il nous laisse seules.

Une fois qu'on a tout monté, maman commence à se démaquiller en mangeant des bonbons à la liqueur. Pendant des heures on regarde mes nouvelles fringues, je les essaie et maman aussi. Si on était de la même taille elle en aurait gardé la moitié pour elle. Elle me pique deux chapeaux, je laisse faire.

Pour le dîner, elle avait mis les boucles en or. Elle les balance distraitement dans un tiroir. Je l'asticote un peu : « Tu n'as pas peur quand je suis seule avec Hugo ? »

Elle me regarde dans la glace sans comprendre. « Peur de quoi ?

— Il est complètement clean pour toi ?

— Pas pour toi ? Il s'est passé quelque chose ?

— Non. Je l'ai emmené à l'endroit où on a trouvé la morte, tu sais !

— Tu es cinglée ?

— S'il est clean, qu'est-ce que ça fait ? »

Elle se retourne. « Ce que je n'aime pas en toi, c'est que tu es tordue. Tu cherchais quoi ?

— Rien.

— Et alors ? »

Une force me pousse à mettre la merde. Je veux tout foutre en l'air. Je crois que je suis jalouse, à ma manière tordue. J'ajoute que si j'étais elle, j'aurais constamment la trouille.

Il y a pas que la jalousie. Quand je sors de l'influence de Hugo je le sens dangereux. Comme si je ne pouvais voir ça qu'avec du recul.

« Je n'ai pas la trouille, répond maman en passant la crème autour de sa bouche.

— Moi si. Sans arrêt, pour toi.

— Tu as eu peur avec lui cet après-midi ?

— Non. C'était bien pire.

— Qu'est-ce que tu veux dire ? »

Je laisse tomber un de mes escarpins. « Il ensorcelle. »

Elle a un petit rire. « Il me semble que tu ne t'en es pas tellement fait pour moi pendant ce week-end. »

J'enlève ma robe et je mets mon pyjama.

« Tu crois vraiment au fond de toi que c'est lui qui a tué ces filles ? demande maman.

— Je crois.

— Alors, qu'est-ce que tu fais avec lui ? Pourquoi partir en balade avec lui ?

— Parce que c'est agréable ! » Je commence à m'échauffer. « Tout est agréable avec lui. Alors on gomme ce qui va pas, pour garder la vie de château. »

Elle ne bouge pas. « Parce qu'il a été soupçonné ? Alors il faut qu'il soit marqué à vie ? Il n'a pas droit à une seconde chance ?

— Parce que la seconde chance c'est toi ? Putain, ce que tu es conne, c'est pas vrai.

— Parle-moi autrement.

— Mais tu parles de lui comme d'un petit délinquant, un voleur de voitures. C'est un tueur, tu comprends pas ?

— Je crois que c'est toi qui délires. Hugo, je le connais mieux que toi. Je sais que ce n'est pas un tueur. C'est l'homme le plus doux que je connaisse.

Et c'est toujours les types comme lui qui sont soup-
çonnés.

— Ça on peut dire que je suis rassurée. L'experte a
parlé. Toi qui te goures toujours sur tout le monde.

— Je ne me trompe jamais.

— Ha! Et tu y crois à ses histoires de photos et
d'exposition? Même moi qui n'ai que quatorze ans
j'y crois pas.

— Ça ne t'a pas coupé l'appétit au restaurant.

— Que c'est mesquin! Je sais bien qu'on en profite, et autrement c'est le retour à la case départ.

— Heureuse que tu comprennes aussi ça. Personne de nous trois n'est net. Ça ne nous empêche
pas de nous aimer.

— Tu l'aimes vraiment?

— Et toi?

— Oui, je l'aime, tout le monde s'aime.

— Tu voulais ça, non? Rappelle-toi : il y a toujours un petit défaut.

— Il est pas mal le petit défaut.

— Tu proposes quoi? On s'en va?

— De toute façon je sais que tu craques à fond
pour lui. Tu peux plus t'en passer.

— Eh bien, O.K. C'est la première fois que ça
m'arrive. »

Je prends mon élan. « C'est uniquement sexuel?
Ou vous parlez? Quoi? »

Elle cherche les mots, puis : « On vit. Tu
comprends ça? On ne se pose pas de questions. »
Elle s'assied sur le bord du lit.

« Écoute-moi bien. Quoi qu'il ait pu faire, je sais
que nous, on ne risque rien. Tu es ma fille, je t'aime,
s'il y avait le moindre doute pour ta sécurité, je le
quitte tout de suite. Mais là je ne l'ai pas.

— Tu penses que ça va durer longtemps, avec lui?

— Je ne sais pas.

— C'est parce que rien n'est sûr, que t'es mordue
comme ça, hein?

— Ça n'est plus aussi simple. »

Au moment d'aller dormir, elle me demande de
rester avec elle. Bon, on se couche toutes les deux et

elle éteint tout de suite. Je ré-embraye. « Tu y crois aux photos ? » Elle me prend dans ses bras, je me sens redevenir toute petite.

« Il veut essayer et il a le fric pour le faire.

— Pour s'acheter un tas d'appareils sophistiqués, ça oui.

— Mais enfin, tu n'as pas vu les photos qu'il a prises de moi ?

— Ça fait amateur.

— Qu'est-ce que tu y connais ? Je suis contente d'avoir ce boulot, quoi demander de plus ? Et de l'avoir, lui. »

Elle me serre contre elle et je cale ma tête sur sa poitrine. Tout baigne. Au bout d'un moment : « Dis, maman.

— Quoi ma biche ?

— Mon père, tu te rappelles ? Il était fana de la guerre du Pacifique ?

— Quoi ?

— Il se passait des vidéos sur la guerre avec les Japs, quand moi j'étais sur tes genoux ?

— Je ne sais plus. Tu m'emmerdes.

— J'insiste.

— Non ! Il n'aimait que les polars. » Au bout d'un moment encore : « Maman ?

— Quoi encore ?

— Il y a des fous dans notre famille ?

— Rien d'autre. Dors.

— Je t'aime. »

X

Romain vient ce soir et maman passe la nuit chez Hugo, tout s'arrange. Je veux pas qu'il monte dans l'appartement, je l'attends devant la plage. J'ai passé une heure à choisir une robe, à me maquiller et démaquiller, à me regarder dans la glace. Maï dit que le secret pour le look, c'est de savoir quand il faut s'arrêter. J'aurais tendance à pas savoir en rien.

En tournant la rue, je le vois un peu plus loin, assis sur la moto. Je peux pas résister, je fonce vers lui en courant et je me jette dans ses bras. On ne parle pas, je monte derrière lui, il me dit qu'il a loué un studio à Antibes et on se barre. Ma joue plaquée sur son dos, avec mes ongles je m'amuse à dessiner des arabesques sur sa peau. Il réagit comme la première fois, il adore. Quand j'arrête il me crie de continuer. Vraiment accros l'un à l'autre pour la vie.

Le studio c'est dans une sorte de motel avec terrasse et une glycine fanée. On regarde même pas, on se jette sur le lit et cette fois c'est lui qui me rend barje. Tout de suite. Je le mords et le griffe, je veux recommencer encore et encore. Déchaînée. Je l'allume sans arrêt, on va devenir dingues pour de bon. On se dit des choses qui nous enflamment. Je le crève. C'est lui qui me dit : « Arrête, je suis mort. » Mais je peux pas me détacher de lui, il faut qu'il me touche. Il me repousse mais je me colle. Après on prend une douche ensemble, on fait l'amour sous l'eau, on glisse, on tient à peine debout. Une terrible envie l'un de l'autre. J'ai des bleus partout et lui des morsures et des traces de griffes. Ça m'envoie en l'air rien que de regarder.

On se taille. On va se défoncer en boîte, avec des whiskies-Coca devant un écran géant qui crache des images synthétiques. Des lasers balancent des faisceaux de lumière au milieu d'une foule en transe. La musique techno explose dans ma tête. Mais d'avoir décollé avec Romain me donne une pêche d'enfer.

Je m'éclate en dansant toute seule, mes cheveux volent avec des mouvements qui parfument d'*Opium* tout autour de moi. Romain s'arrête pour mater. La musique vachement agressive et sensuelle n'arrange rien, ça bascule encore dans l'érotisme. Je me plante devant lui et je commence à bouger, aguicheuse, suggestive. Avec des mouvements que je connaissais pas. Rien que pour lui.

Il me tire brutalement vers la sortie, et derrière la boîte, dans un coin sombre, on refait l'amour debout, mes yeux vrillés aux siens sans arrêt.

On s'écroule par terre pendant un moment et puis on fonce avec la moto sur l'autoroute ; la vitesse nous calme les nerfs. Je suis vraiment folle de ce mec.

On va bouffer des coquillages dans le vieux Nice, sur des tables en bois dans une petite rue. C'est comme des séquences de film. Les lumières jaunes, les vieilles maisons, et tous les gens qui glandent un peu semblables à des fantômes au ralenti, le contraste avec tout à l'heure. On se détend en se tapant plein de bière avec les oursins et les moules crues. On crève de faim.

En dansant ou sur la moto je sais plus, j'ai complètement déchiré ma jupe sur le côté, une jupe à fleurs en coton froissé. On voit même ma culotte en regardant bien. L'horreur c'est que j'avais piqué les boucles d'oreilles en or de maman et que j'en ai perdu une. Ça va être ma fête. A propos, Romain, qui croit toujours à mes dix-sept ans, veut que je le présente à ma mère. Pour lui dans un an on se marie, tout est simple. Il passera dans l'aviation civile, pilote d'essai ou un truc comme ça. Ou encore on pourrait aller en Afrique, il travaillerait sur une ligne intérieure. Ça sera pour une autre fois. Si j'avais dix-sept ans? Je renoncerais à mon rêve de pilote pour Romain? J'en sais rien. D'abord je les ai pas, les dix-sept ans.

Pendant qu'il parle de ses projets d'avenir, ses yeux brillent, son visage devient radieux. Il nous imagine vivre ensemble. Moi je reste fascinée, je suis les mouvements de ses lèvres, hypnotisée, je suis prise dans un truc qui me dépasse, ça me bloque. J'aimerais qu'il se taise tout en sachant qu'il m'aime vraiment. Il croit tout ce qu'il dit. Il la boucle, étonné par mon manque d'enthousiasme. Comment lui expliquer que j'ai pas envie d'aller si loin?

Je me lève et je m'assieds à côté de lui, je pose mon nez contre son bras, pour respirer sa peau. J'ai un petit rire con, je me sens débile tout à coup. Vraiment très petite fille. J'aurais pas ce malaise avec un type de mon âge. Ce que je veux, c'est vivre au jour le jour. Je réalise la différence qui existe entre quatorze et dix-sept ans.

Il me demande si j'ai des problèmes. Je lui réponds que je me suis engueulée avec ma mère, en même temps j'ai envie de lui dire la vérité.

On va marcher sur la promenade. Un morceau de ma jupe pend sur le côté, mes escarpins me font mal, je les enlève pour marcher pieds nus. Romain dit qu'il me sent bizarre ce soir. Je le regarde dans les yeux, je lui dis que je l'aime, c'est un mot magique qui coupe net les explications.

On s'assied face à la mer. J'ai envie de faire dévier la conversation sur des choses simples, le présent. A cette heure-ci l'air est parfumé, chargé de l'odeur de tous les jardins et de celle de la mer. Il y a pas de lune, mais des étoiles au-dessus de la mer, et tout scintille. Il fait merveilleusement bon. Je voudrais qu'on soit là simplement. Mais non.

« Tu peux pas continuer à vivre comme ça. »

L'autre week-end, quand je lui avais raconté notre façon de vivre avec maman, je croyais qu'il avait compris mon amour de la liberté. Maintenant il veut m'arracher à cette vie, me ramener à lui, à sa famille, comme si c'était une façon de vivre supérieure. Je me retiens de lui parler d'Hugo.

« Tu parles de tes projets d'avenir. Mais les miens, tu y as pensé ? T'as oublié.

— Par moments tu raisonnes comme une gosse de douze ans.

— Quand t'as voulu, toi, être pilote, on t'a dit que t'étais attardé ? »

Il prend un air patient. « Il y a pas de fille pilote de chasse, je te l'ai dit. Et avec ton caractère tu ne supporterais jamais l'armée. C'est pas la joie, tu sais.

— Tu la supportes bien, toi ! »

Il se met à gueuler. « Parce que je suis discipliné ! J'ai été élevé comme ça. Pour ça. Tu peux pas comprendre. » Il ajoute : « Même pour piloter n'importe quoi, je trouve que t'as pas le profil.

— J'ai le profil de quoi ? De me faire baiser par un vrai pilote, un mec ? »

Il se calme. « Laura, on arrête. On commence à déconner. » Je lui dis en bégayant qu'il m'est arrivé des choses qu'il peut pas soupçonner, que des avions de chasse j'en ai piloté, pendant la guerre, que je connais ça beaucoup mieux que lui, qui à mes yeux est tout juste un technicien. Des combats aériens, j'en ai fait, parce qu'il y a quelque chose en moi qui a échappé au temps.

Il me regarde comme si je venais de me changer en parapluie. Mentalement, il boit la tasse. Il revient à la surface. Me prend le poignet. « Arrête ! arrête ces conneries !

— Tout ce que je te dis est vrai. Si t'es pas capable seulement d'essayer de comprendre, t'es un con. »

Il respire à fond. « Explique-moi mieux.

— C'est quand je dors.

— Des rêves, Laura, rien que des rêves. On ira voir un psy, il t'hypnotisera et ça disparaîtra.

— Je veux pas que ça disparaisse. Et toi, tu as déjà vécu des combats aériens pendant ton sommeil, pendant des années ?

— C'est obsessionnel. J'ai un oncle psychiatre.

— Fous-moi la paix avec ta famille. »

Il continue. « Des rêves tellement forts que tu finis par rêver que tu as rêvé. »

Ils m'emmerdent tous avec leurs explications. « Qu'est-ce que tu connais à ça ?

— C'est biologique, organique. Hormonal, ça déclenche un truc dans ton cerveau à certains moments. »

Je suis folle de rage. « Quand je vais avoir mes règles, c'est ça que tu oses pas dire ? Une névrosée qui se repasse des films qu'elle a vus à la télé. Hein ? Pauvre con !

— Ne me dis pas que c'est pour ces conneries que tu veux être pilote ?

— T'es au ras des pâquerettes, borné par toute la merde qu'on t'a pressée dans le cerveau. »

Il rit. Je me rends compte qu'un vieux mec s'est planté derrière nous et qu'il nous écoute. Je m'en cogne.

« De toute façon, on vivra jamais ensemble.

— Pourquoi ?

— Parce qu'on n'est pas de la même planète. Et puis que j'ai quatorze ans ! »

Kamikaze, je bousille tout avec une joie haineuse. Moi avec, je me fais mal, impression de tomber du haut d'une falaise.

« Quoi ?

— Quatorze ans. Pas dix-sept. Alors tes projets de mariage tu peux les mettre au frigo. Maintenant fous-moi la paix. »

Je me lève, je me barre. Le vieux me regarde passer. Romain me rattrape.

« Jure-moi que c'est vrai !

— J'ai rien à jurer. Demande à ma mère, puisque tu voulais la connaître. Laisse-moi, je rentre en stop. »

Là il veut pas. Il m'empêche. Alors j'accepte qu'il me ramène chez moi. Il parle, je veux pas écouter. Il dit qu'il s'en fout de mon âge, il m'aime. Je réponds pas. C'est foutu. Mon orgueil. Je m'enterre vivante. Je monte chez moi sans lui avoir dit un mot. Tout est dégueulasse.

J'allume même pas, je me jette sur mon lit. Pourquoi j'ai fait ça? Pourquoi j'ai tout cassé? Comme si j'étais possédée.

Ma jupe s'est enroulée autour de mes hanches, la boucle de ma ceinture m'appuie sur l'estomac à me faire mal, j'accentue exprès la douleur, j'ai un vertige de destruction. Le téléphone sonne, je réponds pas, je sais que c'est lui. Je peux même pas pleurer, rien qu'une boule dans la gorge qui m'étouffe.

La sonnerie s'arrête, presque tout de suite après, ça continue encore et encore. Je m'assieds sur mon lit, j'arrive pas à respirer, des crampes d'estomac me tordent. Je me déshabille, me colle une bouillotte d'eau chaude.

Le téléphone sonne encore, je vais dans la chambre de ma mère, je décroche, j'entends la voix de Romain mais je n'écoute pas, je réponds pas, ratatinée en moi-même. Le ton de sa voix est tendre, mais je raccroche sans même savoir ce que je fais.

Je vais dans la salle de bains, je mets ma tête sous le robinet en laissant couler l'eau fraîche. J'ai une haine terrible contre tout. Je me sens moche. Et puis mon esprit recommence à m'envoyer des flashs, le visage de Romain, ses yeux, notre rencontre, tout défile, j'éclate en sanglots, je m'entends l'appeler à voix haute, crier, je vais devenir barje.

Je retourne près du téléphone. Il en a eu marre. Je me vois pour la première fois comme je suis vraiment, une conne. Je jette le téléphone par terre, je m'agenouille pour le ramasser et à ce moment ça sonne. Je veux parler, mais il me coupe : « Laura, tais-toi, tout ce qu'on s'est dit n'a pas d'importance.

— Si. »

Il s'écrase, alors j'ai envie de dominer, ça recommence, c'est plus fort que moi. Il dit que c'était trop nouveau pour lui, mes rêves, il a mal réagi. Il regrette.

« C'est trop tard, Romain. Et puis y a pas que ça. »

Je suis assise par terre, adossée au lit. Il parle vite. « Ce que tu m'as dit en dernier?

— Que j'avais quatorze ans. C'est vrai. » Je pousse la bouillotte sous mes pieds.

« Mais je m'en fous de ton âge ! dit Romain.

— Ça pourrait te causer des histoires. Qu'est-ce qu'elle dirait ta famille, tu te rends compte ?

— Je suis encore à Antibes, je peux venir ?

— Non. J'ai envie de rester seule, mais je suis contente que tu aies téléphoné. Attends. »

Je me lève pour ouvrir la fenêtre en grand, parce que j'étouffe. Je me laisse tomber sur le ventre et je reprends le téléphone. Il dit : « Tu vois. » J'y suis plus, de quoi il parle ?

« Je vois quoi ?

— Mais putain de merde ! T'as quoi à la place du cœur ? »

Je bâille, pas pu résister. Crevée. « Tu vois bien que tu peux pas me supporter.

— Écoute-moi, Laura, il n'y aura qu'une femme dans ma vie et ça sera toi. »

Je raccroche. Il me pompe. Peut-être qu'il a plus de pièces pour téléphoner. Merde. Cinq minutes après je l'entends appeler d'en bas : « Laura. » Bon je vais à la fenêtre du living. Dès qu'il me voit il crie : « Il y aura qu'une femme dans ma vie et ça sera toi. »

Des larmes commencent à couler sur mes joues. Je suis à poil, je ramasse le truc du divan et je m'enroule dedans. Je réponds : « Tu m'auras vite oubliée ! » Ça me fout les boules.

« Laisse-moi monter.

— Non.

— Je t'attendrai. J'attendrai quatre ans. »

Une voix de femme, sans doute de l'immeuble. « Va attendre ailleurs. » Romain n'entend pas. S'en fout. Sa silhouette sur la moto me fait fondre, je vais lui dire de monter mais mon orgueil m'en empêche. Il continue : « Deux ans, on peut se marier avec une dispense.

— Je veux pas me marier. »

La même voix : « T'as raison. » On s'en fout des gens. Il crie : « Simplement parce que ça prouve qu'on veut vivre toujours ensemble. Pas seulement faire un bout de chemin. »

Des fenêtres s'ouvrent, quelqu'un se marre. « Te

laisse pas piéger, chérie. » Je crie : « C'est pour ça que tout le monde divorce.

— Laisse-moi monter, nom de Dieu!

— Je suis trop jeune. J'ai envie de vivre avant. »

Une voix de mec, grasse : « T'as entendu, conard ? »

Je passe un pyjama et je descends en vitesse. Il me serre dans ses bras et on manque de se casser la gueule tous les deux. Des rires. Je lève la tête, il y a des silhouettes aux fenêtres. Je grimpe sur la moto, on s'éloigne. On va dans une impasse, tellement sombre qu'on ne se voit pas.

« Vivre ensemble on peut le faire à deux, reprend Romain. Tu penses à d'autres types ? Tu veux avoir d'autres mecs ?

— Ton mariage, c'est une vraie taule. »

On est toujours sur cette putain de moto, comme si on était vissés. On en descend, le gravier me fait mal aux pieds. Romain prend ma tête dans ses mains. « Dis-moi que tu ne m'aimes pas.

— Non.

— Alors tu m'aimes. »

Je commence à distinguer ses yeux. « Oui, merde ! Mais toi tu as des chances de rester comme tu es, alors que moi je vais changer. Même physiquement, je peux devenir moche. Une chose qui changera pas, c'est que je renoncerai jamais à voler. »

Il allume une cigarette. Il doit y avoir des pins dans les jardins autour, ça sent très fort. Et des tas de lavandes.

« O.K., dit Romain. Je vais te faire voir ce que c'est de voler. Je t'emmène à Moscou, avec ta mère puisque t'es mineure. Tu voleras une heure en Mig, c'est possible. »

Ça me cloue. « Comment ?

— En payant. Ça sera mon cadeau de fiançailles. »

Je me marre. « Ce que tu peux être con ! »

— Laura, je te demande rien. Si c'est toi qui décroches, tu seras libre. Je t'attendrai. »

Je lui donne un petit coup de poing. « Je peux pas vivre en pensant toujours que tu es assis sur mon paillasson. »

Il jette sa cigarette. « On ne fera plus l'amour.

— Non mais ça va pas ? Et puis je ne veux pas d'un homme qui s'écrase comme tu le fais. »

Il rit. « C'est pour t'appâter. Parce que tu fais bien la cuisine. »

Et je me rappelle les gésiers avec les pommes de terre à l'ail. Ça me serre le cœur. Il faut qu'il rentre parce qu'il doit voler demain matin, mais il va venir dans trois jours.

« Laura, c'était fabuleux cette dispute. Ça nous a rapprochés terrible. »

Il est aussi dingue que moi. Je me marre. « Tu l'aurais jamais deviné, hein, que j'ai seulement quatorze ans ?

— Je m'en fous. Juliette avait quatorze ans. Dans *Roméo et Juliette*.

— Oui, mais vingt-cinq, c'était pas l'âge de Roméo. C'était l'âge de son vieux. »

Il s'en va sans me regarder.

Romain ne m'appelle pas mais c'était prévu, à force d'attendre qu'il téléphone je ne bougeais plus. Maintenant que les choses sont claires entre nous, ça baigne. J'ai très envie de recommencer à m'envoyer en l'air et d'aller encore plus loin en inventant des situations qui sortent de l'ordinaire. Je fais des scénarios érotiques dans ma tête, je reste clouée au milieu de ma chambre tellement je me laisse prendre au jeu.

Je téléphone à Maï pour aller ensemble au ciné, mais elle peut pas, son frère l'emmène à Monaco. Elle veut savoir comment ça s'est passé avec Romain, je crève d'envie de tout lui raconter mais pour la faire chier je reste évasive, en répondant à côté. Aussi sec elle fait semblant de ne plus être intéressée. On joue les indifférentes pendant une demi-heure en parlant de n'importe quoi. Je fais aussi des mystères quand elle me questionne sur Hugo, mais depuis que je suis devenue intime avec lui, je me sens liée par le secret. D'abord Maï comprendrait pas, elle tourne tout en dérision et j'imagine d'ici ce qu'elle me dirait.

Après, je m'installe devant la glace pour couper quelques mèches de cheveux en dégradé. C'est complètement raté mais c'est pas grave, ça donne un air négligé qui me va. Intello un peu. Ça plaira à Hugo. Depuis notre journée ensemble on n'a pas eu l'occasion de recommencer. Quand ma mère est là c'est plus pareil, c'est elle qui se met en premier comme d'habitude. Elle me fout les boules par moments. Accapareuse. Moi aussi je voudrais avoir Hugo pour moi. Je deviens possessive. Dans la rue, les filles le matent, ça me met dans une colère terrible. Maman au contraire adore, elle est fière de le montrer.

Justement, la voilà qui arrive, sans un mot elle arrache ses escarpins et les jette à travers la pièce. Elle s'est engueulée avec Hugo, elle veut pas dire la raison, mais je suis sûre que c'est elle qui a cherché la merde comme d'habitude. Je la questionne même pas. Je sais que Hugo la quittera jamais à cause de ces disputes, il la connaît maintenant, donc je m'en fais pas. Elle marmonne à travers l'appartement, il est question de faire nos valises et de foutre le camp. Je m'écrase, je sais qu'elle est aussi mordue que moi de cette nouvelle vie. Et d'Hugo. On finit par trouver normal ce qu'il a pu faire. C'est son caractère.

Sa colère s'en va sous la douche, elle en ressort détendue et contente parce qu'elle a pensé à autre chose. Je peux pas m'empêcher de l'imaginer avec Hugo en train de gigoter et de gueuler comme moi et Romain. Mais ils doivent pas atteindre si loin. Et tac, les images se superposent et c'est moi avec Hugo. Merde.

Elle me prend dans ses bras, maintenant c'est elle qui me colle, pour la taquiner je l'appelle la Mouche. Elle ne m'a jamais questionnée sur Romain, je ne sais pas si c'est pour me laisser libre ou parce qu'elle s'en fout. Elle peut pas ne pas remarquer tout ce qui a changé en moi, putain, on dit que les femmes sentent ça et se trompent jamais. Elle se colle des œillères parce que ça la dérangerait dans son histoire à elle. Juste, elle me regarde du coin de l'œil avec des airs amusés, ce qui la fatigue pas trop.

On décide d'aller voir Sabine, on prend la voiture, la petite toile d'araignée est toujours là sur le rétroviseur latéral de mon côté. Elle doit être à l'abri du vent et de la pluie. L'araignée pense que c'est son appart jusqu'à la retraite. Je me demande ce qu'elle bouffe. C'est ses oignons.

On attend Sabine devant son Monoprix. Elle a toujours ses cheveux platine en brosse, façon vieux poussin. Petites croix aux oreilles, robe vert kaki moulante, mais elle prend du cul à force d'être assise à la caisse. Avec maman, on remarque. Elle se jette dans mes bras en me disant encore que sans moi elle pourrirait dans la terre. Pour se marrer. Et c'est encore grâce à nous, je sais pas pourquoi, qu'elle a pris ce second départ. Comme la fusée Ariane, Sabine est à tiroirs.

On va boire un verre et elle nous raconte qu'elle va encore changer de vie, un ancien pote à elle lui propose de le rejoindre à Brest pour l'aider à sa station-service qui fait garage en même temps.

« Qu'est-ce que tu y feras ? demande maman.

— Mécano.

— Qu'est-ce que t'y connais ?

— Vous gourez pas, je l'ai déjà fait. Les bagnoles et les motos je connais tout. Mon vieux avait un garage à Roubaix et à six ans je bossais déjà avec lui. »

On se regarde.

« En plus c'est ma passion, ajoute Sabine en allumant une clope. Et le plus chouette, c'est que je pourrai faire du karting, il y en a pas loin.

— Il y en avait à La Siesta, remarque maman.

— J'aime pas la clientèle. Là-bas c'est un karting de compète, on fonce à 140, tu vois ça ? Et l'odeur, tu peux pas imaginer, l'essence brûlée, les pneus, c'est toute ma vie.

— Le garage, c'est quand même un peu craoua.

— Dis pas ça ! L'huile et la graisse c'est propre. Pas craoua, coloré, on est noirs. Et c'est vachement bon pour la peau. »

On a un blues. « Alors tu nous quittes ?

— Vous viendrez me voir. Brest, c'est pas loin. »

Tu parles. D'abord nous on est accrochées ici comme des arapèdes. On quittera jamais le coin même pour une semaine.

Elle nous questionne sur Hugo. Est-ce qu'il fait des crimes ?

« Pauvre tarée, ce mec est hyperclean. Un vrai père pour Laura, il lui a acheté des fringues, si tu voyais.

— Alors le laissez pas filer. Et niveau cul ?

— Génial, répond maman. Et pas seulement ça, plein d'attentions, gentil.

— Clouez-le au plancher, conseille Sabine. Et les photos ?

— Demande à Laura.

— Géniales, je fais, sans me mouiller.

— Alors c'est le New Age ! »

Je les laisse pour rentrer ranger ma chambre.

Hugo est à la maison, en train de lire et d'écouter de la musique. En jean avec une chemise blanche.

« C'est fini les photos de ma mère ?

— Mais non. Elle ne peut pas tous les jours. On a le temps. »

Heureuse d'entendre qu'on a le temps. Je m'assieds par terre à côté de lui. « Tu crois qu'elle pourrait en faire son métier ? »

Il pose son livre. « Non.

— C'est dégueulasse d'avoir couché avec elle. »

Il répond pas. J'insiste : « Parce que ça va pas durer.

— Elle le sait. Depuis le début.

— Tu joues à la famille avec nous, tout le temps que ça t'arrange. » Il allume une cigarette. Je me lève et je vais m'asseoir de l'autre côté de la table, face à lui. Je dis : « Je veux que tu foutes le camp. » Il me regarde dans les yeux, puis il se lève aussi et va se verser un verre. « Tu le souhaites vraiment ? » Je suis malheureuse. Il se retourne : « Rien ne dure, tu sais, dans la vie. » Il revient s'asseoir sur le divan. On se regarde sans tendresse.

« Si. Les familles, le père, la mère.

— Je ne suis pas ton père.

— T'es plus que ça. »

Je ressens sur moi son attention très forte, il a un regard étrange, troublé.

« Tu nous as montré ce que c'était la sécurité. »

Il se marre. « La sécurité ?

— Je sais de quoi je parle. Et après, tu nous la retires.

— C'est tout le temps comme ça. Ta mère le comprend parfaitement.

— Parce qu'elle est bouchée. »

Il pose son verre. « Si tu penses ça tu es une pauvre petite conne.

— Je le pense pas. Je pense que c'est une victime, le sacrifice humain tu le fais avec nous, pire qu'avec les filles que...

— Les filles que quoi ? » Il avance la tête, intéressé.

« Rien.

— Toute cette frustration, c'est pour ton histoire d'armée, hein ? »

Je me prends les boules. « Jamais j'y arriverai ! Personne me paiera jamais mes études, je vais finir dans un boulot minable ! »

Hugo me regarde, un peu étonné, il écrase son clope dans le cendrier. « Il n'a jamais été décidé que...

— Bien sûr ! Fous-moi la paix ! »

Je vais m'enfermer dans ma chambre. Il me rejoint, sans même frapper. Il s'assied au bord du lit et me demande pourquoi je veux être pilote ? Si c'est à cause de mes rêves ?

« Pas seulement. C'est parce que je veux être en dehors du circuit. Le boulot, le fric, ça me plaît pas. Et de toute façon j'ai rien à y faire. Ma mère a pas une thune, j'aurai que des trucs ringards. Tous les jobs, c'est pour les fils à papa, moi je suis pas dans le coup, si tu comprends pas ça c'est que c'est toi qui es bouché. Ou tu t'en cognes, avec tous tes sermons de merde. Tu penses jamais qu'à toi. L'armée pour moi, c'est en dehors de vous tous.

— Une famille, c'est ça ?

— Si tu veux. Je suis pas faite pour la vie de tout le monde, gagner du pognon, penser qu'à ça, les vacances et toute cette merde, j'ai pas le profil. Et j'ai pas ce genre d'ambitions, ce que les autres veulent, moi je m'en fous. Et puis c'est vrai que je veux voler. Un truc spécial, le danger. C'est mon caractère.

— Et tu comptes sur moi ?

— Non ! T'es le dernier mec sur qui je peux compter. Je finirai pute ! » Il sort de la chambre sans dire un mot de plus. En claquant la porte fort.

Je cherche dans les fringues de maman une robe suggestive et provocante. Celles que Hugo m'a achetées me semblent trop sages. Depuis que Romain connaît mon âge j'ai encore plus envie de me vieillir. Je déniche enfin la robe qu'elle avait trouvée au marché de Vence, la blanche à fleurs bleues, décolletée et tout. Comme je suis plus grande et plus baraquée elle me serre davantage. Je prends devant la glace les postures les plus aguichantes en pensant à ce qu'on va faire tout à l'heure. Je me dis dans deux heures on sera sur le lit.

Pour la première fois je me maquille avec du fond de teint beige clair, pas adapté au type de ma peau qui est foncée, mais ça cache quelques petits boutons. J'accentue les yeux avec du mascara noir et un trait d'eye-liner. Pour terminer, je passe sur ma bouche un rouge mat profond. Je me reconnais plus. Génial.

J'enfile des escarpins à talons hauts, dont j'ai pas l'habitude et qui me donnent une démarche incertaine pleine de mystère, un peu raide mais ça ira. Romain va craquer devant ce nouveau look. Un défaut : ma culotte se dessine trop sous ma robe, je l'enlève, ça va rendre Romain fou. Après, je me vaporise à fond la caisse avec *Opium*, qui me fait tousser. Mais l'odeur est sensuelle et forte. Je suis attirante.

Dans la rue j'ai du mal à marcher, à me tenir droite, pour bien avancer je dois mettre mes pieds en canard. On me regarde. Ma robe s'enroule et remonte sur mes cuisses, je dois la rabaisser sans arrêt.

Romain est déjà là, à la terrasse de notre rendez-vous. J'aimerais aller plus vite mais impossible. Il me regarde avancer et plus je me rapproche de lui, plus je lis dans ses yeux à quel point je m'enfonce dans le ridicule. J'ai l'air d'un tapin. Le pire, juste avant d'ouvrir la bouche, c'est de voir la pitié sur son visage. En une fraction de seconde, c'est comme une gifle gigantesque et je vois que c'est râpé entre nous. Il sourit. On s'embrasse sur la joue.

« Qu'est-ce que tu bois ?

— Il fait chaud.

— Combien de temps tu mets pour venir ? »

Il allume une cigarette. « Je ne sais pas. Il y avait de la circulation sur l'autoroute. Il faut que je rentre tôt.

— T'avais qu'à me téléphoner que tu pouvais pas venir.

— Je l'ai appris au dernier moment, je dois être rentré avant onze heures. J'ai pensé à toi.

— Ah ? » Je demande une bière.

« Laura, tu avais raison, ça marchera jamais nous deux.

— Tu disais que tu t'en foutais de mon âge.

— C'était vrai, mais j'ai beaucoup réfléchi. »

Je me sens vide.

« Tout ce qui est arrivé, à ce moment, pour moi tu avais dix-sept ans. Maintenant je peux plus te voir de la même manière.

— Je suis la même. Tout ça c'est dans ta tête. »

Faux. Je ne suis plus la même. Je me suis réinté-grée. C'était ma comédie qui le séduisait. Une autre que moi. On n'est plus au même niveau, on veut même plus se frôler, comme j'aimais tant.

« Tu penses beaucoup à toi, Laura. Tu as pensé à moi une seconde ?

— Je suis trop petite.

— Tu m'as mené en bateau, je ne peux pas te le pardonner.

— Tu me fais chier avec ton pardon.

— Est-ce que tu as seulement pensé à ce que je

risquais avec une fille de quatorze ans ? » Il baisse la voix pour qu'on entende pas, en écrasant son mégot à petits coups nerveux dans le cendrier, il se brûle les doigts. Il ose plus me regarder. Le salaud.

« Si je te l'avais dit au début tu m'aurais jamais revue.

— Oui, mais j'en ai pris plein la gueule. Mais ça tu ne peux pas imaginer. Tu as joué avec moi.

— T'es vraiment un con.

— Il y a plein de filles qui s'amusent à draguer des mecs plus âgés.

— T'es vraiment une ordure de penser ça de moi.

— C'est pas ce que tu as fait le premier soir sur la moto ? » Je balance mon verre par terre. J'avais envie de lui foutre à la gueule.

« Pour une fille de quatorze ans, l'expérience que tu as, ça me fout en l'air. Je ne voulais pas te dire tout ça, mais avec toi c'est impossible de parler autrement. »

Le garçon vient ramasser le verre cassé. On se tait un moment.

Je tremble de rage. Qui est cette merde à côté de moi ? C'est plus Romain, c'est quelqu'un d'autre. Quand le garçon est parti, il dit : « Viens on va marcher un peu.

— Non.

— On ne va pas rester là.

— Fous le camp.

— Laura, c'est pas de ma faute si ça finit comme ça.

— Rien est de ta faute. Barre-toi. Si tu continues je vais tout casser, crier que j'ai quatorze ans et que tu m'as baisée. Je donnerai l'adresse du motel. » J'ai parlé fort. Des gens à côté de nous se retournent. Romain devient rouge.

« T'es vraiment une salope. » Il se lève. « C'est la faute de ta mère.

— Ma mère elle va porter plainte à ta base, conard. Et moi je dirai que tu connaissais mon âge. »

Il ouvre la bouche pour répondre, et puis il s'en va. Tous les démons qui sont en moi me soufflent des phrases encore pires. Je le quitte pas des yeux. Il monte sur sa moto et se barre. Il faut pas que je me mette à sangloter sur cette putain de terrasse. Je me traîne aux toilettes, je m'enferme dans les chiottes et je m'assieds comme ça, je pleure, mes poings serrés sur mes yeux.

Je rentre à la maison, parce que dehors c'est l'horreur, il faut que je m'enferme dans le noir. Hugo et maman sont là, en me voyant ils me demandent même pas ce qu'il y a. Je fonce dans ma chambre, je sais plus ce que je fais, je casse mes maquettes d'avions, tout ce qui me tombe sous la main. Je me donne des coups, je tape à coups de poing sur mon lit, je m'étrangle.

Hugo entre, il veut me prendre les bras, je lui donne des coups à lui aussi, et à ma mère que je ne veux plus voir.

XI

Pendant les deux semaines qui ont suivi j'ai fait une dépression nerveuse. Un médecin est venu, il m'a prescrit des comprimés à avaler et des piqûres que Hugo m'a faites.

Je sais plus très bien ce que je leur ai raconté, dans mon esprit je voulais toujours protéger Romain. C'était devenu comme une obsession, je rêvais qu'on venait l'arrêter à cause de moi. Que j'étais responsable de tout, de la galère de maman qui sans moi aurait eu une autre vie, et même du suicide manqué de Sabine. Une crise de culpabilité.

Hugo et maman étaient là comme des vrais parents, ils m'écoutaient sans me sermonner. Doux. Hugo me faisait des bouillons de légumes, maman me préparait des milk-shakes que j'avalais pour lui faire plaisir. Elle aussi a eu sa crise de conscience, elle arrêtait pas de me demander pardon d'avoir pas su me protéger de la vie. Ils respectaient mes silences, ils parlaient tout bas.

En plus je me suis payé une sorte de petite jaunisse pas grave mais qui m'a rendue malade, avec des idées sombres. Ou bien c'était les idées sombres qui démolissaient le foie. Le médecin, un petit mec avec une frange sur le front, disait que maintenant on ne sait plus très bien d'où viennent les maladies à cause de la psychosomatique.

Hugo a été vraiment super, quand j'avais mes crises de désespoir il me tenait contre lui et me disait en se marrant que par osmose il me donnait toute sa vitalité. Je lui demandais : « Et le reste avec ? » Alors il répondait : « Tu l'as déjà. » Je me débats un peu contre cette idée qu'il a maintenant qu'on est de la même famille lui et moi. Quand je disais de lui qu'il était plus qu'un père, je savais pas où je m'aventurais. Hugo me prend pour une sorte de disciple et dans mon délire je me suis demandé si c'était pas moi et moi seule qu'il avait repérée à Vence. Maman serait seulement une agréable compagne. Il va m'apprendre à faire des nœuds avec des ficelles bleues. J'apprendrai à conduire et c'est moi qui lui rabattrai les nanas. Entre mes heures de vol. Non, je volerais plus, on voyagerait tout le temps et maman se douterait jamais de rien.

Maï m'a téléphoné hyperexcitée pour me dire qu'elle avait entendu à la télé qu'en 95 on prendrait des filles pilotes de chasse. Un nombre limité. Ça sera bien sûr des filles de bourges. Il y aura pas de place pour des paumées comme moi ; même si je suis première partout il y en aura une qui me passera son cul sous le nez parce que son vieux a des relations. Hugo doit pas être ce genre de relations, à supposer qu'il soit encore là quand j'aurai l'âge.

Je sais pas si c'est le foie mais j'ai envie de tout plaquer, cool, rien foutre et laisser aller, comme maman. Je suis pas aidée par l'hérédité.

Si Hugo était là, maman l'était aussi mais d'une autre façon, avec des câlins et des petites phrases qui ne voulaient rien dire, mais douces comme des berceuses. Elle me faisait aussi des massages avec des huiles parfumées. Elle me parlait de l'amour, de notre besoin d'amour et de toute la gamberge qu'on se fait quand les choses cassent. Mais moi je crois qu'il ne s'agissait plus tellement de mon amour pour Romain, qui avait foiré au premier obstacle, mais surtout de l'ensemble de tout ce qui m'arrivait depuis que j'étais au monde, comme une énorme injustice.

A quoi maman me répondait de regarder plus profond, et de voir que dans n'importe quelle galère on finit par être heureux, parce que le bonheur c'est une force terrible qu'on a en nous, capable de foutre en l'air toute la merde. Elle remettait un peu ça avec les enfants de Calcutta et ses souvenirs à elle où il y avait toujours des bons moments. Le café, elle me parlait beaucoup du café le matin, dont l'espoir permet à beaucoup de gens de se faire chier une journée entière. Comme la première clope de la journée et les copains. Elle me parlait en femme heureuse, bien sûr, à cause de son histoire avec Hugo.

C'est là qu'on s'est rendu compte à quel point ensemble on avançait jour après jour sans savoir où on allait ni où on en était vraiment, ni rien. Un moment on se trouvait toutes les deux comme des esprits, sans notre identité ni nos relations de mère et fille. On se défonçait comme ça, sans besoin de cachets ni rien.

Hugo a acheté un petit télescope pour qu'on mate les gens dans les maisons d'en face, on s'est pas mal marrés. Et puis j'ai guéri, avec une nouvelle peau comme un serpent. De l'étonnement dans leurs yeux un matin, parce que j'étais devenue étrangement jolie, incroyable, je me reconnaissais à peine dans la glace en prenant conscience de ça. Mon changement, d'après maman, vient de ce que j'ai pris ma première grande tarte dans la gueule.

Un matin j'aide maman à chercher ses boucles d'oreilles en or. Bien sûr je fais semblant, et j'ai mauvaise conscience, d'autant plus qu'elle s'en veut d'être aussi désordonnée, de même plus se rappeler où elle les a mises la dernière fois. Elle balance tous les tiroirs sur la moquette, elle vide même le sac de l'aspirateur dans la cuisine. Et puis elle en a marre, aucun objet ne mérite qu'on se donne autant de mal. Elle dira à Hugo qu'elle a dû les perdre en marchant, n'importe quoi.

« Si en plus il faut rendre compte à un mec, c'est la fin de tout. »

Elle s'est jamais justifiée de rien, à personne. Il n'y a plus de boucles, la vie va pas s'arrêter. On ouvre deux bouteilles de Coca qu'on boit debout dans la cuisine, c'est devenu la base de ma nourriture avec les milk-shakes. Il va falloir tout ranger. Autrefois, au lieu de ranger, il nous arrivait de tout balancer à la poubelle. Le vide.

« Comment va Sam ?

— Il est sorti de l'hosto.

— Et les autres ? »

Elle a un regard nostalgique. On pense toutes les deux aux glandeurs. Nos yeux se croisent. Hypocritement je lui demande : « Tu vas tenir longtemps ?

— A quoi ?

— Hugo aime pas tellement les boîtes. Tu regrettes pas les copains et les virées et Sabine et tout ? »

Maman a un petit sourire. « Voilà le genre de questions qu'on pose à une femme mariée.

— Je te fais pas une vie facile, hein ? Je te déprime. »

Je lui trouve un air pensif, elle semble moins dure, moins vive qu'avant. Mais c'est peut-être moi qui vois tout comme ça. Je déteins sur elle et ça me culpabilise.

Le soir, quand Hugo se barre, on se retrouve toutes les deux amorphes devant la télé, à regarder des programmes qu'on ne suit même pas et à manger des chocolats jusqu'à l'écœurement. Je dis : « C'est à cause de moi que t'es triste ?

— Pas uniquement. »

On ramasse une boîte de crème de marrons entamée et on plonge nos doigts chacune notre tour et on les lèche.

« C'est à cause de Hugo ?

— Non, répond maman. Ça doit venir de moi.

— Parce qu'il te bouffe ?

— On ne peut pas dire. Regarde, il n'est même pas là.

— Ça veut rien dire. C'est ce que tu vis avec lui qui te bouffe.

— Je croyais que tu l'adorais.

— Ça n'a rien à voir. T'es pas faite pour l'amour, maman. »

Elle me regarde avec des grands yeux et elle rit. « Et pour quoi je suis faite ?

— Les tourbillons. L'amitié, tout ça. Comme avant.

— Il n'y a plus d'avant, répond-elle.

— L'amour durable va pas avec ta personnalité. »

Elle lave ses doigts au robinet, allume une cigarette. Ses cheveux sont en chignon, des boucles encadrent son visage, qui est plus mince. Je dis qu'on est à côté de nos pompes, on tourne plus comme avant.

« Ça n'est pas ce que tu voulais ? L'appartement, un homme qui s'occupe de nous.

— Je sais plus. Tu l'aimes, Hugo ?

— Bien sûr. »

Elle m'agace. « Réponds pas comme ça. Tu sais bien ce que je veux dire.

— Non. Je ne suis pas très calée en amour. Je me suis souvent demandé ce que les gens éprouvaient pour de bon. Sans frime.

— Exact. Tu sais, moi je me demande si j'ai vraiment aimé Romain. Ou alors j'ai voulu vivre ça pour d'autres raisons. Pareil pour lui. Parce que c'est hyperexcitant, tu vois ? Hugo, tu crois qu'il t'aime ? Vous êtes tellement différents.

— Je crois que je l'amuse, répond maman. Et aussi il veut jouer à avoir une famille, à se sentir responsable, pour un moment.

— Ça te suffit ? »

Elle me lance un regard dur. « On fait pas partie des gens qui peuvent se demander si ça leur suffit. Rappelle-toi d'où on vient. » Elle va jeter les bouteilles de Coca. Elle est pieds nus, elle n'a pas verni ses ongles de pieds, ça lui arrivait jamais avant, elle adorait changer les couleurs. Elle a son mec, elle ne cherche plus à plaire.

Ou bien elle cherche même plus à plaire. A se plaire à elle. Je me sens triste, ça devient une habitude, comme des migraines à répétition.

Maï passe me chercher pour que je l'accompagne acheter une peluche pour sa petite sœur. Dès que je la vois je me sens de nouveau pleine d'énergie, avec l'envie de revivre comme avant. Tout recommence à reprendre sa vraie place. Je sais maintenant que je suis vaccinée, aucun mec me fera plus jamais craquer, j'en ai rien à secouer. Plus d'amour dans ma vie. Dans la rue j'ai envie de cogner tous les types qui me regardent, ça me fout vraiment les boules.

Maï vient d'apprendre que le copain de son frère, pour qui elle avait un ticket terrible mais platonique, est homo. Alors que lui flashait pour son frère. Avec succès.

Elle pense comme moi, elle trouve que ça en vaut pas la peine vu que ça finit toujours mal, l'amour.

Dans la boutique pleine de peluches on enfouit nos mains dans des tas d'animaux très doux, on les presse, on finit par se les jeter à la figure pour se marrer. Je serre des familles d'énormes chats contre moi en les embrassant sur le museau. La vendeuse semble mal à l'aise, elle a peur qu'on lui pique des peluches. Elle nous prend pour deux maniaques. Elle sait pas qu'après avoir souffert on est redevenues des petites filles. Un besoin.

Finalement, Maï achète une panthère noire aux yeux jaunes, magnifique, qui va sûrement faire hurler sa petite sœur.

Dehors, un soleil éclatant. Je me regarde en passant devant une glace, ma robe en coton est transparente, on voit mes jambes à travers. Je suis encore belle et je suis contente. Je me redresse, la tête renversée en arrière, en souriant les yeux fermés au soleil.

On mange une glace, crème fouettée et fruits confits. Et là on se met à démolir Romain. Je raconte tous ses défauts et j'en rajoute. Maï est d'accord, elle lui avait trouvé une voix fausse mais elle voulait pas me le dire. Sa façon de parler aussi, qui faisait bidasse. Langues de vipères toutes les deux, tous les mecs y passent, on finit par se fendre vachement la pêche, de nous aussi.

On fait des projets sur l'avenir, elle voudrait qu'on organise une grande fête avec la bande, un truc symbolique pour tous nous retrouver chez Percival, où il y a de l'espace. On fera un super décor genre Mille et une nuits avec des tissus accrochés aux murs en velours bleu nuit et des lumières tamisées avec des voiles transparents.

« Le vrai bordel, quoi, fait Maï. Avec Caro à poil comme d'habitude. »

On pense à pas inviter les mecs, mais on serait pas assez, juste trois ça manquerait de jus. On se met d'accord sur la date, on pense même pas à demander l'avis de Percival. Il se fait maintenant appeler Percy depuis qu'il connaît une fille qui donne dans la délinquance. Des choses se sont passées sans moi.

Avant de me quitter, Maï me demande si j'ai fini par m'envoyer en l'air avec Romain. Je réponds oui, mais que franchement c'était pas si génial que ça. Là je mens, mais j'aurais l'air de quoi après tout ce que j'ai dit de lui ? On s'embrasse et elle s'en va, la tête de la panthère appuyée sur son épaule ; sans se retourner, elle prend une des pattes et l'agite vers moi.

Maman a accepté une invitation des glandeurs. Elle a proposé à Hugo de l'accompagner mais il a refusé, il trouve bien qu'elle revoie ses anciens copains et il préfère rester avec moi ce soir. On dînera et on regardera la télé.

Je vais avec maman dans ma chambre. Elle veut que je la maquille avec le nouveau rouge qu'elle a acheté ce matin. Je lui dessine au pinceau le contour de la bouche en l'agrandissant un peu, c'est super. Pour les yeux, à peine une touche de maquillage rosé et un mascara bleu. Elle est vraiment craquante, elle se sourit à elle-même dans la glace. Admirative. Maintenant il faut choisir une robe qui aille avec le rouge. Elle en a acheté pas mal depuis qu'elle bosse, elle en change trois fois avant de se décider pour un fourreau rouge pailleté très long qui lui donne un air de sirène. Après je brosse ses cheveux à la lionne, la blondeur avec la robe rouge c'est à ne pas croire. Je peux pas m'empêcher d'appeler Hugo, qui reste cloué. Je crois qu'il va pas la laisser partir. Ils se regardent tous les deux avec un regard magnétique, des étincelles. Ça me fout un peu le bourdon.

Je les laisse seuls et je m'affale devant la télé. Ils ferment la porte de la chambre. Je regarde ma montre. Dix minutes après ils ressortent, pas un seul des cheveux de maman a bougé, rouge à lèvres intact, je me demande comment ils ont fait. Ils rient, c'est lui qui la pousse dehors. La passion.

On regarde la télé, un reportage sur Bali, des animaux prêts à être sacrifiés religieusement sont montrés à la foule, ils défilent gentiment, tout le monde a l'air content, il y a même un petit chien avec un nœud vert autour du cou, le mec qui le tient en laisse se fend la pêche, le clebs lui ne se doute de rien, il pense qu'on l'emmène pisser.

Hugo semble ailleurs, peut-être par le coup imprévu tiré avec maman, ou parce que le temps est orageux. Il boit des whiskies glacés et fume sans arrêt. Au bout d'un moment il dit qu'il étouffe, il va faire un tour sur la plage. Je peux venir.

On est dans la deuxième quinzaine d'août, le plus gros des vacanciers est parti. Ute aussi est partie rejoindre ses jambons. C'est vrai qu'il fait lourd, électrique, pas d'étoiles dans le ciel. J'aimerais envoyer des beignes à n'importe qui. Un avion sort silencieusement des nuages avec ses feux qui clignotent, il va atterrir.

On marche un peu pieds nus sur le sable, on s'assied. Il n'y a personne sur la plage. Hugo me parle de Vancouver, il a une maison en pleine forêt à 300 kilomètres dans les terres. Là-bas on se remplit de distances folles, les horizons sont différents d'ici.

« Ça serait bien de traverser l'Amérique en voiture tous les trois.

— Tu veux nous emmener ? »

Il ne répond pas. La mer a des reflets ardoise, un éclair fait un flash à l'horizon.

« Orage sec », murmure Hugo.

On reste un long moment à regarder la mer et les éclairs à l'horizon. J'enfonce mes mains dans le sable froid. Hugo s'allonge sur le côté, face à moi. Moi aussi je m'allonge, avec ma tête sur mon bras plié.

« Quand tu nous as vues pour la première fois, au marché, maman et moi... »

Je m'arrête. Il fait : « Oui ?

— Les voix t'avaient dit quelque chose ? »

J'ai demandé ça très bas, d'une voix presque imperceptible. J'ai pas pu résister. C'est comme pile ou face, il a entendu, ou rien. Sans répondre il se redresse. Il pourrait maintenant me tuer ici et disparaître, avec toute la nuit devant lui pour aller très loin. Les types qui nettoient la plage trouveraient mon cadavre au lever du soleil.

Ça y est, sans tourner les yeux il répond doucement. « Non. C'était autre chose que je n'avais jamais ressenti. Je me suis tout de suite imaginé avec vous deux, vivant comme on est. »

Il se tourne vers moi. « Je ne pouvais plus te quitter des yeux.

— Moi seule ? »

C'est du vrai délire. Il n'y a plus aucun doute, ni pour moi ni pour ma mère qui a dû avoir avec lui des conversations dingues. Et en même temps on l'aime. Ce qu'il voulait surtout c'était se confesser, se montrer en vrai, sans qu'on se barre en hurlant. Et il y avait que nous à pouvoir comprendre. Parce qu'on est aussi dingues de lui. Il a dû le sentir du premier coup, là-haut, à Vence. C'est pour ça qu'il y a eu cette attirance entre nous trois. Et nous, avec le bol qu'on a, on l'aurait choisi entre un million de mecs. Moi aussi j'ai une confidence à lui faire.

« Au début je pensais à toi pour le fric. Je voulais que ma mère drague un type riche pour payer mes études. Mais maintenant je m'en fous. Je t'aime rien que pour toi. » Tellement sincère que j'en ai les larmes aux yeux.

« Je sais, dit Hugo.

— Fais-moi plaisir. Toute cette série de coïncidences, et aussi en boîte avec ma mère quand tu l'as rencontrée, ça s'est fait comment ? »

Il me sourit. « Appelons ça le destin. » Sans transition, comme il fait quelquefois, il ajoute qu'il adore photographier ma mère. « Ça me donne un équilibre extraordinaire. »

On rentre à la maison. En passant il m'achète une

glace. Tout est normal. Il me dit qu'il cherchait depuis des années quelqu'un à qui parler, parce que sa solitude est très lourde. Mais il m'a rien dit qui me donne une arme contre lui. Personne croirait qu'il ait fait de telles confidences à une fille de quatorze ans, et il m'a donné aucun détail qui puisse le faire arrêter.

Ce moment sur la plage perd très vite de sa vérité, je me demande si Hugo ne s'est pas foutu de moi. S'il n'est pas un mec très banal qui s'emmerde et qui joue à laisser penser qu'il peut être autre chose. A s'envelopper de mystère, pour séduire les nanas, et même à se coller dans des situations impossibles, se faire soupçonner par les flics en étant sûr qu'il se fera disculper. Un autre genre de dingue.

Nous sommes dans l'ascenseur, et toutes les images de filles tuées dans les ascenseurs me reviennent. Hugo est là à côté de moi, il a du sable sur les jambes de son fute, il sent un peu le tabac et le whisky et il respire bruyamment. J'ai déjà remarqué que ça lui arrivait à certains moments, comme s'il était sous pression. Je finis mon cornet de glace. Hugo est là comme un mannequin, les bras le long du corps, les yeux fixés sur les portes des paliers qui défilent avec une lenteur insupportable. Avant d'arriver au nôtre, il tourne la tête et me sourit. Comme un automate je lui prends la main. J'ai huit ans. Il garde ma main dans la sienne pour sortir de l'ascenseur, ne la lâche que pour prendre la clé, ouvrir la porte.

Il va boire un verre d'eau à la cuisine. Je n'arrive pas à reprendre une attitude naturelle. Je ne suis pas de sa famille, je lui ressemble pas, c'est faux que je suis aussi barje que lui. Ça ne marche plus. Comme dans les Envahisseurs, sous l'aspect des mecs sympa il y a un lézard horrible. Je m'en doutais, mais là il a enlevé le masque et j'ai vu le monstre. Je l'embrasse avant d'aller me coucher. Lui non plus n'arrive pas à retrouver le joint pour être comme avant. Il sourit trop, et ça me fout la trouille.

Je m'enferme dans ma chambre, je cale une chaise contre la porte. La terreur arrive tout d'un coup.

J'entends Hugo marcher, puis la salle de bains, la douche. Et si ses putains de voix s'intéressaient à moi tout d'un coup ? Non, il dit qu'elles lui laissent le choix. Hugo est un tueur qui profite des occasions, il ne choisit pas vraiment.

Des plongeurs s'habituent à se balader au milieu des requins, quand l'un d'eux veut attaquer ils lui foutent un coup sur le nez et le requin se barre. Peut-être qu'aucune des filles que Hugo a étranglées n'a eu cette idée, se défendre, lui taper dessus. J'ai vu plein de reportages sur les animaux en Afrique, il y a toujours un moment où celui qui est poursuivi par le guépard ou le lion en a marre, où il est d'accord. Même s'il continue à courir on sent exactement ce moment. C'est peut-être fascinant de mourir, quand arrive ce petit déclic. Comme une flemme immense.

Au moment de m'endormir une idée se plante dans ma tête comme une flèche. En vrai je suis comme Hugo, s'il m'a parlé c'est qu'il m'a reconnue. Comme les vampires entre eux. Une tueuse.

Le lendemain, avec la lumière éclatante et tous les bruits de l'immeuble et de la rue, ce qui s'est passé hier soir me semble irréel. J'ai rêvé ou j'ai mal compris ce que me disait Hugo. Ou encore il s'est foutu de moi. Toute une partie de mon esprit cherche des sortes d'alibis pour refuser la vérité, la rejeter et l'oublier. Pourtant je sais exactement ce qu'il en est. Avant, quand on pouvait encore se barricader derrière des doutes, ça allait.

Pourtant, rien de ce que je ressentais pour lui n'a changé, il est toujours en quelque sorte mon père, mais ce mot colle pas, je crois que le mot exact n'existe pas. J'ai lu un truc sur les âmes sœurs, des gens qui ont vécu des histoires ensemble dans des autres vies, pas forcément des histoires d'amour, mais des choses fortes, et qui se retrouvent à un moment ou un autre sans savoir ce qui les attire. Si c'est vrai la réincarnation, alors on a dû faire un sacré boulot ensemble dans une autre vie. Peut-être qu'il me cavale après depuis mille ans pour me flinguer, ou le contraire.

Maman dort encore, elle est rentrée tard. Hugo fait sa gym dans la grande pièce.

Je sais pas quelle attitude on va avoir en se retrouvant l'un en face de l'autre. Je voudrais pas qu'il enchaîne sur hier soir, qu'il recommence. Parce qu'il y a un côté prof chez lui. Je voudrais pas qu'il se foute dans la tête de m'enseigner la criminalité, de faire de moi son apprentie. Ça en avait l'air un moment.

Je file sous la douche. Je suis attirée par Hugo mais pas du tout par ses conneries, que pourtant je suis capable de comprendre justement à cause de ce machin des âmes sœurs. Je suis pas branchée sur la criminalité malgré ma violence. On est le contraire l'un de l'autre, je crois qu'à part ses meurtres de filles il est pas violent, incapable de faire du mal à une mouche. Moi ça m'amuse de tuer les mouches, quelquefois je les guette pendant longtemps en attendant le moment, et tac, je les rate rarement. C'est un exercice de réflexes, ou quand on fait du kendo. Il y a des gens à qui je pourrais faire voltiger la tronche, facile. Comme les derboukas de l'autre soir, si j'avais eu un sabre ils y coupaient pas.

Possible que je devienne barje avec toutes ces idées mais c'est vachement excitant. Il me rend barje, je suis trop prédisposée. Je m'attarde exprès dans la douche, avec l'eau chaude qui me coule sur la nuque et le dos. Je changerais pas ma place, et je parle pas seulement de la douche. Il faut quand même sortir.

Il attendait pour prendre ma place. Il est cool et détendu, on se dit salut et il me gratouille le haut de la tête comme il fait quelquefois.

« Bien dormi ?

— Bien dormi. »

Voilà, ça se fait tout seul. On n'a pas effacé mais on a rangé dans un coin de nous. Là, on reprend le fil de la vie ordinaire. On peut même pas dire qu'on joue la comédie, c'est naturel, ça va tout seul.

Rien a changé, je prépare le café et je mets les croissants au four. J'espère que rien changera jamais. Peut-être que de me parler hier lui a suffi pour se guérir.

Je mange un peu de confiture de fraises, assise sur le coin de la table, enveloppée dans le peignoir de bain. Merde, Hugo en aura pas, je vais prendre une grande serviette dans l'armoire et je lui tends par la porte entrouverte. « Merci, chaton. »

Est-ce qu'il serait capable de changer, rien que pour moi ? Le revoilà, cheveux mouillés, la serviette en paréo autour des reins, content. On le prendrait jamais dans un film pour jouer le psychopathe.

« Ça sent bon. »

Ça aussi c'est le rituel, il le dit chaque matin en entrant dans la cuisine. Je remarque : « Tu devrais aller chez le coiffeur.

— Tu as raison. Tu saurais me couper les cheveux ?

— Maman sait, elle me coupe les miens. »

Il est pas content. Quelquefois il fait la gueule pour des toutes petites choses.

« Bon, je te les couperai, mais tu prends le risque. »

Ça va mieux. Je frime, je frime, mais qu'est-ce qui me dit que je ne suis pas la prochaine victime ? La dernière.

Voilà. On mange nos croissants, assis l'un en face de l'autre, en buvant des petites gorgées de café, et tout d'un coup on plonge le demi-croissant dans le café. On fait pareil, je l'avais pas encore remarqué. Ou bien c'est la première fois. Je me gratte le nez en observant si il va le faire, mais non. Je préfère, ça aurait été le cauchemar.

Maman s'est levée, elle arrive en chantonnant, sa première clope à la main.

« Vous ne vous êtes pas trop ennuyés hier soir ? »

Ça on peut le dire. On échange juste une ombre de regard, Hugo et moi, sans faire exprès. Maman s'imagine toujours qu'on s'emmerde quand elle est pas là. Hugo a un petit rire gentil.

« Et toi ? »

XII

Depuis qu'on est là, maman arrête pas d'acheter des petits meubles et des bibelots pour changer la banalité de l'ancien décor, comme elle dit. Je suis plus conservatrice ; moi, je m'étais attachée à l'ancien décor, et chaque nouveau truc est une trahison. En plus, bien que ce soit pas des objets chers, je pense qu'elle aurait dû garder ce fric en prévision du moment où Hugo nous larguera.

Quand je lui demande ce qu'on va faire de tous les machins d'antiquaire, elle répond qu'elle s'en fout. C'est pas pour les garder, mais juste parce que ça l'amuse de les avoir en ce moment.

Hugo est pas là, il a eu envie de prendre sa voiture pour « rouler un peu », ce qui me fait froid dans le dos. Maman tournicote autour de moi comme chaque fois qu'elle a quelque chose à me dire et qu'elle sait pas comment commencer.

J'ai eu un coup de fil de Maï, qui part pour Nancy avec toute sa famille parce que leur vieux grand-père est mort, il faisait de l'acupuncture et il s'occupait aussi de trafic d'argent avec l'étranger. Pour les Vietnamiens. Il doit laisser pas mal de fric, la grand-mère est morte depuis longtemps. C'est con, j'avais envie de voir Maï aujourd'hui mais c'est de l'égoïsme. Elle me rapportera un cadeau. Son vieux va peut-être laisser tomber le resto pour prendre la relève du grand-père et il voudrait que Maï se mette au chinois, en prévision des grosses affaires avec

Taïwan et Hong Kong. Tout ça aussi sec et sans demander l'avis, la manière asiatique. Et au téléphone, en trois minutes, Maï m'annonce qu'elle voudrait que je bosse avec elle.

« Mais on a que quatorze ans !

— Tu disais pas ça quand il s'agissait de te faire sauter ? Dans deux ans on pourrait commencer. Hugo peut t'apprendre les affaires, au moins il servira à quelque chose.

— Ma voie est ailleurs. Je suis pas faite pour le commerce. »

Elle m'a raccroché. Je prépare le linge pour l'emmener à la blanchisserie. Je suis soucieuse car j'aimerais rester longtemps avec Maï. Pourtant c'était un oncle qui devait prendre la succession du vieux, mais il est mort mystérieusement. Des histoires de Viets.

« Tu t'es bien défoncée cette nuit ?

— Pas trop mal », répond maman.

Elle vient de se laver les cheveux, elle est là à me regarder fixement en croquant une carotte.

« Je n'aime plus Hugo. »

Il me faut le temps d'enregistrer. Je m'attendais à tout sauf à ça. J'avais oublié qu'elle peut être pire qu'un ouragan. Je dis : « Tu as la gueule de bois.

— Mais non, j'ai à peine picolé.

— Et ça te vient tout d'un coup, comme ça ?

— C'est comme ça que ça arrive.

— Il y a des moments, on croit qu'on s'aime plus et puis ça revient. Quand on va trop au sommet ça se règle, comme un thermostat. »

Elle se marre. « Je me fie à ton expérience. J'ai pas dit qu'on s'aimait plus, j'ai dit que JE l'aimais plus.

— C'est tout à fait ton égoïsme.

— Ça se dirige pas. Je n'ai jamais pu aimer quelqu'un longtemps. Je veux dire un homme. J'en ai très vite ma claque.

— Mais qu'est-ce que tu reproches à Hugo ?

— Rien, répond maman. Justement. Il m'ennuie. »

Il faut vraiment qu'elle soit conne.

« Il n'a plus de mystère, ajoute-t-elle. Il est tellement prévisible. Pot-au-feu. Bourgeois. »

C'est pas vrai. Entendre ça de Hugo! Ou alors elle est bouchée, elle comprendra jamais rien. Je crois qu'elle est bouchée. Ou en panne de secteur, il s'est passé quelque chose.

Je la scrute.

« J'ai rencontré quelqu'un.

— Cette nuit? »

Elle fait oui. « Un mec qui veut m'emmener au Brésil. Avec toi bien sûr.

— Tout d'un coup, comme ça?

— Avec Hugo ça s'est fait aussi tout d'un coup comme ça.

— Hugo, c'est mon père! »

Je viens de crier. Je suis hors de moi, je vais la battre encore une fois.

« Tu sais très bien que ça durera pas », dit maman.

Debout, raide, comme si elle s'attendait à recevoir une grosse vague dans la gueule. Je hurle. « J'en ai marre que tu ne penses qu'à toi, à tes conneries! Si je ne me suis pas flinguée au moment de la rupture avec Romain, c'est parce que Hugo était là! Toi tu ne savais rien foutre, comme d'habitude!

— Ça c'est vrai qu'il est là! Tout le temps là. A la traîne. Qu'est-ce qu'il fait dans la vie?

— Quoi? Qu'est-ce qu'il fait dans la vie? Tu le sais pas ce qu'il fait dans la vie? C'est ça que tu appelles prévisible?

— C'est même pas vrai! crie maman. C'est un mec friqué qui s'emmerde, rien d'autre. Ses affaires, c'est même pas lui qui les fait c'est d'autres, et tout. Et il a jamais tué personne, il le fait croire, parce que c'est le seul truc qui le fasse bander. Au début il m'en a foutu plein les yeux, maintenant c'est rien d'autre qu'un bouffeur de ragoût. »

Je me tiens plus, je lui balance un oreiller parce que j'ai rien de plus lourd sous la main. Je hurle : « Tu connais rien à Hugo parce que t'es trop con pour voir les choses. T'es rien qu'une pouffe.

— C'est le fric qui t'aveugle, ma pauvre Laura! N'importe quel criquet te fait craquer à condition qu'il soit friqué. De toute façon mets-toi bien dans la tête que Hugo va nous larguer, parce que le jeu l'amuse plus avec nous, il lui faut un autre public.

— Tais-toi ! La vraie raison c'est que tu es incapable de le retenir. Parce qu'une nana comme toi on en a très vite fait le tour.

— Admettons. Alors je prends les devants.

— Et moi, tu y as pensé une seconde ?

— Je n'arrête pas d'y penser, à toi !

— Tu parles ! Tu t'es trouvé un nouveau ringard, parce que tu es capable de plaire qu'à ce genre de mec.

— Rien t'empêche de rester avec Hugo. »

Clouée je suis. « Tu me laisserais ?

— T'es une femme maintenant. Tu te l'es assez prouvé. Moi je jette l'éponge, je ne te vaux pas, je ne suis pas assez forte pour toi, ni assez classe, ni rien ! »

Elle fond en larmes. « Puisque c'est ton père comme tu dis. Il te préfère à moi, avec lui tu auras un avenir.

— Maman c'est un tueur psychopathe !

— Mais c'est pas vrai ! » Elle hurle. « C'est un tout petit mec qui se donne des airs pour se rendre intéressant. Je le connais quand même mieux que toi.

— Non !

— Tu prétends...

— Il te donne qu'un côté de lui, le côté tarte que seul tu peux comprendre.

— Aveuglée par le fric !

— T'as fini de répéter tes conneries comme une tarée ?

— T'es aussi barje que lui. Tu reconnais ton père parce que tu crois que c'est un vrai tueur ! Quand tu verras la vérité il restera rien. Tu peux me croire. Rien ! D'abord je crois que t'as un ticket pour lui, je m'en suis aperçue depuis longtemps.

— T'es vraiment sordide.

— Que tu le veuilles ou pas, tu me ressembles. T'as mes gènes. »

Elle enlève sa chemise et la balance dans le tas de linge sale. Elle rallume une vieille clope et se balade à poil dans la chambre. Elle est plus belle depuis qu'elle aime plus Hugo. Éclose comme une fleur en une nuit. Le Brésil. L'amour lui réussit pas.

« Comment il est ton Portugais ?

— Brésilien.

— C'est tous que des Portugais au Brésil. Des émigrants. Ou alors des Africains. C'est quoi, toi ?

— Un Noir. Il tient un restau de poissons au bord de la mer. Tu vois la vie...

— S'il y avait pas Hugo j'aimerais. » Vu que les Noirs me bottent. Mais ça doit pas être le rap tous les jours.

Elle dit : « Alors tu préfères Hugo à moi ?

— Et comment !

— Je sais que tu me hais, depuis le jour où tu m'as frappée sur la plage. »

J'ai le flash. J'avais oublié. Je noue le sac de linge. « Et qu'est-ce que tu vas faire avec Hugo ?

— Rien. C'est toi qui te fais tout un tas de problèmes dans ta tête.

— Tu vas rien lui dire ?

— Je lui dirai que nos chemins se séparent.

— Alors on va tout recommencer encore une fois ! C'est sérieux le Brésil ?

— Je peux pas jurer. C'est des projets qu'on fait la nuit.

— Je t'en supplie, maman, laisse faire les choses, ne dis rien à Hugo avant d'être sûre. Puisque de toute façon ce qu'il ressentira, lui, tu t'en tapes.

— J'ai pas dit ça. Il y a eu le temps d'Hugo.

— Et maintenant c'est la lambada. Tu le revois quand, ce mec ? Comment il s'appelle ? »

Elle répond pas. Parce qu'elle se rappelle plus. C'est pas la peine d'insister. Je prends le sac et je me barre. « Attends-moi », crie maman. Je grogne : « Va te faire foutre » et je me tape le sac toute seule jusqu'au pressing. Pas tout près.

Elle ira jamais au Brésil. Et si elle quitte Hugo elle se retrouvera dans la caravane. Je me demande si c'est pas ça qu'elle souhaite. Que ça finisse en couille, je le savais depuis le début, à la différence que je pensais qu'Hugo se barrerait, pas elle.

Après le linge je vais nager toute seule. Et c'est là que je décide de larguer ma mère, parce qu'elle me fout en l'air à chaque coup. Comme elle le dit pour Hugo, le moment est venu, nos chemins se séparent. Je vais aller avec Maï, ils pourront me loger et je bosserai au resto. Une vraie famille, du solide. Là, il y aura rien à craindre. Je vais apprendre le commerce avec Hong Kong. Je serai jamais seule. Je nage encore un peu en réfléchissant. J'aime bien être seule quelquefois, et dans cette famille que je connais un peu personne fait rien sans l'avis des autres. Je me vois avec mon caractère, ça ira pas. Toujours faire semblant que ça baigne, en montrant ses dents, je pourrai jamais. Et pareil pour le commerce et le fric qui est tout pour eux alors que moi, j'en ai rien à cirer. Y a rien à faire, chaque fois que je trouve toutes les raisons pour larguer maman, et même si c'est elle qui me les donne, ça foire. Je suis ramenée vers elle, la galère. Me retrouver avec Hugo, ça serait du délire, c'est vrai qu'il a quand même un petit côté emmerdant, pas fait pour moi. Il se prend vachement au sérieux l'air de rien, même s'il parle de l'inconsistance de tout. Lui il est là avec ses ficelles cadeaux et il faut que ça marche. Résultat de l'équation dans un sens, maman a pas tort. C'est à chier, j'en reviens toujours à cette conclusion. C'est vrai qu'on a vécu sans Hugo avant de le rencontrer. La terre va pas s'arrêter. Et si c'était exact que ce soit rien qu'un frimeur? Qui aurait voulu m'éblouir en me racontant des craques.

J'ai nagé très loin, je retourne. Jamais Hugo m'aurait aidée pour arriver à devenir pilote, il s'en balance, vu que pour lui j'existe rien que par rapport à lui. Et je sais que toute seule, si je veux, je peux y arriver sans rien devoir à personne. Il y a rien d'autre que je veuille, et je le ferai. Je sais pas comment mais j'y arriverai, en bossant comme une malade.

Je sais pas si c'est les gènes de ma mère, comme elle dit, ou la galère que j'ai vécue avec elle, et tout ce que j'ai vu, les hauts et les bas, qui me rendent comme je suis, instable dans mes sentiments avec les gens. Le feu de paille, et ça tourne vite en cendres, ou de petite flamme de rien. Romain, j'aurais fini par le larguer, parce que j'aurais vite brûlé mes réserves. J'aime pas ce trait de mon caractère mais j'y peux rien.

Un mec commence à m'emmerder avec son scooter, il fait du bruit autour de moi. J'ai toujours peur avec ces saloperies, je parle pas des scooters mais des conards qui les montent. Capables de te faire sauter la tronche rien que pour attirer l'attention. Je fais semblant de pas le voir, c'est le mieux.

Ça me fout un coup, mon indifférence pour Hugo. Que ça se soit fait en une heure. Pourvu que je sois pas froide toute ma vie comme ça, mais c'est peut-être nécessaire pour devenir une super pilote. Le prix à payer. Pour se défendre dans la jungle aussi. Solitaire. Merde.

En plein dans ces pensées j'ai un choc terrible en me trouvant nez à nez avec Hugo. Je manque de me noyer parce que j'ai voulu m'enfoncer dans l'eau aussi sec sans prendre ma respiration. Je tousse, j'ai pris la tasse. Il est désolé, il voulait pas me faire peur, mais il était sur la plage et il m'a vue nager, alors il a eu envie de me faire un bout de chemin. A le voir là en vrai, sa tête qui a l'air de flotter toute seule sur l'eau, parce que pour nous parler on se tient debout en agitant tout doucement nos jambes, à le voir là je le re-aime. Mais plus pareil qu'avant parce que dans ma tête je me suis brouillé Hugo. Comme si on avait barbouillé des couleurs sur une photo, ou dessiné des moustaches. Qu'est-ce qu'il foutait sur la plage ? Il y a pas grand monde aujourd'hui, d'abord parce qu'on avance encore dans la saison et qu'il y a la crise, et aussi parce que le soleil est parti sous des nuages arrivés de nulle part ; le ciel se plombe tout d'un coup et il va pleuvoir. J'adore être dans l'eau quand il pleut. Le type au scooter s'est barré.

On regagne lentement le bord Hugo et moi et j'ai peur qu'il ait lu tout ce qui se passait dans ma tête. Je sais pas si c'est la trahison. Je sais plus quoi lui dire, il va s'apercevoir que je suis pas naturelle. J'avais rien apporté pour me sécher, le temps a viré quand j'étais dans l'eau, j'ai jamais nagé aussi loin, bien après le petit îlot. Mais Hugo a toujours des serviettes de bain dans sa bagnole, des envies de nager le prennent comme une envie de pisser, quelquefois. Lui aussi il va loin, besoin de se perdre dans les immensités avec ses pensées coupables, comme moi tout à l'heure.

J'ai toujours peur qu'il entende ses voix, rien ne prouve que ces putains de voix ne sont pas au courant pour maman et moi. Je peux pas prévoir les réactions de Hugo. Peut-être qu'il était venu pour m'étrangler dans l'eau et qu'il a changé d'avis. Pour des raisons que personne peut comprendre.

On s'est assis sur des serviettes et on regarde la mer. On peut dire d'un homme, ou de n'importe qui, qu'il est orgueilleux, coléreux ou au contraire humble, cool, gentil, généreux, avare, spontané, timide. Hugo est rien de tout ça, je m'en rends compte là soudain. Il appartient à rien de connu, il n'a ni qualités ni défauts, il est d'un autre monde. Pourquoi j'ai pas remarqué ça avant? Parce que je plaquais une image sur lui, un truc que je dessinais moi-même.

Il peut pas être en colère si on le trahit, s'il nous flingue ça sera pour d'autres raisons que nous on peut pas comprendre. C'est une sorte de robot, mais encore plus différent de tous les robots qu'on invente dans les films. Hugo appartient à une espèce inconnue et je suis seule à le voir, peut-être parce que j'ai une ressemblance, comme une goutte du même sang. Mais moi cette appartenance m'oriente pas vers le meurtre. Quoique le goût pour les massacres aériens qui me venait en rêves soit pas tout à fait normal.

Peut-être que ça commence comme ça, et qu'en grandissant je vais devenir comme Hugo.

« A quel âge ça t'a pris? »

D'abord il comprend pas ma question.

« Tu sais bien de quoi je parle.

— Je ne sais plus. Il n'y a pas de moment bien défini. C'est une sorte de croissance, comme une maladie. »

Maman se gourre quand elle dit que c'est un frimeur. Il ajoute, entre ses dents : « Tu verras bien. » Je dis que ça n'a aucun rapport avec mes rêves.

« Bien sûr. Aucun rapport.

— Mais la première fois ?

— Je t'ai déjà expliqué. Une pulsion irrésistible. Les voix t'expliquent après.

— Et si tu refuses ? »

Il a un petit rire, fait couler un peu de sable sur sa jambe.

« Pas question. Ça fait trop mal.

— Tant que tu n'as pas... »

Il hoche la tête.

Les premières gouttes de pluie, larges comme des soucoupes. On bouge pas.

« Tu n'as pas froid ?

— Non. Et toi ?

— Ça va. »

Les grosses bulles à la surface de l'eau, calme comme un lac. On est tout seuls sur la plage. Il dit : « Moi je peux quelque chose pour toi.

— Quoi ? »

Il répond pas. Ce qui me secoue, c'est que toujours quand je suis avec lui le pire délire me semble normal. Comme si on se mettait à parler une langue étrangère qu'on serait seuls à comprendre. Je dis : « Tu sais quoi ? »

Il se tourne vers moi. Alors je fais : « Rien. » J'ai failli tout déballer. Ici trahir ma mère me semblerait aller de soi. Et même qu'il la flingue. Je me retiens au bord du précipice, mes doigts de pieds se sont crispés, pour de bon. Hugo soupire.

« Merveilleux, cette pluie. »

On est heureux. Je suis sûre.

« C'est quoi les voix ? Tu les connais ?

— Oui, mais pas comme tu crois.

— Il y en a beaucoup ?

— Ça dépend. Quelquefois, oui. »

194

La pluie commence à ruisseler sur mon visage. Chaude. Il dit : « Ça arrive qu'elles parlent toutes en même temps, c'est insupportable. Tu veux qu'on rentre ?

— Non, on n'est pas mal. Continue.

— La plupart du temps c'est à tour de rôle.

— Des hommes et des femmes ?

— Oui.

— Comment tu sais que c'est des vraies voix ? Ça peut être l'inconscient.

— Qu'est-ce que ça change ?

— Mais si c'est l'inconscient, alors tu sais que c'est toi.

— Qui te dit que l'inconscient c'est moi ? »

C'est vrai.

« C'est une conversation, ou simplement elles te donnent des ordres ?

— Ni l'un ni l'autre.

— Des voix comment ? Jeunes ?

— Ça dépend. Aussi un enfant, terrifiant.

— Et toutes te disent de tuer ?

— Pas comme tu dis. Ça ne correspond pas à ta question. C'est plus nuancé, en même temps beaucoup plus fort. Terrible. Quelquefois des chuchotements.

— Mais tu les entends toujours ?

— Non. Juste au moment où elles ont besoin de moi.

— Elles connaissent notre existence à maman et moi ? »

La pluie se met à tomber très fort, on ramasse les serviettes et on court jusqu'à sa voiture. Là il répond que les voix connaissent tout. Et il a un petit rire, comme s'il avait du recul, comme s'il se rendait compte du délirant de ce qu'il dit.

« Elles t'ont dit quoi sur nous ?

— Rien. Ça ne les dérange pas.

— Et si elles te disaient de nous tuer ?

— Elles ne le diraient pas.

— Pourquoi ?

— Je ne sais pas. C'est comme ça. »

Je l'embrasse sur la joue, je le serre contre moi. Je ressens une peine immense pour lui, parce qu'il est seul et qu'il se raccrochera à rien. Il m'embrasse lui aussi, en disant qu'il nous aime toutes les deux.

C'est dégueulasse la vie, c'est maintenant qu'il nous a trouvées et que les choses pourraient peut-être basculer, c'est à ce moment qu'on va le larguer.

« Tu sais, Hugo...

— Quoi ?

— C'est quand même une aventure fabuleuse. »

Il me regarde. « De quoi tu parles ?

— Nous et toi. »

Je ne sais pas comment dire ce que tout à coup je sens. Je sais pas s'il va comprendre quand j'ajoute : « Cette galère, la vie.

— Tu crois ?

— Tu verras. »

Il a un sourire, il cherche ses clopes, il dit merde parce qu'il a encore les doigts mouillés et que sa cigarette s'écrase. Je lui gratte une allumette. Je tremble, la réaction d'avoir été mouillée, alors il met le moteur et le chauffage. On va rouler doucement au cap. On l'a déjà fait. Toutes les aiguilles de pin collées sur le sol par la pluie.

Le fond de soi, ça doit être une immense grotte obscure. Vouloir voir dedans c'est comme si on avançait en tenant une allumette. On peut éclairer un endroit, mais tout le reste est encore dans l'obscurité. Et on met l'allumette encore ailleurs mais on n'éclaire jamais que des petits morceaux, jamais on ne voit la grotte en entier, comme elle est vraiment.

C'est pas de moi, je dois l'avoir lu quelque part, ça m'a frappée. Ou c'est Percival qui me l'a dit.

Je pense à ça un moment, en imaginant cette grotte au fond de Hugo. Je sens alors sa main qui caresse ma joue. Tendre. Je dis : « Qu'est-ce tu me dirais si je me faisais couper les cheveux très court ? »

Mes cheveux humides me glacent le dos et les épaules. Ça me trotte dans la tête depuis quelques jours, les cheveux courts, je sais bien que c'est pas aussi important que tout ce qui nous arrive, mais par moments ça le devient, ça prend une priorité. Parce que je vois des fissures partout dans ma vie, je pense que les cheveux courts ça arrangerait, je serais contente.

Hugo dit que c'est une bonne idée. Il est jamais contrariant, même si ça le touche. Par exemple, quand maman lui a dit qu'elle a perdu les boucles d'oreilles en or, il a pas moufté. Mais peut-être que rien le touche. Sauf moi.

« Qu'est-ce que ça te ferait si on se voyait plus ?
— Rien. »

Il se marre, il se fout de moi. « Allez, on y va. Chez le coiffeur. »

Rien n'attend, avec lui. On fait les choses tout de suite. Demi-tour. Il pleut plus. On se rhabille.

L'autre boucle, je l'ai foutue en l'air. Ça aurait été moche de la garder, quoique ce genre de boucle je trouve mieux d'en porter qu'une, plus classe. Et puis j'aurais pas été tranquille. Je suis pas faite pour les embrouilles et la dissimulation, pas par moralité mais parce que je me fais prendre à chaque coup.

On va dans un salon que je connais, c'est là que Maï fait faire ses coupes au carré. Un salon branché avec de la musique et des projos, nickel et blanc. Les coiffeurs, des jeunes, sapés new age avec la même coupe, mecs et filles. Très frimeurs. Hugo s'assied près de moi pendant qu'on me fait un shampooing, je voudrais qu'il se fasse boule à ras lui aussi mais il se dérobe.

Tout le monde pousse des cris devant la longueur de mes cheveux et leur épaisseur, ils ont des lueurs criminelles dans les yeux parce que les coiffeurs sont malades quand ils voient des cheveux longs, il faut qu'ils coupent. Je me laisse aller relax au massage du crâne, j'adore, ça me déconnecte, je sens plus mon corps.

Après c'est une nana qui va faire la coupe. Je sais pas très bien ce que je veux mais Hugo sait, lui, il explique. La fille qui s'appelle Marie-Claude obéit, subjuguée. Elle est bien roulée, avec de beaux yeux dont elle se sert en vraie pro pour draguer Hugo, qui se marre. Je vais avoir une coupe presque en brosse. D'accord.

Marie-Claude caresse mes cheveux qui sèchent vite et deviennent vaporeux, elle les fait crisser dans ses mains, les admire, appelle les autres merlans qui viennent regarder. Moi j'adore toute cette attention sur moi, ça m'a toujours fait craquer. On fait ce qu'on veut de moi avec des compliments, Maï a raison, n'importe qui pourrait me lever rien qu'en m'admirant, et me couper le cou aussi sec. Peut-être parce que pendant longtemps je me considérais comme une merde. En quelques minutes la masse énorme de mes cheveux est tombée à mes pieds. On les balaye en tas, ça fout un coup. On propose de me les donner, d'en faire une natte mais je veux pas. Hugo les veut, lui.

Marie-Claude me prend pour la fille de Hugo, mais un papa n'accompagne pas chez le coiffeur une fille de mon âge, alors elle le prend pour un acteur ou un mec de la télé, bien qu'il ait pas le genre. Elle voudrait savoir qui on est, mais Hugo joue avec elle en se marrant. Je vois mon look changer petit à petit. Mes épaules, mon crâne, tout devient net, comme dessiné à l'encre de Chine. Marie-Claude complimente. « Un crâne magnifique. » Hugo est d'accord. Je ne me reconnais plus, mes yeux sont plus grands, ma bouche, l'expression a changé. Je sais maintenant pourquoi Hugo était si enthousiaste. Il ne plaisante plus, il me regarde comme si on me modelait, ou comme s'il assistait à un accouchement, la naissance de sa fille, ou de son double.

En sortant je me sens nue, je n'arrête pas de me passer la main sur le crâne, c'est dur et soyeux comme un poil d'animal. Maman va hurler. Je voudrais que Romain me voie, là, avec Hugo qui me prend le bras. Petit con.

On rentre. Je me prépare à être arrogante si maman n'est pas contente, mais ça fait plouf, l'appartement est vide. Elle n'a même pas laissé un mot, au moins pour moi elle aurait pu le faire.

« Vous vous êtes pas disputés ? »

Non. Hugo arrange toujours les coups, il dit que maman doit avoir une raison, quelque chose à faire. Je pense au Brésilien. Je m'enferme dans la salle de bains pour me regarder sérieusement.

J'ai un peu l'air d'un mec mais ça va. Ça m'agrandit les yeux et ça met en valeur mes épaules et mes nichons. Je me mets à poil pour voir. Athlétique, avec mes jambes longues. Je me penche, je m'assieds par terre pour des poses provocantes. A quatre pattes en me cambrant de profil. Pas mal. Marie-Claude connaît son boulot. Je resterai toute ma vie comme ça.

Je m'étais juré que plus jamais aucun mec me toucherait, mais là ça serait dommage. Et aussi que j'aimerais plus personne. Mais depuis un moment je suis allumée par des sensations quand je croise des mecs sympas. J'attire, et quand ils me regardent comme je veux, c'est parti pour la pêche toute la journée. Mais ça me suffira pas longtemps, les regards. J'ai vachement envie de recommencer ce que j'ai fait avec Romain, mais là, encore plus fort, because plus d'embrouilles et de mensonges.

Je me reloque avec une chemise ample, manches retroussées et minijupe noire, ceinture de cuir. Génial. J'appelle Hugo.

Il est plus là. Barré sans bruit, sans doute pour acheter des clopes, il a pas voulu me déranger. Ou bien il a continué sa balade, vu que ce matin il était sorti pour ça ; notre rencontre, c'était un intermède, maintenant il continue. Il est comme ça, mystérieux dans ses actions, comme aime maman. Aimait.

O.K., je vais dans la cuisine me faire un énorme sandwich, œufs durs et salade. En grignotant des petits bouts de saucisson. Du Rouergue, fameux. J'aime le gras. Je trempe dans la mayonnaise et je m'envoie une bière.

Installée comme ça sur le canapé avec le bouquin de Béatrice Saubin, *L'Épreuve*. Toutes ses années de taule en Malaisie, pour trafic de dope, doublée par un Chinois dont elle était dingue. J'adore cette gonzesse. Et aussi lire en mangeant. A peine j'ai fini, l'ascenseur. C'est maman, qui vient d'acheter une table en marbre que deux mecs montent par l'escalier. Maman la leur fait mettre près de la fenêtre à côté du bambou. On admire. Marbre rose, fabuleux. Lourd, disent les mecs, pour le pourboire. Ça va, ils se barrent en remontant leurs futes.

Maman remarque ma tête et ça la cloue. « Tes cheveux ?

— Voilà.

— C'est superbe, Laura, ça te va, tu peux pas savoir. »

Elle peut pas résister à l'envie de frotter sa main sur mon crâne ; si c'est l'effet que ça fait aux gens j'ai pas fini.

« Hugo t'a vue ?

— Il était avec moi.

— Où il est ?

— Parti se balader. »

On va dans sa chambre, en oubliant tout le reste, maman me prend par la main et me tire devant sa penderie, elle sort un tas de fringues qu'elle balance sur le lit, elle m'en choisit que j'essaie. Avec cette coiffure masculine je serai craquante avec des trucs collants. Elle aussi se change plusieurs fois pour être assortie à mon style, c'est la défonce. Je me maquille les yeux plus fort pour compenser la masculinité. C'est hyper chouette.

On finit par se fringuer n'importe comment rien que pour se marrer, en ajoutant des chapeaux et aussi des fleurs séchées. Comme ça, on grimpe sur la table en marbre pour faire le défilé de mode. Je prends des airs intéressants. Femme fatale. Maman me prend au polaroïd. Après c'est son tour de grimper, sapée d'une minirobe en dentelle, talons aiguilles. Je la photographie pendant qu'elle balance ses fringues et ça fait strip-tease allumeur. En slip, pour finir, avec une fleur séchée glissée dedans. Et le galure. Elle me prête des boucles d'oreilles dont j'ai envie depuis longtemps, des grandes en métal, je fais du charme, elle me les donne. On met de la musique,

on boit du café, on mange de la confiture. On en ren-
verse, on nettoie la moquette, maman me fait les
ongles des pieds et on a envie d'un chat. On se dit
qu'un chat serait bien ici. Heureux. Et aussi un petit
perroquet, comme chez le frère de Maï. Tout à coup
on s'aperçoit que le soir tombe et qu'il est huit
heures. Hugo a même pas téléphoné, ça lui ressemble pas, on dîne presque toujours ensemble.

Maman l'appelle à son appart, mais ça répond pas.
Il est peut-être avec son avocat, pour ses affaires. On
va préparer le dîner, un rôti de veau avec des patates,
que Hugo adore. J'apprête la salade et des tranches
d'ananas. Bougies et fleurs sur la table en marbre.

Pendant que ça cuit, on s'installe sur le canapé
avec deux Cocas et des cacahuètes. Je lui demande si
elle a vu le Brésilien.

« Non. C'était pas sérieux.

— Alors on reste avec Hugo ?

— Non plus.

— Alors qu'est-ce qu'on va faire ? On va perdre
tout ça ? Et pourquoi t'as acheté cette table ?

— Tu trouves pas qu'elle est belle ? J'en avais vu
une comme ça à Paris, quand on tapait la dèche.
Aujourd'hui je l'ai. Pareille.

— Merde, t'aurais pu garder ce fric. »

Elle prend un air entendu. « Je l'ai pas payée en
entier. Juste une avance. » A dix heures on se
demande si Hugo a pas eu un accident. Je descends
pour voir s'il a pris sa voiture. Oui, il l'a prise, elle est
plus là. J'aime pas ce que je commence à ressentir.

Maman a l'air emmerdée. On attend encore un
peu, on dîne pas, on a pas faim. On cherche
ensemble ce qui a pu se passer, et on arrive à
l'accident. On a gommé la possibilité qu'il ait rencontré une fille à son goût, et je préfère pas imaginer
qu'il a entendu des voix. J'en parle pas.

On va chez lui. Maman a la clé. C'est hyper fonc-
tionnel chez Hugo, presque pas de meubles, un lit,
une table, du matériel photo, un peu de fringues. Des
boîtes de lait. Des somnifères dans la salle de bains.

« Elles sont où toutes vos photos ?

— Il les a envoyées à Paris.

— Tu y crois ?

— Qu'est-ce que ça change ? »

D'ici, on téléphone au commissariat. Hugo Larger. Non, on leur a pas signalé d'accident à ce nom. Ces cons-là se rappellent même pas qui c'est, Hugo Larger. Tant mieux, dans un sens.

On appelle chez nous, au cas où il serait rentré entre-temps. Mais non, ça sonne vide. On sait plus. On roule au hasard dans Antibes, parce qu'on voit pas quoi faire d'autre. On espère, on regarde les voitures, les terrasses, les rues, on peut pas rentrer et rester là immobiles. De temps en temps, on rappelle la maison.

Enfin on rentre et on téléphone aux hôpitaux. Hugo Larger. Même à Cannes et à Nice. Les gendarmeries. On se tait parce qu'on entend l'ascenseur mais il s'arrête à l'étage au-dessous. J'ai une boule dans la gorge. Je vais à la fenêtre et je demande de toutes mes forces qu'il revienne. Les phares de voitures passent sans s'arrêter. Je pense à un tas de choses. A quel point je l'aime. Je me fous à chialer, je peux pas me retenir. Maman dit qu'il faut pas tout voir en noir. On rappelle son avocat. Il est là mais il a pas vu Hugo, il sait pas où il est. Il conseille d'attendre. Vraiment fortiche. L'air de s'en foutre.

On regarde la télé, des fois qu'il y aurait des nouvelles ; on sait que c'est con mais ça nous distrait de l'attente. On zappe, on s'accroche à un film, des images qui bougent. On laisse tomber, maman dit qu'elle en peut plus, on sort, à pied cette fois, on va marcher et on se retrouve devant la plage. Où on était lui et moi ce matin. Vide noire maintenant. Moi je sais qu'il est pas tout à fait normal, il est peut-être frappé d'amnésie. Malade. Une crise. On sait rien de lui.

Je me fous dans la tête qu'il est revenu à l'endroit où on était en sortant de l'eau, quand on parlait sous la pluie. Alors je laisse maman et je fonce dans le noir. Je vois mieux à mesure que j'avance dans la mer. Il y a personne sur cette plage, je me mets à appeler Hugo. Bon, je reviens.

« C'est ma faute, dit maman. Je suis dégueulasse avec lui.

— Qu'est-ce que tu lui as fait?

— Dégueulasse en dedans. Il l'a vu.

— Il s'en fout de toi. »

Ça lui flanque un coup. « Il te l'a dit?

— Il parle jamais de toi. »

On s'est déjà dit tout ça. Je crois. Elle avalera jamais. J'en rajoute. « Il partira pas. A cause de moi. » On rentre. Il est pas là bien sûr. On est crevées, on va dormir. Maman se tape une vodka, avant. J'en ferais bien autant.

Je sursaute sans arrêt, j'entends des bruits, je crois que c'est Hugo. Et puis je rêve qu'il rentre, qu'il est là, on déjeune. Le mauvais rêve c'est quand je me réveille. Il fait jour. Je sais que je le reverrai jamais. Il est deux heures de l'après-midi.

XIII

On est toutes les deux au ralenti, on sait plus quoi penser. La disparition pure et simple, sans traces. Je peux pas imaginer que Hugo serait parti sans rien me dire. Maman si, elle pense que c'est possible, parce qu'avec les mecs hyper friqués comme lui c'est pas solide, caprices et compagnie, on peut s'attendre à tout. Hugo est descendu du train en marche, voilà ce qu'elle pense. Parce que c'est son genre à elle. Capable de ça elle aussi, alors elle comprend. Comme elle l'aimait plus, c'est une aide du destin qui a pris les choses en main pour lui éviter le drame de la rupture.

La table est restée comme ça, bougies fondues, salade effondrée, rôti calciné dans le four, ananas séché. Désolant. Même pas envie de débarrasser. On est là en pyjamas comme deux épaves, même pas lavées, avec des gueules pas possibles, et avec mes cheveux à ras on dirait que j'attends pour passer dans la chambre à gaz. A dégueuler. Odeur des cigarettes fumées par maman, le renfermé, la fin du monde.

On retéléphone à l'avocat, qui est pas là. Je descends pour acheter du pain. Chez le boulanger on parle d'une tuerie terrible dans une boîte à Juan. Ils disent les Corses contre la Mafia. Cons. Quand je rentre maman écoute la radio. Pour savoir. On en parle, de la boîte de Juan. En fait de Corses c'est un mec tout seul qui a ouvert le feu dans la foule.

D'abord on écoute distraitement, ça nous touche pas, mais le mec ajoute : « Après avoir tué sa compagne de deux balles dans la tête. » Ça non plus ça nous touche pas mais il y a quand même un léger tilt dans nos têtes à nous. On écoute. On se regarde juste un peu. Après la fille, le mec a assaisonné tout ce qui se trouvait autour de lui. Plat ventre comme dans les westerns. Il s'est barré, après quoi des flics motards prévenus par radio l'ont pris en chasse, jusqu'à l'arrière-pays. Du jymkana. Rattrapés par des voitures pleines d'autres flics. Alors le mec a arrêté sa caisse et il a voulu le combat, à découvert et à coups de flingue. Il est mort. On sait pas encore son identité. La fille qu'il a descendue s'appelle Marie-Claude Laistière, une coiffeuse.

Je vais tomber dans les pommes. Maman me regarde, je lui fais signe que oui, c'est ça. C'est Hugo. C'est l'heure des infos à la télé, on parle que de ça, Hugo Larger le tueur en série qu'on avait déjà arrêté pour le meurtre de deux filles dans la région, relâché pour manque de preuves. Ils passent sa photo, et celle de Marie-Claude qu'il a dû draguer facile. On dit aussi que dans la voiture de Hugo on n'a trouvé rien d'autre qu'un sac contenant des cheveux noirs très longs. Sur quoi les flics s'interrogent.

Ils vont aller chercher dans les buissons. Maman reste plantée devant la télé, le regard fixe. Ailleurs. Le coma debout. La seule chose qui reste dans mon esprit, c'est que Hugo est mort. Ça me sonne dans la tête. Impossible de penser, d'aligner des idées, de bouger. Un moment passe comme ça. Une pub pour une lessive suit les infos. J'éteins la télé.

Maman se met à débarrasser la table sans un mot, comme un robot. Mais elle sait plus où se trouvent la poubelle ni les placards. Moi au milieu de la pièce. Dans la cuisine maman casse les assiettes, j'y vais. Elle fond en larmes en cassant tout ce qui lui tombe sous la main. Comme dingue. Je la serre dans mes bras pour la calmer, et on chiale toutes les deux. Je l'emmène dans sa chambre. Je ne lui dirai jamais tout ce que je sais, tout ce que Hugo m'a raconté sur lui, sur les voix et les filles qu'il a tuées. Elle doit pas savoir, elle comprendrait rien. Pour la tirer de sa torpeur, je lui dis que je lui ai assez parlé de mes soupçons, et qu'elle non plus était pas tellement nette, avec sa devise « N'importe quoi plutôt que de retrouver la galère ». Elle oublie tout ce qu'elle a dit sur Hugo avant de se persuader qu'il était complètement net, et d'être aveuglée par sa sexualité.

« Oui, ta sexualité. Me parle pas d'amour ni de passion, tu sais même pas ce que c'est. »

Elle admet. Pourtant il y a eu un moment pour elle où ça ressemblait à l'amour. Et elle en est malade de savoir qu'il est mort comme ça, sans même penser à nous.

« Quoi ?

— Sans même nous dire au revoir.

— Il s'agissait pas de dire au revoir.

— Sans même se préoccuper de nous. Il nous laisse dans un merdier total. »

Je peux pas lui dire qu'à moi il me disait au revoir depuis des jours, il me prévenait de son départ. Et que ce serait sans explications. J'en avais suffisamment, des explications.

« Comme si on avait pas existé », poursuit maman.

Je sais qu'en tuant la fille, et justement Marie-Claude, c'était sa manière à lui de me dire au revoir. Parce qu'il a pas fait comme d'habitude. C'était pas aux voix qu'il obéissait ce coup-ci. C'était pas non plus son genre de se laisser flinguer, il a monté tout ce truc volontairement, peut-être justement pour échapper aux voix, parce qu'ensemble on jouait avec le feu et qu'il avait peur qu'elles finissent par me désigner, un truc auquel il aurait pas pu désobéir. Voilà ce que je crois.

J'ai pas de vraie douleur, je vais pas me plier ni pleurer. Comme si Hugo m'avait immunisée contre ça. Ce que je ressens n'a rien à voir, je comprends ce qu'il a fait, malheureusement c'est tombé sur Marie-Claude qui était sympa. Le destin. Ça pouvait pas être autrement.

206

« Il aurait pu nous laisser quelque chose », bredouille maman.

C'est normal qu'elle pense ça. Moi aussi je pourrais le penser, si je ne savais pas que Hugo pouvait pas raisonner de cette manière. Il était sur une autre trajectoire.

« Pense à ce que tu vas raconter aux flics.

— Quels flics ?

— Putain, tu comprends pas que rien que les locataires de l'immeuble, quand ils ont vu la télé, ils ont sauté sur leur téléphone pour appeler les flics ? "Nous on sait où il habitait, avec deux femmes, à côté de chez nous justement." T'imagines pas ça ? »

Elle se reprend, et je l'aime de retrouver son cran. Je leur en veux pas, aux locataires, ils ont un rôle à jouer, eux non plus peuvent pas faire autrement. Petites couilles en tête, c'est leur tour de monter en scène. J'en veux même pas aux voix de Hugo, ni à rien de ce qui arrive.

Ils se font pas attendre, les flics. Rien que deux, vu que c'est sans danger. Un jeune et un plus vieux, comme dans les films. Gentils, l'air de rien piger du tout à ce qu'on faisait là. Pour eux on est insolites vu que Hugo c'était les nanas mortes, rien de plus. On est même chiantes, on complique les choses, les rapports, tout.

« Je travaillais pour lui, explique maman en se tapant une vodka. Mannequin. Pour une exposition. »

Ça porte un jour nouveau. Ils sont assis sur des chaises, ils prennent des notes. Maintenant ça les intéresse. Vous ne vous doutiez de rien, depuis combien de temps vous le connaissiez, comment vous l'avez rencontré, vous n'aviez pas lu les journaux ? Maman répond, calme, elle a le contrôle. Bien sûr que si elle avait lu, mais il avait été innocenté, relâché, non ? Officiellement c'était pas lui, pas un tueur, vous n'allez pas me dire le contraire. Donc vous vous êtes trompés, vous avez fait courir des risques au public, à moi, à ma fille qui a quatorze ans. Nous, on vous avait crus, c'était comme si vous aviez donné un label, pas vrai ?

Subjugués par sa logique.

« Rien dans son comportement, reprend maman, ne pouvait laisser prévoir qui il était. Un homme tout à fait normal, charmant, intelligent. Jamais de brutalité, ni de scène, ni de cris. Très efficace dans son travail. Il me payait régulièrement. »

Ils me jettent un coup d'œil. Maman me fait signe de sortir. Ces cons, s'ils savaient. Je vais dans la cuisine, d'où j'entends tout. Je fais du café. Ils lui demandent si elle n'a pas eu d'autres rapports avec lui. Vu que les voisins, etc.

« Des rapports sexuels ? fait maman froidement. A l'occasion, oui. Ces choses-là arrivent. Il était tout à fait normal. C'est défendu ? »

Ils l'assurent que personne ne lui reproche rien. Elle leur est sympathique, je le sais, elle leur parle avec le ton qu'il faut. Chapeau. Ils disent que peut-être elle l'a échappé belle. Surtout avec une fille de mon âge, en plus.

Je leur sers le café. Ils me matent en prenant des airs bons. Ma boule à ras, les cheveux dans la voiture, ils sont pas tout à fait cons, ils font le rapport bien sûr. Et le coiffeur, le patron de Marie-Claude, leur a dit.

Mais non, Hugo m'a pas obligée à me couper les cheveux, c'est moi qui voulais, il m'a payé le coiffeur, c'est tout. Je dis que je le connaissais pas beaucoup, juste un copain de ma mère, avec qui elle bossait. M'intéressait pas. Des adultes. Moi j'ai mes copains, ma vie. Ils comprennent. Oui, il était gentil, brave mec. Un mec banal. C'est ça, juste un peu chiant. Maniaque. Ils nous admirent qu'on soit même pas traumatisées. Ils reviennent aux cheveux, l'air un peu vicelards. Je dis que j'avais voulu les prendre pour me faire une perruque, que je les avais laissés dans sa voiture. Bon. C'est facile de mentir.

Là, plein de coups de téléphone nous tombent dessus, juste au moment où les flics se barrent, pour eux l'affaire est classée mais il se peut que maman soit encore dérangée (ils disent pas convoquée) pour les renseignements complémentaires. Ils ont fait leur boulot mais c'est quand même un truc international, il y aura des retombées, les médias, faut s'attendre.

Eux, ils pensent que Hugo nous gardait un peu comme au frigo, ou bien il avait besoin d'une famille. Ça les fait marrer.

Maï téléphone, et Sabine, et Caroline, Percival. Ils se doutaient que ça devait finir comme ça, et même, c'est une chance qu'on soit pas mortes. Curieux et pas tellement sympas, ils m'en veulent de les avoir laissés en rade. Seule Sabine qui appelle de son Monoprix est vraiment chouette. Elle s'inquiète, elle nous dit que tout le monde parle de Hugo. On va se voir bientôt. Les flics s'en vont. Il y en a un, au début, je croyais qu'il me faisait sans arrêt des petits clins d'œil. Le plus jeune. Mais non il le fait même en parlant à son copain, c'est un tic.

Qu'est-ce qu'on va devenir? L'avocat de Hugo nous appelle, Mᵉ Barjet. Il nous dit qu'on va avoir un moment de célébrité, vu qu'on est les seules femmes à avoir vécu avec Hugo plus de quelques heures, si on est malignes ça peut nous rapporter. Les médias vont rappliquer et ça peut aller loin. Alors, qu'on signe rien sans le prévenir, il s'occupera de nos intérêts. Maman raccroche.

Aussi sec, deux journalistes se pointent, un mec et une fille, une grosse plutôt sale. Comment ils ont été prévenus? Probablement Barjet. Le côté cradingue de ma nature se pointe pour un moment et me dit que son immense fortune, Hugo aurait pu nous en laisser un petit quelque chose. C'est vrai. Il a peut-être laissé un testament pour nous, et Barjet est capable de l'avoir étouffé aussi sec pour s'arranger avec la famille. J'ai jamais aimé la voix de ce mec. Il me vient des idées ignobles mais raisonnables; par exemple, je peux pas arriver à comprendre que Hugo ait pas pensé à mon avenir. Jamais. C'est beau de se barrer avec mes cheveux, mais enfin. Qu'est-ce qu'on va devenir? La galère a jamais quitté le port, elle nous attendait, je la vois d'ici.

Maman envoie chier les journalistes, ce qui me

fout les boules. Je trouve qu'on devrait exploiter la situation maintenant, vu qu'on est dans la merde. La célébrité nous aiderait, maman pourrait faire du cinoche et moi j'écrirais un bouquin sur nos aventures avec le tueur.

Les journalistes se barrent avec des imprécations qu'ils envoient accompagnées de sourires faux derches. Après, je dis à maman tout ce qui m'est venu dans la tête. On devrait raconter n'importe quoi, si elle sait pas moi je lui dirai. Que par exemple j'étais en otage, qu'on a essayé de se sauver, un tas de trucs. Cette dingue répond qu'elle veut pas salir la mémoire de Hugo.

« Mais tu l'aimais plus !

— Justement. Si j'avais su l'aimer, peut-être que ça ne serait pas arrivé.

— Ça c'est vrai. Alors t'as une dette envers moi. T'as tué Hugo et tu nous as foutues dans la merde. »

Elle cédera pas. Peut-être tout simplement parce que les médias lui foutent la trouille, elle a peur de pas être à la hauteur. Ses complexes.

« Alors dis-moi ce qu'on va devenir ?

— Je suis sonnée quand je te vois prête à vomir sur le cadavre de Hugo, pour un peu de fric.

— Mais je suis sûre que ça le ferait marrer, s'il pouvait nous voir. Il avait de l'humour, t'as jamais vu ?

— J'espère que ces putains de journalistes n'avaient pas une caméra cachée. Avec cette saloperie de table qui n'est même pas débarrassée. »

Son côté clean petit-bourgeois qui ressort de temps en temps. « Qu'est-ce qu'on va penser de nous ? » Merde. On prend la nappe aux quatre coins et on balance le tout dans le vide-ordures. Voilà.

Et ses parents qui vont être au courant, parce que les médias c'est comme une traînée de poudre.

« Ils sont capables de demander ma déchéance de maternité. De te reprendre.

— Je les rendrais malheureux, au bout d'un mois ils en auraient marre.

— Tu les connais pas.

— En attendant, qu'est-ce qu'on va faire ? On peut rester ici ?

— Mais je n'ai plus une thune. Et j'ai pas payé ce mois de loyer. Tant que Hugo était là, les gens avaient confiance. Maintenant on va se faire virer.

— Alors, Nicolini. »

Ce qu'il y a de bon dans la galère, c'est qu'on n'a jamais beaucoup de temps pour le chagrin. On vit à Mach II.

Maman appelle Nicolini. Je mets le haut-parleur, pour entendre. C'est sa femme qui répond, Marguerite. C'était pas une bonne idée. Une furie. Nicolini a été injustement arrêté lui aussi, il est en examen, alors il faut pas qu'on rappelle à cause des tables d'écoute probables. On est pas bienvenues, après ce qui vient de se passer avec Hugo, ça risque d'éclabousser Nicolini et de faire monter sa peine. La vraie conne.

Ça continue à fond la caisse. La télé se pointe, avec une vidéo, ça sera pas en direct. Les infos de ce soir. Des jeunes, très sympas. Ils expliquent qu'ils comprennent tout, sans dire quoi. Et que c'est une affaire fumante, le tueur itinérant, le parcours macabre, ce mec qui restait jamais nulle part, le businessman sanglant, qui a fait halte justement à Antibes, après s'être fait enchrister pour son dernier meurtre, et justement dans une famille française, une mère et sa fille, voilà de l'info à faire chialer dans les chaumières, ils disent. Parce que Hugo en lui-même, c'est mystère et crépuscule, tandis que nous on peut porter des lueurs sur le personnage. En plus, sexy comme on est toutes les deux, ça va casser la concurrence.

Ils s'installent, ils font des essais, le son, ils filment maman teigneuse qui veut pas, qui leur dit d'aller se faire foutre, sans se rendre compte que c'est l'image qu'elle va donner, la mégère grimaçante. Ils stoppent, parce que là personne va comprendre ce que Hugo a pu lui trouver. Alors ils m'interrogent moi ; leur nouvelle version veut que ce soit nabokovien, Hugo a dragué la mère par passion pour la fille. Là, maman les menace d'un procès. On est en pleine connerie délirante, surtout qu'elle fond en larmes, le stress. Ils sont contents, enfin une bonne image. Ils ont pas l'habitude que les gens refusent la télé, sauf les stars quand elles ont des boutons. Ils disent ça, très vulgaires. Ils veulent des images de l'appart, surtout les lits. On veut pas. Ils se croient, je les hais. Avec maman on pique une crise, on les vire. Elle ne veut pas rester ici une minute de plus. Je suis d'accord avec elle, j'avais tort de vouloir exploiter la situation avec les médias, c'est eux qui nous exploiteront, on fait pas le poids.

« Alors ?

— On va provisoirement habiter dans la caravane, décide maman.

— On va pas, on retourne.

— Et alors ?

— Pourquoi t'as pas gardé un peu de blé ?

— Dernièrement il oubliait de m'en donner, et j'osais pas lui demander. »

C'est vrai, il avait l'air complètement branché ailleurs, il pouvait pas penser à ça.

— Et si on vendait les trucs que tu as achetés ?

— Qu'est-ce qu'on aurait pour ça ? Des clopinettes. On va s'emmerder pour rien.

— On va faire quoi ?

— Je vais reprendre les encyclopédies.

— T'es virée, tu crois pas ?

— Ils ont besoin de moi. »

Inconsciente. Elle ajoute qu'on va s'en tirer, comme d'habitude. Et puis quoi, pendant ces semaines, on a bien vécu, non ?

« Ouais, mais qu'est-ce qu'il en reste ?

— De la mélancolie », fait maman.

On se regarde, les larmes aux yeux. Je demande ce qu'on va faire pour Hugo. Elle comprend pas.

« Pour lui. Qu'on le laisse pas comme ça.

— Comment ? Qu'est-ce que tu veux dire ?

— Ça te fait quoi, sa mort ?

— Ça me fout en l'air. »

J'insiste. « Maintenant que tu sais tout ce qu'il a fait, comment tu le vois ?

— Ça ne change rien. Beaucoup de tristesse pour lui, il a dû en baver toute sa vie, d'être comme ça. »

Elle se met à déplacer des bibelots et elle ajoute : « Peut-être qu'on lui a apporté un petit quelque chose. Comme un rêve, tu crois pas ?

— Je suis sûre qu'il s'est laissé flinguer exprès. Parce qu'avec nous il a eu le top de ce qu'il pouvait vivre comme bonheur. »

Elle soupire, elle fait oui en hochant la tête.

« Ça sera dur à effacer. »

Je sais que jamais ça s'effacera. Mais j'arrive pas encore à réaliser qu'il va pas descendre de sa voiture et rentrer ici, prendre le café en allumant une cigarette. Je revois tous ses gestes, et aussi au salon de coiffure, assis à côté de moi en riant dans la glace. Rien de tout ça existera plus. Rayé.

On va se laver, on se prépare. C'est là que Barjet se pointe, en tenue de tennis parce qu'il a un match cet après-midi. Avec son crâne chauve tout bronzé et ses gros mollets, ses dents solides — on dirait des défenses de morse. Il transpire. Il s'éponge avec un kleenex, oui, il boirait bien une bière. Lui aussi a un tas d'emmerdes relatifs à Hugo, des emmerdes avec les flics qui détestent toujours les avocats, et surtout lui qui n'est pas du pays. Il est venu nous dire que le corps de Hugo va être rendu et qu'il s'occupe des formalités avec la famille, et que toute la famille se résume à la mère qui a la maladie d'Alzheimer, ce qui arrange rien vu qu'elle a toujours pris Hugo pour son frère mort. Il est catastrophé parce qu'il a toujours cru Hugo innocent, il le croit même encore. Il est persuadé qu'il n'existe aucun lien entre les filles étranglées un peu partout et cette pulsion qui l'a conduit à tirer sur Marie-Claude, qui devait être de la jalousie. Il regarde maman longuement. Lui, il était seulement avocat d'affaires, il ne connaissait pas intimement Hugo. Pour parler franchement, il ne croit pas que de nous avoir fréquentées (d'une manière ou d'une autre) lui ait été favorable. Psychiquement parlant, vu que c'était un homme persécuté qui souffrait de la solitude. Barjet dit tout ça

gentiment, avec beaucoup de politesse, en s'essuyant les lèvres avec son kleenex. Est-ce que la police
est déjà venue, oui? Il fallait s'y attendre. Ça s'est
bien passé? Bon, si jamais ils devenaient trop
ennuyeux, il interviendra, sans rien nous demander
bien sûr. D'un autre côté, il a appris comment ma
mère a viré les gens de la télé et les autres. Il fronce
ses gros sourcils, parce que c'est une erreur, on
aurait dû s'en servir rien que pour assurer une répu-
tation irréprochable bien sûr, mais qui risque d'être
salie, vous connaissez les gens, il leur faut toujours
une pâture. Le grand public n'aime les femmes
jolies que si elles sont professionnelles, comé-
diennes ou show biz, etc. Les autres, même si elles
sont victimes, le grand public a vite tendance à leur
tomber dessus, à les accuser d'avoir eu mauvaise
influence. Surtout si elles se sont montrées arro-
gantes. Après, toutes les portes se ferment. Tandis
qu'un comportement plus doux, avec un peu
d'humilité et de souffrance nous aurait valu la pitié
(pensez au nombre des téléspectateurs) et sans
doute une aide substantielle, quoique en cette
arrière-saison on ne puisse pas tellement attendre
des gens. Oui, c'est lui qui avait prévenu la télé.

Autre chose. Il est pas resté inactif. Un grand heb-
domadaire, dont il taira provisoirement le nom,
serait prêt à payer très cher nos souvenirs de Hugo
(il dit pas Hugo, mais : M. Larger) vu que toute cette
histoire avec nous était vraiment exceptionnelle. Il y
aurait peut-être aussi l'Amérique, puisque des victimes ont aussi été à déplorer dans plusieurs États.
Et là on touche la grande presse internationale.
Sans doute aussi l'édition, si on accepte de raconter
nos mémoires, on nous demande même pas de les
écrire. Le livre serait traduit en plusieurs langues.

Il ouvre sa serviette parce qu'il nous a préparé un
contrat, qui lui donne l'exclusivité pour traiter en
notre nom. Il a aussi pensé à une possibilité de film,
mais ce sera pour plus tard. Il regarde sa montre, il
va être en retard pour le match, il nous laisse le
contrat, il repassera plus tard.

En partant il nous regarde en hochant la tête, l'air d'évaluer la marchandise.

Je suis sûre que ce fumier était au courant de tout pour Hugo, c'est lui qui payait les témoins et les alibis. Il lui a ciré les pompes pendant des années. Maintenant il veut se taper les restes. Quand il est parti on fait nos valises. On a en prime un coup de fil du propriétaire qui nous demande de vider les lieux le plus vite possible. On lui laisse tout, les petits meubles et les bibelots que maman avait achetés, son attachement aux objets dure pas plus que son attachement aux gens. Mais pour Hugo elle est vraiment bouleversée, vu que c'est pas elle qui l'a largué, sa mort a produit quelque chose en elle, une sorte d'amour à retardement et aussi des remords. Quoique ces remords soient tempérés parce qu'il nous a pas laissé une thune. « Il y a des mecs dans sa situation qui auraient pensé à une assurance vie. » C'est pas elle, c'est Sabine qui l'a dit au téléphone, mais maman a pas protesté.

On va donc retourner dans la caravane en attendant que les choses se tassent, comme disent les gens. J'ai même pas de dépit, la disparition de Hugo prend toute la place, je me fous de tout ce qui peut nous arriver. Trop de chagrin. Je mets dans ma valise des fringues qui lui ont appartenu, des sweat-shirts et des chemises. Je les porterai. C'est pas long de se barrer. Et la table en marbre ? C'est moi qui y pense. Maman téléphonera au marchand, qu'il la reprenne.

Mes sabres, mes maquettes, et tous ces kilos de fringues que Hugo m'a achetées. Même pas une photo de lui. Il faut pas que je pense à notre journée à Cannes, au col de Saint-Raphaël, tous ces gestes, le son de sa voix, et mot à mot tout ce qu'il a dit, que je pourrai jamais oublier. Parce que je vais me déchirer de haut en bas à l'intérieur de moi.

C'est le soir, tous les locataires sont derrière leurs portes, j'en suis sûre, à épier. A leurs fenêtres pour nous voir entasser les valises dans la voiture, et le télescope que j'ai du mal à attacher sur le toit.

Nous revoilà devant le mec du camping, toujours aussi désabusé. Comme si on était parties ce matin. Et cette putain de roulotte, presque seule maintenant que les vacanciers sont partis. Plus de Ute, rien que la désolation.

Sabine nous a préparé à manger mais on n'a pas faim. Elle picole un peu avec maman. C'est bien arrangé dans la caravane maintenant. Peut-être que maman pourrait reprendre sa place de caissière quand elle sera partie à Brest, elle peut en parler au directeur, mais elle sait que c'est pas le genre de maman. Il va falloir du courage pour se réhabituer à la galère, mais on en manque pas de courage, on est des vrais pros, des rameuses aux mains durcies, pas vrai ?

On regarde les infos, sur la petite télé que Ute lui a laissée. Ils nous ont pas gâtées. La vengeance, ils ont dû sélectionner les plans. Maman et moi on a des gueules terribles de sorcières, pas lavées, moi qui ai l'air d'une punk. Haineuses. Bien plus coupables que Hugo dans la tronche des gens, certainement. Responsables en tout cas. Pas étonnant qu'il ait eu un coup de désespoir. Les commentaires c'est qu'on se mure dans notre secret. Les fumiers. Comme s'ils faisaient un clin d'œil aux flics.

Râpé pour Monoprix, on prendra jamais maman après ça. On pourra tout juste bosser dans une baraque foraine, dans le quartier des monstres. Après, on montre les parents de Marie-Claude, bien convenables, écrasés par la douleur. Et aussi son fiancé, avec des longs cheveux et une chaîne en plaqué. Il sait bien qu'il a été un peu cocu même si c'est rien qu'un moment mais il a pas pu résister à l'appel de la télé. Il dit qu'il est guitariste, il lance ça au hasard, on sait jamais.

Sabine, déjà beurrée, prend le parti de Hugo, indignée qu'il y ait pas un mot de pitié pour lui, pour tout ce qu'il a dû endurer, malade dans sa tête parce que c'est pas possible autrement. Beaucoup moins détestable, elle dit, que les automobilistes alcoolos et les chefs d'entreprise. Merde. Et en plus les gens de la C.I.A. qui tuent les Africains. Et nous, qui a un mot de pitié pour nous ? C'est moi qui réponds qu'on en veut pas de la pitié. Et que toutes ces pauvres petites mômes que Hugo a tuées, il faudrait chercher bien plus loin pour trouver de qui elles sont victimes. En dedans de moi je pense à ces saloperies de voix et à tout le malheur du monde. Une chouette soirée.

Maman me laisse boire du vin. Sabine me dit que j'ai beaucoup mûri. Et puis elle se prend les boules en se rappelant le sang contaminé et tous les enfoirés de toubibs de merde que les flics ont pas descendus à coups de flingues. Après deux litres elle dit que Hugo a eu la mort d'un chef indien. On est d'accord.

La fumée de leurs clopes me fait tousser, je sors un peu. Je vais marcher le long de la plage. En passant dans l'allée qui longe le petit restau j'arrache des feuilles et des petites fleurs. Je vais les jeter dans la mer, c'est pour Hugo, il fallait que je le fasse. J'enlève mes fringues et je nage toute seule dans le noir. Avec tout le pinard que je me suis tapée je risque de crever mais je m'en fous. E tout à coup c'est le contraire, je me sens emplie d'une joie formidable, comme si toutes les choses avaient un sens différent de ce qu'on croit. Je pourrais pas expliquer, mais la vie est fabuleuse, même avec les larmes, maintenant je le sais. Il me semble que Hugo est là, partout, délivré. Près de moi, comme hier quand on s'est rencontrés en nageant. Quelque chose qui a plus de nom, bien plus fort que ce que j'ai connu. Si je continue à délirer comme ça je vais prendre la direction du fond, comme dans *Le Grand Bleu*.

Quand je rentre à la caravane, elles écoutent le dernier enregistrement des Pink Floyd. Plus rien est moche. Le pied cosmique.

J'ai dormi comme une masse cette nuit, en prenant de temps en temps conscience du bruit de la pluie sur le toit de la caravane. Maintenant Sabine se prépare pour aller bosser, pendant que maman fait le café et les tartines. De ma couchette je les regarde bouger sans penser à rien d'autre. Comme on regarde la télé quelquefois sans suivre l'histoire, rien que des images qui se suivent. C'est pas vrai ce que je disais, le retour à la case départ, rien n'est jamais pareil, à commencer par nous. Je sais que pendant longtemps on parlera plus de Hugo, le temps de laisser les souvenirs prendre leur place et s'adoucir.

Tout est prêt. Mon corps, lui, est en super forme, je me lève d'un bond pour m'asseoir à côté de maman, je lui embrasse le coin des yeux, là où la peau est fine comme du velours. Je l'avais pas fait depuis longtemps. Je regarde le café dégouliner de ma tartine, je mange sans ressentir le moindre goût ni la saveur de rien, mais ça reviendra probablement.

Sabine fringuée maquillée parfumée finit sa tasse de thé (vu que le café lui fout le foie en l'air) en nous regardant. Je lis en elle comme dans un vieux journal appris par cœur : tellement heureuse de nous retrouver dans la merde avec elle, mais elle veut pas trop montrer sa joie, alors elle intercale avec des mines d'enterrement.

On lui manquait vachement, pas uniquement par égoïsme, mais c'est vrai que ma mère et moi on a toujours soulevé des passions, on attire ou on nous déteste en bloc.

En buvant mon café, je me dis que toutes ces choses dures qu'on vit me donnent la force au lieu de me laisser au tapis. Et que notre vie avec ses changements est quand même vachement riche. Je sais pas si je préférerais avoir une existence plus facile, comme Maï, il me semble que je serais pas faite pour. Hugo a dû le savoir, il aurait pu nous laisser une montagne de fric avant de se barrer mais il a compris qu'il devait rien changer à notre vie. A nous. Ma volonté de devenir pilote, je sais que ça sera pas toujours du gâteau mais que c'est comme ça la vie et que j'y arriverai, sans rien demander à personne.

Sabine se barre, je débarrasse et je fais la vaisselle. Évidemment la cuisine était plus chouette dans notre appart, mais on commençait à devenir bourges avec tous ces bibelots que maman entassait. Plus encore, je me demande si avec plein de blé j'aurais encore voulu devenir pilote. Je sais que je peux facilement virer conne, et passer ma vie en shopping pour finir comme une vioque étalée sur des coussins.

Maman fume ses premières clopes en cherchant dans son carnet d'adresses des noms de copains qui pourraient nous dépanner.

Sabine rouvre la porte, avance la tête. « Je connais un mec qui pourrait peut-être vous faire bosser. C'est pas la joie mais en attendant...

— C'est quoi ?

— Vendre de la confiserie sur les marchés. Du nougat.

— Avec un bonnet blanc ?

— Ben ouais. Je vous dis ça... »

Maman et moi on se regarde.

« Compris », fait Sabine en refermant la porte.

On s'habille et on va au bureau du camping pour passer des coups de fil. Le mec entend le défilé de ce que dit maman, et les tant pis ça fait rien. Personne peut nous aider ou alors tout le monde en a sa claque de notre numéro.

Le mec du camping attend qu'on ait fini, et il nous demande si par hasard on voudrait pas vendre notre télescope qu'il a remarqué sur la voiture. Vu que lui il serait acheteur, pour rêver en regardant le ciel. Moi je sais que c'est pour le louer aux vacanciers qui aiment mater sur la plage. Il nous donne mille cinq cents. Maman me consulte parce qu'il est à moi ce télescope. O.K., on vend. On n'est plus fauchées.

Toute la journée on roule en voiture sans but. On se retrouve à Vence, où il y a le marché, mais on y va pas. On boit une bière, le mec aux haricots verts est là, avec son rosé. Il nous fait signe, bonjour, comme si on était des habituées, c'est le rosé qui fait ça, les embrouilles de la mémoire. On reprend la tire et on roule sur n'importe quelles routes en regardant les paysages. A une heure on se tape à nous deux un saucisson entier.

« Et demain ?

— Laisse venir », répond maman.

En tout cas on a du blé pour l'essence.

« Je trouverai bien un boulot de serveuse.

— C'est plus la saison.

— Dans des boîtes que je connais.

— Tu pourrais ? Servir dans des boîtes où tu as été cliente ?

— Je peux n'importe quoi », répond maman.

Quand on rentre au camping, Sabine est déjà là. Impatiente. Elles partent toutes les deux prendre des affaires qu'on a laissées dans l'appart. Moi je vais nager un peu, et puis je m'assieds sur les marches de la caravane.

Maman arrive, sa caisse cabossée avec des merdes de mouettes comme des taches de peinture blanche. Sabine à côté d'elle. Elles me font signe toutes les deux, en se marrant. C'est la super pêche, on dirait, Sabine avec dans les bras mon gros chat en peluche.

« Alors voilà », fait maman en descendant.

Il vient de se passer des choses. Sabine a largué son boulot à Monoprix et on part pour Brest toutes les trois. Bosser au garage, maman et elle, moi je pourrai aider aux pompes de temps en temps. Sabine avait déjà tout préparé hier, téléphoné à son pote, qui est d'accord. Et j'irai au lycée à la rentrée, grâce à la petite mafia des stations-service qui nous prend sous sa protection, avec un ferrailleur qui dirige tout. Des sortes de Nicolini bretons. On sera mieux qu'ici. La Bretagne c'est un pays propre. Et en plus, plein de marins, tous plus mignons les uns que les autres.

« Bien sûr, me dit maman, si t'es pas d'accord je me débrouillerai ici. »

Tout d'un coup ça bascule encore en moi, la grande roue, le changement de vue, j'ai une envie dingue de foutre le camp d'ici. Des pays nouveaux, de ne pas savoir ce qui va arriver, une curiosité qui me fait flamber, même si c'est des nouvelles merdes qui se pointent.

« C'est génial ! »

Et les marins.

On va pas attendre, de toute façon on sait qu'on pourra pas dormir. Alors je prépare un thermos de café et des sandwiches pendant que maman et Sabine font les bagages et chargent la voiture. Avec Sabine en plus il y a pas tellement de place, alors toutes les trois on balance le plus de choses possible, des fringues d'été qui nous serviront pas à Brest, et presque tous les bibelots qu'elles sont allées chercher. Je me sépare pas du petit banc de Percival, de mon chat en peluche et surtout des petites fringues de Hugo que je tasse au fond de mon grand sac en toile.

Maman a téléphoné aux glandeurs pour leur dire au revoir, il y avait que Karaménidès, qui fera la commission. Il aurait voulu venir embrasser, mais non, on veut pas risquer les larmes.

Nous voilà dans la voiture, chargée un max, même sur le porte-bagages. J'ai pas appelé Maï, elle aurait fait un drame terrible, je lui écrirai ou je lui téléphonerai de Brest. Elle pourra venir me voir.

Heureusement qu'il fait nuit maintenant, je préfère pas regarder ce pays que j'adorais, toutes les images de ce que j'ai vécu me reviennent comme une tempête, avec les visages à toute blinde qui s'arrêtent juste devant mes yeux, énormes, et qui se barrent. C'est le déchirement, je m'y attendais. Un peu comme la mort, mais c'est pas moi qui meurs, c'est ce que je laisse. Un amour terrible. Ça peut faire mourir, c'est vrai, tellement ça serre. Je regarde Sabine dans le rétroviseur. Elle se frotte l'œil avec un kleenex. Je la revois dans la baignoire, la nuit où je l'ai tirée de la mort. Maintenant c'est elle qui nous tire du merdier. Ça boucle la boucle. Aussitôt, j'ai la dernière vision de Maï, quand on s'est quittées dans la rue le jour où elle avait acheté la panthère en peluche pour sa petite sœur. Elle s'était éloignée sans se retourner comme elle fait toujours, en faisant au revoir avec la patte de la panthère par-dessus son épaule. Je savais pas qu'on se reverrait plus. Ça me fout en l'air.

Maman met une cassette de Francis Cabrel, à fond la caisse. Les phares d'une voiture derrière nous éclairent la petite toile d'araignée toujours là dans le coin du rétroviseur de droite. Je la montre à maman. Elle crie.

« Y touche pas, c'est notre porte-bonheur. »

Des mêmes auteurs :

Aux Presses de la Cité

LES GENOUX CAGNEUX
LES RELATIONS DANGEREUSES
L'ÉTÉ DE MATHIEU
LA PETITE FILLE DANS LA FORÊT

De Francis Ryck :

Aux Éditions Denoël

EFFRACTION
(collection « Sueurs froides spécial »)
L'HONNEUR DES RATS (1995)

IMPRIMÉ EN FRANCE PAR BRODARD ET TAUPIN
Usine de La Flèche (Sarthe).
Librairie Générale Française - 43, quai de Grenelle - 75015 Paris.

ISBN : 2 - 253 - 07660 - 0 ✦ 30/7660/1